Für immer und einen Herzschlag

TAMSYN MURRAY

FÜR IMMER UND EINEN Herzschlag

Aus dem Englischen übersetzt von Julia Gehring

PLANET!

Für Liz,
die ein verwahrlostes Mädchen in
ihr Herz schloss und es liebte.

1

Jonny

Mein Name ist Jonny Webb und ich bin ein Roboter.

Letzten Sommer hat mein Herz für dreieinhalb Minuten aufgehört zu schlagen.

Als man es wieder zum Laufen gebracht hat, war der Muskel beschädigt und funktionierte nicht mehr so, wie er sollte. Also hänge ich jetzt an dieser Maschine, die mich am Leben hält. Sie heißt Berlin Heart, und man kann buchstäblich sehen, wie mein Blut durch ihre Schläuche in zwei kleine runde Dinger und wieder zurück in meinen Körper gepumpt wird. Ziemlich abartig, aber auch faszinierend. Manchmal, wenn ich nicht schlafen kann, tue ich so, als wäre ich Iron Man und das Berlin Heart mein Arc-Reaktor. Ich weiß, ganz schön traurig.

Ich bin fast fünfzehn und der älteste Patient im Krankenhaus, der ein solches Kunst-Herz hat. Die anderen sind alle kleine Kinder, manche sogar noch Säuglinge. An guten Tagen mache ich aus ihnen in meinen Zeichnungen die wichtigsten *X-Men*-Charaktere. An schlechten Tagen erinnern sie mich daran, dass ich sterben werde.

Das Todesurteil bekommen zu haben nervt. Als Klugscheißer könnte man jetzt darauf hinweisen, dass ja *jeder* irgendwann sterben muss. Aber glaubt mir, ich werde es früher tun als die meisten anderen. Mehr als die Hälfte meines Lebens habe ich im Krankenhaus verbracht und jeden Tag komme ich dem Pläuschchen mit dem Tod ein bisschen näher.

Das Einzige, was mir wirklich helfen würde, ist ein neues Herz. Aber man kann halt nicht einfach eines online kaufen oder im Laden nebenan. Nein, man muss darauf warten, dass jemand Passendes stirbt. Dann muss man darauf hoffen, dass derjenige erklärt hat, seine Organe spenden zu wollen. Wenn nicht, muss dessen Familie entscheiden, ob die Organe, die ihren Job noch machen, gespendet werden sollen. Nicht alle sagen dazu Ja. Also gibt es eine ellenlange Warteliste. Und deshalb denke ich, dass ich bald nicht mehr leben werde. Auch wenn ich das vor meiner Familie natürlich nie erwähne. Tief drinnen wissen wir allerdings alle, dass es wohl genau darauf hinauslaufen wird. Ich habe diese superseltene Blutgruppe, die die Wahrscheinlichkeit, ein passendes Organ zu finden, gleich null werden lässt. Aber wir tun einfach so, als ob das nicht der Fall wäre.

Mein bester Kumpel im Krankenhaus – besser gesagt mein einziger Kumpel zurzeit – ist Emily. Denn man kann von seinen gesunden Freunden nicht erwarten, dass sie Ewigkeiten bei einem bleiben. Irgendwann verschwindet man ganz langsam aus ihren Köpfen. Em hat akute myeloische Leukämie und man ist sich auch bei ihr nicht sicher, ob sie es schaffen wird. Die Krankenhaus-Psychologen, zu denen wir jede Woche gehen müssen, haben uns gesagt, wir sollen eine Liste mit Dingen schreiben, die wir tun wollen, wenn wir wieder gesund werden. Das Gegenteil also von einer Liste mit Dingen, die man noch erleben möchte, bevor man stirbt. Sie glauben nämlich, das hilft einem, optimistisch zu bleiben. Em und ich haben unsere Liste zusammen erstellt. Einiges darauf ist albernes Zeug, so was wie *Sam Claflin treffen* (das ist von ihr, nicht von mir – Emily hat überall Poster von ihm rumhängen) oder *Begegnung mit Comic-Legende Chris Claremont auf der London Super Comic Con*. Denn wenn man schon träumt, kann man es schließlich auch richtig tun. Aber es stehen auch ein paar nicht so verrückte Dinge drauf. Dinge, die die meisten Teenager für ganz normal halten würden. So etwas wie ins Kino gehen oder auf einem Konzert abrocken. Die ganze Kino-Sache würde ich irgendwann so gern mit Em zusammen machen. Wir würden uns mit Snacks eindecken, uns über die Leute aufregen, die ihren Mund nicht halten können, und die Actionszenen endlich mal auf großer Leinwand sehen. Natürlich nicht wie bei einem Date. Ich will nichts von Em. Sie ist einfach jemand, mit dem ich reden kann, wenn ich mies drauf bin. Jemand, der versteht, was es heißt, mit einem Todesurteil leben zu müssen. Niemand kann einen besser verstehen als jemand, der selbst im Krankenhaus liegt. Es wäre schön, auch gute Zeiten mit Em verbringen zu können.

Hier liege ich also, schlage die Zeit tot und warte darauf,

dass genau die richtige Person auf genau die richtige Art und Weise stirbt. Manchmal wünschte ich mir, die Ärzte könnten mein echtes Herz einfach rausoperieren und mich ein für alle Mal mit diesem künstlichen hier leben lassen. Dann müsste ich nicht darauf warten, dass jemandem etwas Schlimmes passiert, den ich gar nicht kenne, und ich wäre wenigstens wirklich herzlos, anstatt mich nur so zu fühlen.

Die Wahrheit ist: Ich bin nicht Iron Man. Ich bin nur ein Junge ohne Zukunft.

2
Nia

»Wer zuerst bei den Felsen ist!«

Den Körper den Felsbrocken zugewandt, die übereinandergewürfelt am Fuße der Kalksteinklippen liegen, steht Leo selbstsicher auf dem Kiesstrand und fordert mich zu einem Rennen heraus. Ich starre finster vor mich hin und beschließe, ihn zu ignorieren. Leo ist zwar mein Zwillingsbruder, aber wir sind so was von unterschiedlich. Nicht nur äußerlich. Er ist fröhlich und ungestüm und wirkt mit seinen großen braunen Augen, dem blonden Haar und seinem Enthusiasmus wie ein noch nicht ausgewachsener Labrador. Man könnte meinen, er sei fünf, statt fünfzehn. Natürlich ist er auch bei allen beliebt. Besonders bei den dummen Tussis aus der Schule. Wenn die Leute erfahren, dass wir Zwillinge sind, müssen sie zweimal hinsehen, als ob sie nicht glauben könnten, dass wir überhaupt auch nur verwandt sind. Es ist, als hätte Leo sich im Mutterleib alles Gute unter den Nagel gerissen, während ich das abbekommen habe, was übrig geblieben ist.

Er grinst mich herausfordernd an. »Na, was ist, Schwesterchen? Schiss, schon wieder zu verlieren?«

Schwesterchen. Das sagt er ständig. Als ob diese drei Minuten, die er älter ist, ihn zu Gandalf oder sonst wem machen würden.

Mum schiebt sich mit ihrer Sonnenbrille die kupferfarbenen Haare aus dem Gesicht und schaut zwischen uns hin und her. Sie lächelt. Aber in ihrem Blick liegt Anspannung, als ob sie spüren würde, wie es in mir vor Zorn brodelt.

Manchmal frage ich mich, ob sie meine Gedanken lesen kann. Ich hoffe für sie, dass sie es nicht kann. In letzter Zeit sieht es da nämlich ganz schön düster aus.

Auf ihrer Stirn machen sich Sorgenfalten breit und ich bekomme ein schlechtes Gewissen. Diese Ferien sind ihr Versuch, alles wieder in Ordnung zu bringen. Sie sollen uns an die sonnigen Strandabenteuer unserer Kindheit erinnern, als wir tagelang Piraten gespielt oder Wassertümpel in den Felsen erforscht haben und nachts aneinandergekuschelt in unseren kleinen Wohnwagenbetten eingeschlafen sind. Unzertrennbar. Dann wurden wir älter und Risse taten sich auf. Leo wurde zum Vorzeigekind der Familie. Das Fußballass, der Einserschüler und jedermanns Freund. Egal wie sehr ich es auch versuchte, ich konnte nie mit ihm mithalten. Und einmal in seinem Schatten fand ich keinen Weg mehr heraus. Irgendwann hörte ich auf, es zu versuchen.

Ich schaue aufs Meer, das im Flimmern der Nachmittagshitze glitzert, und beobachte den Mann, der seinen Hund an der schäumenden Brandung spazieren führt. Ich sollte mich zusammenreißen und zumindest so tun, als wäre der Groll in mir nicht kurz vorm Überkochen.

Beim Abwägen der Möglichkeiten zieht sich mir der Magen zusammen. Soll ich die Nette spielen oder einen Streit anzetteln? Mums Anspannung ist nun offensichtlich. Und mir ist übel, als ob unser aller Glück davon abhinge, was ich als Nächstes mache. Kampf-oder-Flucht-Reaktion ist die wissenschaftliche Bezeichnung dafür – die Reaktion des Körpers auf Stress. Und Leo stresst mich definitiv. Ich hasse ihn nicht wirklich, aber wie es in einem gewissen sozialen Netzwerk so schön heißt: Es ist kompliziert. Ich kann auch nicht behaupten, dass ich ihn wirklich mag.

»Kannst du einfach mal kein Arsch sein, Leo?« Ich drehe mich weg.

»Nia!«, ruft Mum. Sie klingt enttäuscht.

Aus den Augenwinkeln sehe ich, wie Leos Grinsen nachlässt. Und genau in dem Moment, in dem er geschlagen die Schultern sinken lässt, renne ich los. Kiesel spritzen unter meinen Füßen weg, als ich an ihm vorbeihechte, und er stößt einen überraschten Schrei aus. Die Steine knirschen, als er die Verfolgung aufnimmt. Er ist direkt hinter mir. Ich kann seinen Atem hören, wie er stoßweise an mein Ohr dringt, vermischt mit einem glucksenden Lachen. Doch dafür, dass er so angegeben hat, sind wir uns ziemlich ebenbürtig. Er ist zwar groß, aber ich bin schnell, und die wertvollen paar Sekunden Vorsprung reichen aus, um in Führung zu bleiben. Der

Wind kitzelt mein Gesicht und lässt meine Haare wehen. Ich fühle, wie sich meine Muskeln beugen und strecken und merke überrascht, dass ich sogar Spaß habe. Ich mache keinen Sport. Eigentlich mache ich gar nichts. Deshalb staune ich, dass mein Körper weiß, was er zu tun hat. Aber es fühlt sich gut an. Mit einem tiefen Atemzug dränge ich meine Beine, sich schneller zu bewegen, und konzentriere mich auf mein Ziel. Ich muss gewinnen. Ich muss.

Die Felsbrocken sind jetzt nicht mehr weit. Sie sind nass und teilweise mit Algen bedeckt. Ich spüre etwas den Rücken meines ausgebleichten *Smiths*-T-Shirts streifen. Leos Finger. Das ist mal wieder typisch. Alle denken, er wäre Mr Perfect. Doch er ist sich nicht dafür zu schade, ein bisschen zu schummeln, um das zu bekommen, was er will. Aber nicht dieses Mal. Eine neue Welle der Entschlossenheit überkommt mich und ich nehme alle meine Kraft für die letzten Schritte zusammen. Knurrend vor Anstrengung hole ich aus und lasse meine ausgestreckte Hand auf einen hüfthohen Stein klatschen.

»Gewonnen!«

Er rennt in mich hinein und lässt mich gegen den Felsbrocken prallen, sodass auch das letzte bisschen Luft aus meinen Lungen herausgepresst wird. Salziges Meerwasser schwappt über meine Füße und der harte schroffe Stein drückt sich in meinen Brustkorb. Überrascht stöhne ich vor Schmerz auf. Sein Gewicht löst sich von mir. Ich rapple mich hoch und starre ihn wütend an.

»Sorry«, keucht er mit einem reuelosen Lächeln und macht einen Schritt zurück. »Konnte nicht so schnell bremsen.«

Ich schüttle das Wasser von meinen Chucks. »Klar konntest du, du Loser.«

Er lässt den Kopf nach hinten fallen. »Okay. Du hast gewonnen«, gibt er zu. »Aber ich wette, ich bin schneller oben!«

Mein Gott, er ist wirklich ein Fünfjähriger. Er meint die Felsbrocken, die über unseren Köpfen wie ein kleiner Berg neben den Klippen aufragen und die größer sind, als es von der anderen Seite des Strands ausgesehen hat. Die Steine liegen kreuz und quer übereinander, ihre rasiermesserscharfen Kanten sind mit glitschigem Seetang und Algen bedeckt. Ich zögere.

»Wenn du natürlich Schiss hast ...« Er lässt die Worte in der Luft hängen, weil er genauso gut wie ich weiß, dass er den Satz nicht zu Ende bringen muss.

Untrennbar verwoben mit meiner Verbitterung und meinem Ärger ist ein winziger Funke Rivalität, den ich nicht ausgelöscht bekomme. Das Bedürfnis, etwas zu beweisen. Manchmal findet der Kampf nur in meinem Kopf statt. Wenn es zum Beispiel darum geht, wer den letzten Toastie bekommt. Heute ist es diese Sache hier, und ich kann es seinem Gesicht ansehen, dass er denkt, er hätte schon gewonnen.

»Lass uns das Ganze doch ein bisschen interessanter machen.« Ich suche verzweifelt nach einem Weg, die

Oberhand zu gewinnen. »Wenn ich schneller bin, bekomme ich deine Gitarre.«

Eigentlich will ich sie gar nicht. Ich will nur, dass er Angst um etwas haben muss, das ihm wichtig ist. Er bildet sich nämlich ein, Musiker zu sein, und glaubt, dass er eines Tages groß rauskommen wird. Niemand darf seine kostbare *Fender* anfassen. Ich bin ehrlich davon überzeugt, dass er sie mehr liebt als seine Freundin.

Die Androhung hat auf jeden Fall die gewünschte Wirkung. Seine Augen verengen sich. »Vergiss es, Nia, als ob du wüsstest, was du damit anfangen sollst.«

Ein Windstoß peitscht mir die Haare ins Gesicht. Ich schmecke Sand und Salz, als ich mir mit der Zunge über die Lippen fahre. »Wer hat jetzt Schiss?«

Wir starren uns an und etwas blitzt zwischen uns auf. Stolz? Verständnis? Es ist vorüber, bevor ich herausfinden kann, was es gewesen ist. Aber ich weiß, dass Leo nicht klein beigeben wird.

»Na gut. Und wenn ich gewinne, musst du dich vor mich hinknien und zugeben, dass ich der Tollste bin.«

Dass ich offensichtlich nichts besitze, was er haben will, streut Salz in eine schon offene Wunde. Ich spüre, wie meine Wangen vor Erniedrigung anfangen zu brennen. »Das wird zwar nie passieren, aber okay.«

Er wirft mir ein spöttisches Lächeln zu. »Bereit zu verlieren?«

Ich nicke und spanne meine Beine an. Dieses Mal verspüre ich ein zusätzliches Kribbeln.

»Auf die Plätze, fertig, los!«

Schon kraxelt er mit seinen weißen Vans über die glitschige Oberfläche und erklimmt die Felsbrocken direkt vor uns. Ich schaue die Ansammlung von Steinen entlang und entdecke einen einfacheren, flacheren Weg ein paar Meter weiter rechts. Dorthin laufe ich, bevor ich anfange zu klettern.

Zuerst denke ich, dass es ein Fehler war. Leo ist schon viel höher als ich und ich habe das Gefühl, ich bewege mich mehr seitwärts als nach oben. Doch dann hält er an und betrachtet die Felsen über ihm. Ich kann mir ein Grinsen nicht verkneifen und konzentriere mich auf meinen eigenen Weg. Hinter uns ist ein schwaches Rufen zu vernehmen. Als ich mich umschaue, sehe ich Mum und Dad, die in unsere Richtung laufen. Mum wedelt mit den Armen in der Luft herum, und ich kann mir ihren besorgten Gesichtsausdruck genau vorstellen. Ein Grund mehr sich zu beeilen, beschließe ich. Denn wenn sie erst einmal nah genug ist, wird sie schon dafür sorgen, dass wir wieder runterkommen.

Leo schaut grinsend zu mir und ich vermute, er denkt dasselbe. Beide fangen wir an, schneller zu klettern.

Wir sind fast auf der gleichen Höhe, als ich merke, dass er schon wieder angehalten hat. Meine Strategie zahlt sich aus. Der oberste Felsbrocken kommt in Sichtweite und die Steine vor mir scheinen eine leichte Kletterpartie zu sein. Leo bewegt sich nicht. Mit den Füßen balanciert er unsicher auf einer fies aussehenden Kante, und ich erkenne jetzt, warum er angehalten hat. Ein klaffender Spalt tut sich zwischen ihm und dem nächsten Felsen auf. Wenn er gewinnen will, muss er springen.

Sein Blick schnellt zurück nach unten, als würde er den Rückzug in Erwägung ziehen. Eine Woge des Triumphs durchflutet mich. Wenn er das macht, wird er auf keinen Fall gewinnen.

»Tja, blöd gelaufen, Leo«, rufe ich ihm zu und erklimme die Felsen so leichtfüßig, dass Spiderman vor Neid erblassen würde. »Was glaubst du – wie viel werde ich auf ebay für deine Gitarre wohl bekommen?«

Sein Blick verdunkelt sich. Er sucht verbissen die Felsen ab. Geschickt umgehe ich die letzten Hindernisse auf meinem Weg und klettere auf den obersten Felsbrocken. Unter mir höre ich ein Knurren. Ich schaue genau in dem Moment hinunter, als Leo über die Kluft springt und nach dem Felsen über sich greift. Aber etwas stimmt nicht. Panik steht in seinem Gesicht. Seine Finger versuchen sich in den halb trockenen Seetang zu krallen und seine Füße kratzen am Stein auf der Suche nach Halt, aber vergeblich. Ohne nachzudenken werfe ich mich auf den Bauch und strecke meine Hand nach ihm aus. Meine Finger greifen nach seinen und ich bekomme ihn zu fassen. Ein Seufzer der Erleichterung entfährt mir. Aber schon eine Sekunde später spüre ich nichts als Luft in meinen Händen. Leo ist meinem Griff entglitten. Er beginnt zu fallen. Sein entsetzter Blick bleibt an meinem hängen, während er, fast wie in Zeitlupe, hinabstürzt. Dann das unerträgliche Geräusch von Knochen, die auf Stein zersplittern, und seine Augen schließen sich.

Regungslos liegt er da. Ich sehe, wie sich etwas Rotes auf dem dunkelgrauen Stein ausbreitet, genau dort, wo sein Kopf liegt. Und irgendwo fängt jemand an zu schreien.

3

Jonny

»Brauchst du irgendwas, Schatz?«

Mum weicht mir, wie an den meisten Tagen, nicht von der Seite. Ihr Gesicht ist müde und voller Kummer. Sie sieht älter aus als fünfundfünfzig. Das hat sie mir zu verdanken. Ich habe ihr die meiste Zeit meines Lebens Sorgen bereitet. Ich weiß, dass meine Eltern die Hoffnung auf ein Baby schon fast aufgegeben hatten, als ich schließlich gekommen bin. Dass das Baby, das sie dann bekommen haben, auch noch defekt war, finde ich grausam. Dad sieht auch alt aus, obwohl sie beide versuchen, sich in Form zu halten. Dad war früher Marathonläufer. Jetzt nicht mehr.

Ich schüttle den Kopf. »Nein, danke.«

Mum angelt eine Traube aus der Tüte auf meinem Tisch. »Die sind gut. Willst du eine?«

Dieses Mal wende ich mich ab. »Nein.«

Manchmal macht mich meine Mutter verrückt. Dad ist seltener hier, also geht er mir nicht ganz so auf den Wecker. Sie sind, um fair zu sein, eigentlich beide ziemlich gut darin, zu merken, wann ich meine Ruhe brauche.

Dann verziehen sie sich in die Kantine. Aber heute hat Mum ihren Reiz-Detektor scheinbar ausgeschaltet.

Eine der schlimmsten Sachen daran, vierundzwanzig Stunden am Tag in einem Krankenhaus zu verbringen, ist, dass es ein bisschen wie bei *Big Brother* zugeht. Allerdings ohne den Z-Promi-Status und die Wochenaufgaben. Immer ist da irgendjemand, der »einen schnellen Blick« auf einen werfen will und an einem herumstochert, als wäre man ein Laborexperiment. Und jeder auf der Station weiß alles über einen, selbst die kleinen Kinder. So etwas wie Privatsphäre gibt es nicht. Wir haben dieses Ampelsystem über unseren Betten, damit die Leute wissen, ob uns gerade nach Gesellschaft ist oder nicht – grüne Karte heißt »Partystimmung«, gelb heißt »mit Vorsicht zu genießen« und rot »nicht stören«, was meine Mutter normalerweise ignoriert. Bei Em ist die Ampel oft rot, weil ihr durch die Chemo häufig übel ist. Aber manchmal macht sie für mich eine Ausnahme. Dann packe ich meine lustigsten Witze aus. Denn, wie sich herausgestellt hat, ist Lachen wirklich die beste Medizin. Zumindest weiß ich, dass ich mich immer sofort besser fühle, wenn ich Em lachen höre.

»Ich habe gesehen, dass Manesh nach Hause gehen durfte«, sagt Mum, eindeutig entschlossen, mich zum Reden zu bringen. »So eine liebenswürdige Familie. Ich bin froh, dass die Sache für sie gut ausgegangen ist.«

Manesh ist der neunjährige Junge, der bis heute Morgen das Bett gegenüber von mir belegt hat. Auf einer Station wie der, auf der ich liege, gibt es viel Zusammenhalt.

Die Familien unterstützen sich gegenseitig und feiern die Erfolge genauso enthusiastisch, wie sie die Verluste betrauern. Für Manesh stand es eine ganze Zeit lang auf der Kippe, also kann ich ihm sein Happy End nicht missgönnen. Es ist ja nicht so, dass er das erste Kind auf der Station wäre, das vor mir eine Transplantation bekommen hat. Für die verbreiteteren Blutgruppen findet man eben leichter einen Spender, auch wenn die Herzen die richtige Größe haben müssen. Aber trotzdem bringe ich als Antwort nicht viel mehr als ein Grunzen zustande.

Mum lässt nicht locker. »Nick sagt, du stehst ganz oben auf der Transplantationsliste. Du wirst als Nächster dran sein.«

Nick ist mein Transplantationskoordinator. Er erzählt mir schon so lange, ich würde bald ein neues Herz bekommen, dass ich ihm nicht mehr glaube. Mein Immunsystem ist sensibilisiert. Das heißt, mein Körper würde einige Gewebearten angreifen. Also können die Ärzte gar nichts tun, bis das richtige Herz auftaucht. Und jeden Tag, den ich an meinem Berlin Heart hänge, erhöht sich die Wahrscheinlichkeit, dass ich eine Infektion oder einen Schlaganfall bekomme. Blut ist nämlich ganz schön intelligent. Es weiß, wann es nicht im Körper ist. Und das mag es überhaupt nicht. Daher versucht es im Berlin Heart zu gerinnen. Wenn das geschieht, muss die Kammer durch eine neue ausgetauscht werden. Eines Tages könnte der Schlaganfall aber wirklich ernst werden und ich würde so auch meine letzte Chance verlieren.

Ich wende mich wieder meiner Mutter zu und schaue sie an. »Das ist nicht Nicks Entscheidung«, erwidere ich. »Er ist nicht Gott.«

Sie lächelt und erträgt meine Gereiztheit, so wie sie es immer tut. »Du bist als Nächster dran, das weiß ich.«

Ich würde am liebsten losschreien, denn sie weiß es natürlich nicht.

Mum ist eine Meisterin darin, optimistisch zu bleiben. Und meistens ist es leichter, ihr einfach recht zu geben. Aber manchmal – nur manchmal – wünschte ich, sie würde dieses »Alles ist toll«-Theater einmal aufgeben und der Wahrheit ins Gesicht sehen: Sie muss sich keine Gedanken darüber machen, was sie mir zu Weihnachten besorgen soll.

Aber dann blicke ich ihr in die Augen und mir wird klar, wie wichtig es für sie ist, den Glauben nicht zu verlieren, und all meine Gereiztheit löst sich in Luft auf.

»Eine vielleicht«, sage ich und angle nach der Tüte mit den Trauben.

Am Nachmittag kommt Em vorbei.

»Was ist heute los mit dir?«, fragt sie. Sie setzt sich an mein Bett und rückt ihren Tropfständer zurecht. »Zu cool für die Schule?«

Ihre wunden Lippen verziehen sich zu einem Grinsen. Sie meint es also nicht so. Man könnte glauben, weil wir krank sind, würde uns das ganze Schulzeug erspart bleiben, aber dieses Glück ist uns nicht vergönnt. Das Krankenhaus hat seine eigene Schule, allerdings müssen wir nicht jeden Tag hin. Fühlt man sich nicht gut, kommt der Lehrer stattdessen manchmal kurz bei einem vorbei. Das ist nicht so schlimm, wie es sich anhört. Die meisten, die hier arbeiten, sind ziemlich cool. Am liebsten mag ich Femi, einen Pfleger, der mir immer die besten Manga-Comics mitbringt. Ich habe ihm ein paar von meinen Zeichnungen gezeigt und er meint, dass ich gut genug bin, um eines Tages vielleicht einen Job als Illustrator zu bekommen. Ich habe mir nicht die Mühe gemacht, darauf hinzuweisen, dass »eines Tages« wahrscheinlich niemals kommen wird.

»Weißt ja, wie das ist.« Ich schaue zu Em. »Ich hatte einfach keinen Bock.« Ich erwähne nicht, dass ich mich schon den ganzen Tag seltsam fühle, müde und schwerfällig, und keine Lust auf Gesellschaft habe. Mir war nicht einmal nach Zeichnen zumute. Mein Skizzenblock liegt zugeschlagen auf dem Bett. Em und ich haben eine Abmachung – absolute Ehrlichkeit –, aber ihr geht es die meiste Zeit schlechter als mir und ich will nicht rumjammern.

Sie kennt mich allerdings zu gut. »Was? Hast du wieder eine Infektion?«

Durch das Berlin Heart habe ich da, wo die Schläuche aus meinem Körper kommen und wieder hineinführen, offene Wunden auf der Brust. Was bedeutet, dass ständig die Gefahr einer Infektion besteht. Aber das ist es heute glaube ich nicht. Ich fühle mich nicht fiebrig oder fröstelig, was normalerweise sichere Anzeichen dafür sind. Ich fühle mich einfach ... alt. »Es ist wahrscheinlich gar nichts«, sage ich und gebe mein Bestes, gleichgültig zu klingen. »Was habe ich heute verpasst?«

Sie lässt sich nicht ablenken. »Ich rufe Femi.«

»Nein, nicht!« Ich setze mich so schnell auf, dass mir schwindelig wird.

»Dann erzähl mir, was los ist.«

Ich lasse mich wieder ins Kissen sinken. »Fragst du dich auch manchmal, ob es all das wert ist? All diese Behandlungen?«

Sie starrt mich an, als ob mir ein zweiter Kopf gewachsen wäre. »Natürlich ist es das.«

Normalerweise würde ich zustimmen. Aber dass Manesh entlassen wurde, macht mir wohl mehr aus, als ich zugeben möchte. Es ist, als hätte sein Glück mich daran erinnert, wie schlecht meine eigenen Chancen stehen. Also habe ich über das Sterben nachgedacht. Ich habe viel darüber nachgedacht. »Es fühlt sich an, als würde sich mein Glück langsam vom Acker machen, Em.«

»Schwachsinn«, sagt sie energisch. »Du wirst mich noch überleben.«

Die Zuversicht in ihrer Stimme bringt mich gegen meinen Willen zum Lächeln. Sie erzählt natürlich Quatsch. Nach den ganzen Behandlungen, die sie hinter sich hat, ist jede Zelle in ihrem Körper verstrahlt. Wenn sie mittlerweile nicht mindestens ein halber Superheld ist, weiß ich auch nicht.

»Vielleicht.«

Em steht auf und legt kurz ihre kalte Hand auf meine Stirn. »Das klingt nicht nach dir. Bist du sicher, dass du nicht krank bist?«

Es dauert einen Moment, bevor wir merken, wie absurd das ist, was sie gerade gesagt hat. Dann bekommen wir beide einen Lachanfall.

»Gott, bin ich ein Idiot«, japst sie irgendwann. »Tut mir leid.«

Wir kichern immer noch, als Femis Kopf schließlich hinter dem Vorhang hervorlugt. Seine Augen funkeln fröhlich, als er uns lachen sieht. »Was ist so lustig?«

Em winkt ab. »Du hättest dabei sein müssen.«

»Es war offensichtlich ein guter Witz«, stellt er fest. »Und du kennst die Regeln für gute Witze.«

Femi hat das wunderbarste, herzhafteste Lachen der Welt und macht nichts lieber, als es mit anderen zu teilen. Also ist seine Regel, dass gute Witze ans Schwarze Brett kommen. Aber dies war nicht die Art von Witz, über die jemand anderes lachen würde.

»Sorry, Femi«, sage ich. »Das war ein Insider. Den würde niemand verstehen.«

Er nickt. »Ihr beide seid schon zwei tolle Freunde. Euch lachen zu sehen, versüßt mir den Tag.« Sein Blick fällt auf meinen Skizzenblock. »Hast du etwas Neues gezeichnet?«

»Heute nicht.« Ich angle nach dem Manga-Band auf meinem Nachttisch. »Aber ich habe den Comic durch, den du mir mitgebracht hast.«

Em wirft einen kurzen Blick auf den Titel. »*Fairy Tail*? Echt jetzt?«

Femi und ich tauschen einen wissenden Blick aus. Em versteht unsere gemeinsame Manga-Manie nicht. Eigentlich versteht sie meine ganze Leidenschaft für Comics nicht. Punkt. Femi schon. Wir haben heimlich ausgemacht, dass er mich zur London Super Comic Con begleiten wird, wenn es Em und mir besser geht und sie keine Lust hat. Und um ganz ehrlich zu sein, hoffe ich irgendwie, dass sie sich davor drücken möchte. Em ist toll, aber Femi kennt jede *X-Men*-Story in- und auswendig.

»Oh!« Er tritt ans Bett, um mir den Comic abzunehmen. »Dann musst du als Nächstes *Rückkehr der Drachen* lesen. Ich bringe ihn dir morgen mit.«

»Danke«, sage ich.

»Keine Ursache«, antwortet er mit einem breiten Grinsen. »Sieh zu, dass du dich ein bisschen ausruhst.«

Er verschwindet hinter dem Vorhang. Em gähnt und steht auf. »Ich sollte auch gehen.« Sie schiebt ihren Tropf Richtung Vorhang. »Wir sehen uns morgen, ja? Versuch, heut Nacht nicht zu krepieren.«

Ich lächle. Dies ist noch einer von unseren ganz eigenen Witzen.

»Du auch.«

4

Nia

An das, was direkt nach dem Unfall passiert ist, erinnere ich mich kaum. Ich weiß noch, dass ich es irgendwie von den Felsen runterschaffe und der Mann mit dem Hund zu uns rennt, um meiner panischen Mutter zu helfen, die leichenblass ist. Aber ich kann nicht mehr sagen, was er genau macht. Und ich weiß, dass mein Vater den Notarzt ruft und seine Finger so zittern, dass er drei Anläufe zum Wählen braucht. Allerdings nur, weil er mir das später erzählt. Ich erinnere mich auch daran, wie der Rettungshubschrauber auf dem steinigen Strand landet und ich den Rettungssanitätern zusehe, wie sie Leo verarzten. Aber über die Sekunden, nachdem ich gehört habe, wie Leos Kopf auf den unnachgiebigen Stein schmettert, herrscht bei mir völlige Dunkelheit.

Die Sanitäter sind über eine halbe Stunde bei ihm. Dreißig lange Minuten voller gedämpftem Ärztekauderwelsch, in denen wir hilflos schweigend danebenstehen und zugucken. Dad hält meine Hand so fest gedrückt, dass er sie fast zerquetscht, aber ich beschwere mich nicht.

Leo öffnet nicht ein einziges Mal die Augen. Ein Teil

von mir erwartet, dass er jeden Moment blinzeln und angesichts unserer angespannten Mienen losgrinsen wird. Aber ein anderer Teil von mir – derjenige, der sich fragt, wie viel Blut ein Mensch verlieren kann, bevor er ernsthaft in Schwierigkeiten gerät – befürchtet, dass wir ihn eine ganze Zeit lang nicht mehr lachen sehen werden. Und ich verfluche mich selbst dafür, dass ich auf seine bescheuerte Wette eingegangen bin. Wenn ich Nein gesagt hätte, wären wir jetzt schon auf dem Weg zurück in unser Cottage. Ich wünschte, ich wäre die Steine auf einem anderen Weg hochgeklettert, sodass er nicht ein so wahnwitziges Risiko eingegangen wäre, um zu gewinnen. Ich wünschte mir sogar, dass ich es wäre, die da so blass und reglos liegt. Nur dass ich erst gar nicht den Mumm gehabt hätte zu springen.

Mum fliegt mit Leo im Hubschrauber mit. Ich glaube, Dad will auch mitfliegen, aber der Helikopter ist zu klein für uns alle und irgendjemand muss das Auto vom kostenpflichtigen Parkplatz fahren. Also gibt Dad dem Mann mit dem Hund die Hand und verspricht ihm, ihn über Leos Zustand auf dem Laufenden zu halten. Schweigend fahren wir zum Krankenhaus. Die Landschaft zieht an uns vorbei, während die Tachonadel immer höher steigt und Dad die Kurven schneller nimmt, als er sollte. Aber ich bemerke es kaum. Ein Schleier der Unwirklichkeit liegt über allem, so als würde ich die Ereignisse durch staubiges Glas betrachten. Meine zerkratzten Hände, die sich um Leos ramponiertes Handy krampfen, wirken irgendwie fremd. Sie fühlen sich nicht an, als wären sie ein Teil von mir.

Im Krankenhaus begleitet man uns zu Mum. Mit zerzausten Haaren und blassen Wangen sitzt sie in einem Warteraum. Eine Krankenschwester ist bei ihr. Die beiden reden miteinander, als wir hereinkommen.

Dad schließt Mum in seine Arme. »Noch keine Neuigkeiten«, sagt sie. »Er wird gerade untersucht.«

Die Krankenschwester stellt sich als Kerry vor und erklärt, dass sie uns für all unsere Fragen zur Verfügung stehen wird.

In meinem Kopf kreist nur eine einzige Frage und Mum hat sie bereits beantwortet. Meine Eltern setzen sich nebeneinander auf ein niedriges Sofa und halten sich an den Händen, und nicht zum ersten Mal fällt mir auf, wie unähnlich Leo und ich ihnen sind. Er hat immer rumgescherzt, dass wir bei der Geburt vertauscht worden wären und die echten Brody-Kinder ihre Eltern genauso verwirrt ansehen würden wie wir unsere. Mum ist zierlich. Ihr kupferfarbenes Haar ist von ein paar silbernen Strähnen durchzogen, wenn man weiß, wo man hinschauen muss. Dad hat dunkles Haar und blaue Augen, die an seine irischen Wurzeln erinnern. Wie sie Kerry da so gegenübersitzen, sehen sie kleiner aus, geschrumpft vor Sorge. Ich wende mich ab, verzweifelt auf der Suche nach einer Ablenkung, und mein Blick fällt auf das Aquarium in der Wand. Von hinten ist es zartblau beleuchtet und die Bewegungen der Fische sind seltsam beruhigend. Ich will gar nicht mehr wegschauen. Als ich das Glas berühre, spüre ich, dass es warm ist. Südseefische, schlussfolgere ich, während meine Augen einem zebraartig gestreiften, schwarz-weißen Fisch mit langen Flossen und Fächerschwanz folgen. Es ist um so vieles besser, mich von den Fischen hypnotisieren zu lassen, als die weiße Krankenhauswand anzustarren oder mich in die Unterhaltung zwischen meinen Eltern und Kerry einzumischen. Auch besser, als dauernd Leo vor mir zu sehen, wie er vor mir in die Tiefe stürzt.

»Wie hat er den Flug überstanden?«

Mum schaut kurz zu mir rüber, als wollte sie nicht, dass ich ihre Antwort höre. Wut steigt in mir auf. Sie versucht mich zu beschützen, aber dafür ist es zu spät. Ich war ja da, als Leo gefallen ist. Ich habe das Krachen der Knochen beim Aufprall gehört. Und man ruft keinen Rettungshubschrauber wegen Schnitten und Schürfwunden. Mir ist schon klar, dass es ernst ist.

Sie holt tief Luft, langsam und zittrig, und ihre Stimme ist kaum mehr als ein Flüstern, als sie antwortet. »Sein Herz hat ausgesetzt, aber sie haben es wieder zum Schlagen gebracht. Er braucht dringend eine Bluttransfusion.«

Die Worte treffen mich, als ob man mir einen Boxhieb verpasst hätte. Warum hat sein Herz ausgesetzt? Er ist mit dem Kopf aufgeschlagen, nicht mit dem Brustkorb. In meinen Ohren breitet sich ein Rauschen aus. Ich lege beide Hände ans Glas des Aquariums um mich abzustützen. Wie schlecht steht es wirklich um ihn?

Ich zwinge mich zu atmen. Langsam nimmt das Sausen in meinen Ohren ab und ich versuche diese neue Information zu verarbeiten. Sein Herz hat ausgesetzt. *Sein Herz* hat ausgesetzt.

Dad schluckt. »Das ist ... gut. Gut, dass sie es wieder zum Schlagen gebracht haben.«

Kerry nickt. Und ich kann schon verstehen, was Dad meint. Natürlich ist es gut, dass sie Leos Herz wieder zum Schlagen gebracht haben. Aber es hätte erst gar nicht dazu kommen dürfen. Es sei denn ...

»Was ist, wenn er ein Blutgerinnsel im Kopf hat?«, platzt es aus mir heraus. »Ich habe einmal diese Show im Fernsehen gesehen, wo jemand sich den Kopf angeschlagen hat und ein Blutgerinnsel ihn fast umgebracht hätte! Hat sein Herz deswegen ausgesetzt?«

»Nia«, stöhnt Dad auf.

Ich starre Kerry an und fühle, wie ich mit flachem Atem nach Luft schnappe. »Ist es das, was passiert ist?«

Mum vergräbt das Gesicht in ihren Händen.

»Es ist noch zu früh für eine Diagnose.« Kerrys Stimme ist ruhig und besänftigend. »Versuch, jetzt nicht an das Schlimmste zu denken.«

Die Tatsache, dass sie es nicht bestreitet, jagt mir ein panisches Stechen durch die Eingeweide. Ich will, dass sie mir sagt, ich soll nicht alles glauben, was ich im Fernsehen sehe, dass dort immer alles übertrieben wird. Stattdessen ist es, als ob sie meine Befürchtungen bestätigen würde.

Ich beobachte einen Schwarm winziger neonfarbener

Fische, die sich durch das Aquarium jagen, und wünschte, ich wüsste mehr über Kopfverletzungen.

Wir sitzen untätig da. Nur gelegentlich unterbrechen Mum und Dad mit ihren Fragen die angespannte Stille. Die Wanduhr zeigt Viertel nach eins, seitdem wir da sind. Ich vermute, im Krankenhaus gibt es wichtigere Dinge zu tun, als Batterien zu wechseln. Es fühlt sich falsch an, auf meinem Handy nachzuschauen. Das heißt, ich habe keine Ahnung, wie lange wir hier schon warten. Lange genug, dass Leo inzwischen aufgewacht ist? Lange genug, dass die Ärzte sein verletztes Gehirn flicken konnten? Lange genug, dass sein Herz wieder aussetzen konnte?

Kerry verschwindet, um uns Tee zu holen. Ich ertrage die Untätigkeit nicht länger und hole nun doch mein Handy aus der Tasche. Meine Hände brauchen etwas zu tun, aber meine Finger fühlen sich plump an, als sie auf dem Bildschirm herumtippen, und es fällt mir schwer, mich zu konzentrieren. Die Wörter verschwimmen vor meinen Augen, als würde ich sie durch das Wasser im Aquarium betrachten. Schließlich stopfe ich das Handy wieder zurück in meine Hosentasche und zupfe an einem eingerissenen Fingernagel herum. Getrocknetes Blut klebt an ihm und ich kann ehrlich nicht sagen, ob es meines ist oder Leos.

Die Tür geht auf. Eine Frau in roter Ärztemontur kommt herein, ein Stethoskop um den Hals. Hinter ihr hält Kerry ein Tablett mit dampfendem Tee. Meine Eltern stehen auf.

»Mr and Mrs Brody?«, fragt die Frau und sie nicken beide. »Hallo, mein Name ist Philippa Ross. Ich bin eine der behandelnden Notfallärzte.«

»Wie geht es ihm?«, fragt Dad.

In ihrem Gesicht suche ich nach Anhaltspunkten. Aber ihre Miene ist ausdruckslos und unlesbar wie ein Pokerface. Ich vermute, sie hat jeden Tag mit Leuten wie uns zu tun. Sie lädt uns mit einer Handbewegung ein, uns zu setzen, und ich hocke mich zu meinen Eltern auf das Sofa. Kerry reicht uns Pappbecher mit Tee.

Ich klammere meine Hände um den warmen Becher. Im Warteraum ist es nicht kalt, aber ich kann nicht aufhören zu zittern. Ich hoffe, Kerry hat schön viel Zucker in den Tee getan.

»Die gute Neuigkeit ist, dass sein Zustand stabil ist«, beginnt Ms Ross. »Aber seine Kopfverletzung bereitet uns Sorgen. Wir konnten die Blutung stoppen und werden jetzt einige Tests mit ihm durchführen. Wenn wir damit fertig sind, wissen wir mehr ...« Sie hält inne und schaut meinen Eltern in die Augen. »Ich sollte Sie jedoch vorwarnen: Seine Gehirnfunktionen könnten beeinträchtigt sein.«

Der Becher in Mums Hand zuckt. »Wie meinen Sie das?«

»Er spricht nicht so an, wie ich es gern hätte, was darauf hindeutet, dass der Unfall einige Schäden verursacht hat.«

Das Rauschen in meinen Ohren wird wieder stärker. Was für Schäden?

Mum schließt die Augen und lehnt sich an Dad. »Wie schlimm ist es?«

»Es ist wirklich zu früh, um das zu sagen.« Ms Ross' Stimme ist voller Mitgefühl. Sie steht auf. »Leo ist jetzt auf die Intensivstation gebracht worden und wird weiteren Untersuchungen unterzogen. Einer der Fachärzte wird so bald wie möglich zu Ihnen kommen.«

Mum und Dad stehen auf und folgen ihr zur Tür. Ich bleibe sitzen. Vor allem, weil ich nicht weiß, ob mich meine Beine tragen würden.

»Es tut mir wirklich leid, keine besseren Neuigkeiten für Sie zu haben«, sagt Ms Ross und sie sieht aus, als würde sie es ehrlich so meinen. »Kerry wird bei Ihnen bleiben, falls Sie etwas brauchen.«

Ich ziehe meine Knie an die Brust und schlinge meine Arme um sie.

Kerry legt eine Hand auf meinen Arm. »Ich weiß, du machst dir Sorgen, aber Leo ist in guten Händen.«

Ich bin kurz davor durchzudrehen und muss wegschauen. Atmen ... einfach atmen ... nicht denken, nur atmen.

Die Tür schließt sich leise. Wir warten. Und jede Minute, die vergeht, nagt an meinem Verstand. Die Fische haben ihre beruhigende Wirkung verloren. Ich sehe sie nicht einmal mehr. Ich habe das Gefühl, überzuschnappen, wenn ich nicht irgendetwas tue, also hole ich mein Handy wieder heraus und reiße mich zusammen, um mich auf meine Finger auf dem Bildschirm zu konzentrieren. Facebook ist ein Himmel der Normalität. Es hilft zu sehen, wie Freunde und sogenannte »Freunde« mit ihrem Leben angeben oder sich darüber beschweren. Wenn ich mich anstrenge, gelingt es mir fast, mich davon zu überzeugen, dass alles in Ordnung ist. Bis ich Leos Statusupdate lese, dass er am Strand ist und den Wellen hinterherjagt. Und dann ist alles, was ich vor mir sehe, nur noch der panische Blick in seinen Augen, während er mir entgleitet. Meine Finger zucken, als ob sie ihn dieses Mal vom Fallen abhalten könnten, und ich scrolle schnell weiter. Siebenundachtzig Freunde haben seinen Status gelikt. Ich frage mich, wie sie reagieren werden, wenn sie von dem Unfall erfahren. Zuerst schockiert, und dann hängt es vermutlich davon ab, wie schlimm es ist. Ms Ross' Worte hallen in meinem Kopf nach: *Er spricht nicht so an, wie ich es gern hätte.*

Stunden vergehen, bis sich die Tür erneut öffnet. Dieses Mal kommt ein Mann herein. Er trägt ein weißes Hemd und eine graue Hose. Er lächelt nicht. Mein Herz zieht sich zusammen. Ich habe ein ungutes Gefühl. Da, wo mein Magen sein sollte, tut sich ein gähnender schwarzer Abgrund auf.

»Hallo, ich bin James Archer. Neurochirurg hier im Krankenhaus, und seit Leos Einlieferung einer seiner behandelnden Ärzte.«

Mums Hände winden sich in ihrem Schoß und sie räuspert sich. »Danke, dass Sie sich um ihn kümmern. Gibt es – gibt es irgendwelche Neuigkeiten?«

Es muss sie geben, sonst wäre er nicht hier. Aber auf

einmal will ich nicht hören, was dieser ernste Mann zu sagen hat, will nicht, dass die Blase der Möglichkeiten platzt. Es ist wie die Theorie von Schrödingers Katze, die in einer Box mit Gift eingesperrt ist. Niemand weiß, ob das Gift sie getötet hat, bis jemand die Box öffnet. Also ist sie gleichzeitig tot und lebendig. In diesem Moment kann ich die Theorie vollkommen nachvollziehen. Beide Möglichkeiten sind so lange wahr, bis wir den Deckel anheben. Aber uns bleibt keine Wahl, lange in diesem Schwebezustand zu bleiben. James Archer wird uns die eine oder die andere Wahrheit aufdrängen, ob wir wollen oder nicht.

Er schaut meinen Eltern tief in die angsterfüllten Augen. »Es sieht nicht gut aus.« Seine Stimme wird sanfter und er macht eine kurze Pause. »Die ersten Untersuchungen deuten darauf hin, dass der Sturz gravierende Schäden an Leos Hirnstamm verursacht hat. Es tut mir leid, Ihnen sagen zu müssen, dass die Auswirkungen vermutlich sehr weitreichend sein werden.«

Mum holt tief Luft. Langsam und zittrig. Dad neben ihr sinkt zurück ins Sofa. »Was bedeutet das?«, fragt er.

»Das bedeutet, dass wir erst einmal noch weitere Untersuchungen machen müssen«, sagt Dr. Archer. »Wenn wir dann wissen, wie groß der Schaden ist, können wir darüber sprechen, was das Beste für Leo ist.«

Was das Beste für Leo ist, ist, dass die Ärzte ihn wieder hinkriegen. Aber ich bekomme plötzlich furchtbare Angst, dass sie es nicht können. Meine Augen füllen sich mit Tränen, die unbeachtet auf mein Handy fallen. Ich merke kaum, dass Kerry es aus meinen schlaffen Fingern befreit.

»Die Untersuchungen werden einige Zeit in Anspruch nehmen«, fährt er fort. »Es kann sein, dass wir die Ergebnisse erst in ein paar Stunden haben werden.«

»Können wir trotzdem zu ihm?«, fragt Mum heiser.

»Natürlich«, antwortet der Arzt ohne zu zögern. »Sie sollten allerdings auf seinen Anblick vorbereitet sein. Wegen der Geräte und Infusionen hängen eine Menge Schläuche und Kabel an ihm.«

Eine neue Welle der Unwirklichkeit überkommt mich. Infusionen, Kabel, Geräte ... Das kann einfach nicht wahr sein. Ich bin mir nicht einmal sicher, ob ich überhaupt zu Leo will. Ich will die Box nicht öffnen und den endgültigen Beweis vor Augen haben. Aber gleichzeitig habe ich das dringende Bedürfnis ihn zu sehen, und ich bin froh, dass Mum gefragt hat.

Dr. Archer steht auf. »Ich kann Sie direkt zu ihm bringen, wenn Sie bereit dazu sind.«

Ich bin nicht bereit. Ich werde es niemals sein. Aber ich folge ihnen trotzdem aus dem Raum.

5

Jonny

Schon in dem Moment, in dem ich aufwache, weiß ich, dass etwas nicht stimmt. Ich kann meinen Arm nicht bewegen, erreiche nicht den Knopf, um die Krankenschwester zu alarmieren. Ich versuche, um Hilfe zu rufen, aber die Worte wollen nicht richtig aus meinem Mund kommen. Sie sind unartikuliert und langsam. Schließlich schaffe ich es, meine Wasserkanne umzustoßen, die laut klirrend auf den Boden fällt. Eine Krankenschwester schaut mit gerunzelter Stirn nach, was los ist, und von da an geht alles ganz schnell. Eine Untersuchung folgt auf die andere, und es stellt sich heraus, dass sich aus meinem Berlin Heart ein Blutgerinnsel gelöst hat. Es ist in die Blutbahn geraten und hat so einen Mini-Schlaganfall verursacht. Gefährlich, aber auch nicht so verheerend wie ein richtiger Schlaganfall. Aber das bedeutet: eine neue Herzkammer, mehr Medizin, die durch meine vielen Schläuche fließt, und viele gedämpfte Gespräche, die gerade so außerhalb meiner Hörweite stattfinden. Ernsthaft, wenn ich die Kraft dazu hätte, würde ich etwas an ihre blöden Köpfe schleudern, eine Urinflasche, einen Monitor, meine ganze

Wut – *egal was* – damit sie endlich sehen, dass ich mehr bin als nur ein Scheißherz.

»Sie machen sich Sorgen um ihre Investition«, meint Em, als sie später zu mir darf. Viel später. »Das Ding ist so arschteuer, es könnte aus Brillis gemacht sein.«

Sie meint das Berlin Heart. Wie Behandlungen so sind, ist alles ziemlich kostspielig, und meine dauert nun schon ein ganzes Jahr. Nach Ems Schätzungen macht mich das mittlerweile zum teuersten Patienten, den das Krankenhaus jemals hatte. Ein anderes Mal hätte mich das vielleicht aufgemuntert, vor allem wenn ich aus ihren Worten nicht das Mitleid herausgehört hätte. Aber wenn schon ein Mädchen ohne Haare und mit Lippen voller Bläschen und Geschwüre anfängt, einen zu bedauern, weiß man, dass man in ernsthaften Schwierigkeiten steckt.

Der Mini-Schlaganfall heißt, dass meine Eltern den ganzen Tag hier verbringen, damit sie mich wegen eventueller Nachwirkungen im Auge behalten können. Mir ist schleierhaft, wie sie das machen. Ich kann mir nichts Langweiligeres vorstellen, als meine Wunden an den Schläuchen zu säubern und mir beim Schlafen zuzusehen. Aber sie beschweren sich nicht. Wer weiß, wie Dad es schafft, auf der Arbeit so oft freizubekommen. Vielleicht wurde ihm schon gekündigt und er will nur nicht, dass ich es erfahre. Er gibt sein Bestes, zuversichtlich zu bleiben. Aber ich sehe seinem Gesicht die Strapazen an und in Mums Augen die Sorge, die sie nicht ganz verbergen kann. Ehrlich gesagt, erinnere ich mich nicht daran, wann ich die beiden das letzte Mal angeschaut habe, ohne diese Angst zu sehen.

Femi kommt vorbei, um nachzusehen, wie es mir geht. Er bringt mir ein paar Comics mit. Wir reden nicht wirklich viel über den Schlaganfall. Es ist mein dritter, seitdem ich das Berlin Heart habe, also bin ich mittlerweile schon fast daran gewöhnt. Aber es ist immer wieder aufs Neue ein Glücksspiel. Beim nächsten Mal könnte das Blutgerinnsel größer sein und die Auswirkungen dauerhaft.

So ist das, wenn man mit Zeit auf Pump lebt. Irgendwann geht sie einem aus.

6

Nia

In Leos Raum ist es still, oder zumindest so still, wie es sein kann mit einem Beatmungsgerät, das geräuschvoll zischt, und Hunderten von Monitoren, die alle zwei Sekunden piepen. Eine Krankenschwester ist gerade dabei, etwas auf einem Klemmbrett zu notieren, als Dr. Archer uns hereinbegleitet. Die beiden führen eine kurze, gedämpfte Unterhaltung. Dann verlässt die Krankenschwester den Raum, wobei sie uns ein trauriges Lächeln zuwirft.

Leo liegt vollkommen reglos unter dem weißen Baumwollbettlaken. Seine Brust hebt und senkt sich gleichmäßig im Rhythmus des Beatmungsgeräts. Aber das ist auch die einzige Bewegung. Es klingt dumm, aber ich glaube, seine Reglosigkeit ist das, was mir am meisten ausmacht. Ich kenne ihn nur aktiv und voller Leben, wie Tigger auf einem Zuckertrip. Sogar geschlafwandelt hat er. Vermutlich könnte ich versuchen, mir einzureden, dass er gerade schläft. Nur dass der Schlauch, der auf seinem Mund klebt, das Piepen und die Zacken auf dem Herzmonitor eine ständige Erinnerung daran sind, dass er es nicht tut.

Mum schaut zu Dr. Archer und im schwachen Licht erkenne ich, wie Tränen in ihren Augen glitzern. »Darf ich ihn berühren?«

»Natürlich.«

Sie tritt an Leos Bett und blickt auf ihn hinab. Ich habe keine Ahnung, wie sie so stark sein kann. Sie streckt die Hand aus, um ihm die Haare glatt zu streichen. Er würde es hassen, das weiß ich. Da bemerke ich, dass sein Kopf an einer Seite rasiert ist. Eine kleine, saubere Naht ist dort zu sehen. Ich kann nicht glauben, dass eine Wunde von der Größe eines Zwanzig-Pence-Stücks so verheerende Folgen haben kann. Andererseits kann ich überhaupt nichts von dem glauben, was heute passiert ist.

Dad tritt neben Mum und sie lehnt sich an ihn. So stehen sie schweigend beieinander.

»Möchten Sie irgendetwas wissen?«, fragt Dr. Archer.

Mum dreht sich zu ihm. Ihre Lippen bilden eine schmale Linie, und ich frage mich, ob sie überhaupt fähig ist, zu sprechen. Aber sie schüttelt nur den Kopf. Dad scheint Dr. Archer nicht einmal gehört zu haben.

Ich habe so viele Fragen, dass mir schon fast schlecht ist, weil ich sie alle in mir halte. Aber gleichzeitig habe ich Angst, die Antworten zu hören.

Dr. Archer räuspert sich respektvoll. »Dann lasse ich Sie jetzt einen Moment allein.« Die Tür fällt leise hinter ihm ins Schloss.

Nach einer Weile blickt Mum zu mir herüber und ich sehe, dass ihre Augen ganz verquollen sind.

»Es muss so schwer für dich sein«, sagt sie. Ihre Hand sucht die meine.

Es ist schwer. Schwer und unfair und verheerend auf tausend verschiedene Arten, die wie Wellen über mich hereinbrechen und mich unter sich begraben. Aber sich um mich Sorgen zu machen, ist das Letzte, was Mum jetzt braucht. Ich bemühe mich zu lächeln. Die Muskeln um meinen Mund fühlen sich taub an. »Alles okay mit mir. Mach dir um mich keine Gedanken.«

Sie nickt. Ich will, dass sie mich an sich zieht, so wie sie es früher gemacht hat, als wir kleiner waren, und alles wieder gut wird. Aber ich kann sehen, dass ihre Gedanken schon wieder bei Leo sind. Also lasse ich ihre Hand los.

Dad steht still neben ihr, während ihre Finger mit zärtlichen Gesten über Leos Haar streicheln, an seinem Bettzeug zupfen und das unmöglich gemusterte Krankenhausnachthemd glatt streichen, das er trägt. Als ob diese kleinen Berührungen ihn irgendwie heilen könnten.

»Er sieht so friedlich aus.« Ihre Stimme versagt und sie fängt erneut an zu weinen. Macht sie sich etwa Vorwürfe wegen des Unfalls? Quält sie sich mit dem Gedanken, dass sie uns hätte aufhalten sollen? Sie hätte genauso gut versuchen können, die Sonne am Scheinen zu hindern. Während ich all dies tatsächlich hätte verhindern können. Wenn wir kein Wettrennen gemacht hätten, wären wir jetzt nicht hier.

»Er kommt wieder in Ordnung«, sagt Dad. »Er ist stark. Ein Kämpfer. Wir werden das durchstehen.«

Aber bei Leos Anblick, wie er jetzt so blass und reglos daliegt, fällt es mir schwer zu glauben, dass er jemals wieder der Alte sein wird. Ein Gefühl der Furcht beschleicht mich, als ich an Dr. Archers Worte denke: *Wenn wir erst einmal wissen, wie groß der Schaden ist, können wir darüber sprechen, was das Beste für Leo ist.*

Ich habe keine Ahnung, wie viel Zeit vergeht, bis Dr. Archer wiederkommt, aber meine Beine tun schon weh. Neben dem Bett steht zwar ein Stuhl, auf den ich mich wahrscheinlich setzen könnte, aber ich bin zu unruhig. Dieses Mal ist Dr. Archer nicht allein. Kerry und eine ältere Frau, die vermutlich auch Ärztin ist, begleiten ihn. Auf einmal fühlt sich der Raum klein und überfüllt an.

»Wir würden jetzt gerne mit den Tests anfangen«, sagt Dr. Archer, nachdem er die Ärztin vorgestellt hat. »Wie ich schon erklärt habe, werden sie einige Zeit in Anspruch nehmen. Sie können gerne wieder im Familienraum warten, oder vielleicht holen Sie sich ein heißes Getränk oder einen Snack.« Er schaut auf die Uhr. »Die Cafeteria hat lange geöffnet – ich kann jemanden bitten, Ihnen den Weg zu zeigen, wenn Sie möchten.«

Den Gedanken an etwas zu essen kann ich nicht ertragen, aber ich merke plötzlich, wie durstig ich bin. Es ist Stunden her, dass Kerry uns Tee gebracht hat. »Ich brauche was zu trinken.«

Kerry lächelt verständnisvoll und verlässt erneut den Raum. Kurz darauf kommt sie mit einem Pfleger zurück. »Joe wird Sie zur Cafeteria bringen.«

Mum nickt, aber sie bleibt an Leos Seite stehen, ihre Hand in seiner. »Geben Sie uns Bescheid, sobald es Neuigkeiten gibt?«

»Ja«, sagt Dr. Archer. »Ich werde dann zu Ihnen kommen.«

Dad legt seinen Arm um Mum, um sie dazu zu bewegen mitzukommen. Sie will nicht gehen. Aber schließlich lässt sie sich doch in Richtung Tür führen. Ihre Finger halten Leos bis zur letzten Sekunde fest.

»Wir sind gleich wieder da, Leo.« Dann versagt ihre Stimme.

Die Uhr in der Cafeteria zeigt neun. Es gibt keine Sitzgelegenheiten, nur eine Theke voller in Zellophanfolie verpackter Snacks und eine Kasse, hinter der ein gelangweilter Mitarbeiter steht, der gerade sicher gern irgendwo anders wäre.

Mum und Dad bestellen einen Tee. Ich nehme eine Cola, die zu süß schmeckt. Dann begleitet uns Joe zurück in den Familienraum.

Die Uhr hier zeigt immer noch auf Viertel nach eins und der Akku von meinem Handy hat schon vor Ewigkeiten den Geist aufgegeben, obwohl er so ungewöhnlich wenig zu tun hatte. Also habe ich keine Ahnung, ob es mir nur so vorkommt oder ob die Zeit wirklich so langsam vergeht. Dad schließt die Augen und döst ziemlich schnell ein, auch wenn es nur ein wachsamer Halbschlaf ist. Mum sitzt da und starrt schweigend vor sich hin. Mir fällt nichts ein, was ich ihr sagen könnte, keine Worte, die sie trösten würden. Es fühlt sich an, als ob das Einzige, was ich gerade tun kann, weiteratmen ist.

Meine Augen fühlen sich vor Erschöpfung schon ganz sandig und trocken an, als Dr. Archer wieder zu uns kommt. Kerry ist bei ihm und eine andere Frau. Sie trägt keine Krankenschwesterkleidung wie Kerry. Vielleicht noch eine Ärztin? Mein Kopf beginnt sich zu drehen, als die drei sich setzen.

»Mr und Mrs Brody«, sagt Dr. Archer. »Nia. Das ist Narmada. Sie ist eine spezialisierte Krankenschwester, die hier mit uns zusammenarbeitet.«

Narmada presst die Lippen zu einem kleinen Lächeln zusammen, sagt aber nichts.

Warum ist sie nicht angezogen wie eine Krankenschwester?, frage ich mich. *Was für eine Krankenschwester ist sie?* Aber ich kann mir nicht lange den Kopf darüber zerbrechen, weil Dr. Archer schon weiterspricht.

»Sie wissen, dass wir Leos Gehirn einigen Tests unterzogen haben, um herauszufinden, wie viel Schaden der Sturz verursacht hat.« Er hält inne und blickt jeden von uns der Reihe nach an. »Es tut mir so unendlich leid. Aber die Ergebnisse der Untersuchungen lassen keinen Zweifel zu. Wir können keine Gehirnfunktion mehr feststellen.«

Dads Gesicht wird noch fahler. »Was? Aber wie kann das sein? Er atmet doch noch, er schläft.«

Ich weiß, was das heißt. Keine Gehirnfunktion heißt *game over*.

Dr. Archer holt tief Luft. »Es tut mir so leid. Leos Gehirn ist tot. Und ohne sein Gehirn kann er nicht überleben. Es mag so scheinen, als wäre er noch am Leben, aber das sind allein die Maschinen. Leo ist von uns gegangen.«

»Ist er ... ist er überhaupt noch einmal aufgewacht?«, fragt Mum mit brüchiger Stimme. Sie weint nicht, noch nicht, aber ihr Gesicht ist kreidebleich und die Schatten unter ihren Augen haben sich ausgebreitet wie graue Blutergüsse.

Der Arzt schüttelt den Kopf. »Er hat das Bewusstsein zu keinem Zeitpunkt wiedererlangt. Soweit wir sagen können, hat der Hirntod direkt eingesetzt, als er auf den Stein aufgeschlagen ist. Er hat nicht bewusst miterlebt, was mit ihm passiert ist.«

Für ihn ist das leicht zu sagen. Er hat nicht das Aufblitzen von Panik in Leos Blick gesehen, als er gefallen ist, hat sich nicht den Hilfeschrei vorgestellt, für den Leo keine Zeit mehr hatte. Aber ich verdränge diese Erinnerung, denn ich merke, wie sehr ich glauben möchte, dass er keine Ahnung hatte, was passieren würde.

Jetzt kann Mum die Tränen nicht mehr zurückhalten. »Es hat also nicht wehgetan?«, wimmert sie.

Dad weint auch und selbst Kerrys Augen schimmern.

»Er hat keine Schmerzen verspürt«, besänftigt Dr. Archer, ohne den Blick von uns abzuwenden. »Es tut mir wirklich so unglaublich leid.«

Mum vergräbt ihr Gesicht an Dads Schulter und schluchzt. Er blickt durch nasse Wimpern zu mir, streckt einen Arm nach mir aus und zieht mich zu sich. Ich bin kein großer Fan von Körperkontakt, und es ist Jahre her, dass ich meine Eltern umarmt habe, aber jetzt, für diesen einen Moment, fühlt sich seine Schulter nach dem einzigen Ort an, an dem ich sein möchte.

Kerry hat Taschentücher geholt und hält sie uns hin. Dad zupft eines für Mum und eines für sich heraus. Auch ich wische mir das Gesicht ab, aber es ist sofort wieder tränennass. James Archer wartet still ab. Und angesichts seiner Ruhe fühle ich eine plötzliche Wut in mir aufsteigen.

»Die erste Ärztin hat gesagt, Leos Zustand ist stabil. Vielleicht braucht er einfach nur mehr Zeit.«

»Wir könnten noch mehr Zeit einräumen«, erwidert er. »Aber Leo hat auf keinen der Tests eine Reaktion gezeigt. Es bestehen leider keine Zweifel.«

Seine unnachgiebige Miene macht mich nur noch wütender, genauso wie die Tatsache, dass meine Eltern das alles einfach kleinlaut hinnehmen, sich offenkundig weigern, für Leo zu kämpfen. »Dann operieren Sie ihn doch!«, blaffe ich ihn an. »Tun Sie etwas, anstatt einfach aufzugeben. Machen Sie Ihren Job!«

Selbst in meinen eigenen Ohren höre ich mich schrill und unvernünftig an, aber Dr. Archer bleibt ruhig. »Glaub mir, wenn auch nur die geringste Hoffnung bestünde, dass Leo wieder gesund würde, würde ich operieren. Aber wir haben alle Untersuchungen durchgeführt, und meine Kollegen und ich stimmen darin überein, dass der Schaden irreversibel ist. Leos Hirnfunktionen werden nicht mehr zurückkommen.«

Ich drehe mich zu Dad und presse meine Augen zusammen. Heiße, ohnmächtige Tränen rinnen aus meinen Augenwinkeln. Ich kann das alles nicht glauben. Noch vor ein paar Stunden habe ich mich mit Leo am Frühstückstisch gezofft, und jetzt sollen wir akzeptieren, dass er tot ist, obwohl er es nicht ist.

»Wenigstens hat er nicht gelitten«, presst Dad irgendwann hervor. Es klingt erzwungen. »Wenigstens ging es schnell.«

Mum lässt den Kopf auf eine Art auf und ab wippen, die mir sagt, dass sie sich schwer damit tut, aus diesem Wissen viel Trost zu ziehen. Wir sind nicht religiös. Wir sprechen nicht davon, dass er jetzt an einem besseren Ort ist, als wäre das Leben eine Art Test und das einzig Wahre würde erst kommen, wenn man tot ist. Ich vermute, dass viele wohlmeinende Menschen uns in den nächsten Wochen versichern werden, dass Leo jetzt im Himmel ist. Und, wer weiß, sein Verlust wäre vielleicht leichter zu ertragen, wenn wir ihnen einfach glauben würden.

»Da ist noch eine Sache«, sagt Dr. Archer langsam und bedächtig. Wir alle blicken ihn erwartungsvoll an. »Durch die Art des Unfalls ist der größte Teil von Leos Körper unversehrt und wir müssen darüber nachdenken, was jetzt getan werden soll. Ich weiß, dass es schwer für Sie ist, sich mit dem Gedanken zu befassen, aber es stellt sich die Frage, ob Sie mit Leo jemals über Organspende gesprochen haben.«

Ich schnappe nach Luft. Ich kann nichts dagegen tun.

Es fühlt sich an wie ein kranker Witz. Leo atmet noch, sein Herz schlägt noch, und sie wollen ihn aufschneiden, um irgendjemand anderen zu retten?

Meine Eltern sehen genauso schockiert aus. Dad macht schon den Mund auf und ich bin sicher, er wird diesem Doktor jetzt sagen, wo er sich seine Organspende hinstecken kann, aber da ergreift Mum das Wort.

»Ja«, sagt sie. Ihre Stimme klingt, als würde sie von sehr weit her kommen. »Das haben wir tatsächlich.«

In mir rührt sich eine Erinnerung, wie wir alle zusammen spät abends vor einer dieser Polizei-Reality-Shows sitzen. Es wurde ein Unfall gezeigt, einer von denen, bei denen klar war, dass es jemand nicht schaffen würde. Und wir haben angefangen, darüber zu sprechen, ob wir unsere Organe spenden wollten, wenn wir sterben würden. Ich habe bei der Vorstellung Panik bekommen und selbstsüchtig Nein gesagt. Leo hat natürlich das Gegenteil getan.

»Denk doch mal an die Menschen, denen du helfen könntest«, hat er gesagt und wurde kurz ernst. »An die Leben, die du retten könntest. Ich würde gerne etwas bewirken, du nicht?«

Ich habe mich noch kleiner gefühlt als sonst, bis er schließlich blöd gegrinst hat. »Außerdem, hast du mich mal angeschaut? Es wäre doch eine Schande, so ein Qualitätsprodukt zu verschwenden.«

Dr. Archer blickt zu Narmada und auf einmal begreife ich, warum sie hier ist. Eine spezialisierte Krankenschwester hat er sie genannt – offensichtlich ist sie darauf spezialisiert, Menschen davon zu überzeugen, ihre Liebsten aufzugeben und deren Organe abzutreten.

»Narmada hat viel Erfahrung auf diesem Gebiet«, sagt der Arzt. »Sie kann Ihnen helfen zu entscheiden, was das Beste für Leo ist.«

Die Fachkrankenschwester fängt mit gesenktem Kopf an zu reden. »Ich möchte, dass Sie wissen, wie leid es mir tut. Das ist ein furchtbarer Moment für Sie, vor allem, weil Leo immer noch so lebendig wirkt.« Sie hält inne und schenkt uns einen mitfühlenden Blick. »Aber Sie müssen auch wissen, dass er keinen Schmerz spürt. Er ist nicht mehr bei Bewusstsein. Leo ist von uns gegangen.«

Mum schaut Dad an und es ist, als ob sie diese stumme Unterhaltung führten. Ich kann es nicht fassen, dass sie es überhaupt in Erwägung ziehen. Was wenn die Ärzte falschliegen und es doch eine Chance gibt, dass Leo aufwacht? Es ist zu früh, um über so etwas Endgültiges nachzudenken. Was wenn …? *Was wenn?* Und dann schaue ich zu Dr. Archer. Sein Blick ist ernst, und traurig. Aber vor allem sicher. Ich merke, wie ich ganz langsam anfange, zu akzeptieren.

»Leo könnte helfen, so viele Leben zu retten und zu verändern«, spricht Narmada weiter. »Sie müssen jetzt nur entscheiden, ob er das gewollt hätte.«

Mum zieht die Luft ein. Es ist ein kehliger, klebriger Laut. Voller Verzweiflung. Dad wendet sich zu ihr. Sein Gesicht ist tränennass. Mum streckt ihre Hand nach mir aus, nach ihrem einzigen verbliebenen Kind. Und so werde ich, ohne es zu wollen, in diese furchtbare Entscheidung mit einbezogen.

Unsere Hände ineinander verschlungen setzen wir uns. Meine Gedanken gleiten zurück zu dem Abend, als wir über Organspende geredet haben. »Würdest du nicht wollen, dass jemand anderes das für dich macht, wenn du krank wärst?«, hat Leo gefragt. »Dir eine Chance auf Leben geben?«

Ich habe irgendwas Flapsiges geantwortet, weil alles so weit weg und unwahrscheinlich erschien und ich dachte, dass er sowieso nur Mist redete. Aber jetzt sitzen wir hier und auf einmal denke ich, dass er überhaupt keinen Mist geredet hat – er hat es ernst gemeint. Das, was ich fühle, spielt keine Rolle mehr.

Ich hole tief Luft und drücke die Hände meiner Eltern – in stummem Einverständnis. Und so, einfach so, fällt die Entscheidung.

»Können wir heute Abend noch bei ihm bleiben? Wenigstens eine Weile?«, fragt Mum.

»Natürlich«, sagt Dr. Archer.

Mum starrt auf den Boden. Ihr Blick bleibt dort so lange hängen, dass ich mich frage, ob sie es sich nicht doch noch anders überlegt. Sie schaut noch ein letztes Mal zu Dad und senkt dann zustimmend den Kopf. Als sie dieses Mal spricht, ist ihre Stimmte bestimmt. »Dann nehmen Sie, was Sie brauchen.«

Dr. Archer presst seine Lippen aufeinander und Narmada nickt. »Ich werde hier sein und Sie bei jedem Schritt auf diesem Weg unterstützen.«

Es steht fest.

Und irgendwie, zwischen der Wut und dem Schock und der schreienden Ungerechtigkeit, fühlt es sich richtig an.

7

Nia

Es gibt natürlich viel Papierkram zu erledigen und Fragen über Leos Leben zu beantworten. Man sagt uns, dass wir einen Brief mit Informationen darüber erhalten werden, welche Organe entnommen wurden. Mir kommt das makaber vor, aber Mum und Dad scheint es zu trösten. Zu wissen, dass Leos Tod Leben verändern wird, ist für sie vermutlich der einzige Lichtschimmer in der Dunkelheit. Und das ist wieder typisch Leo. Sogar jetzt ist er immer noch das Vorzeigekind.

Schließlich sind alle Fragen beantwortet und die Einverständniserklärung unterzeichnet. Und nun, da der Moment näher rückt, wünschte ich, es gäbe noch irgendetwas anderes, mit dem wir uns beschäftigen müssten. Irgendetwas, um das aufzuschieben, was als Nächstes kommt.

Leo sieht genauso aus wie vorher. Es ist so schwer zu glauben, dass er seine Augen nie wieder öffnen und lächeln wird. Eine orangerote Bettdecke ist über seine Beine ausgebreitet, sorgfältig an den Seiten festgesteckt. Der Gedanke, dass sich jemand so viel Mühe gemacht hat, damit er nicht friert, obwohl derjenige doch gewusst haben muss, dass es nicht wirklich notwendig war, macht mich fertig. Ich beiße mir auf die Lippen. Eine meiner ungeschriebenen Regeln ist, Leo nie die Genugtuung zu geben, mich weinen zu sehen. Und auch wenn jetzt alles anders ist, alte Angewohnheiten wird man nur schwer wieder los.

»Falls Sie irgendwelche Fragen haben, ich beantworte sie Ihnen gerne«, sagt Narmada voller Mitgefühl.

Zuerst antwortet Mum nicht. Sie streichelt Leos Gesicht. »Er ist so warm.« Dann wandert ihre Hand runter aufs Bettlaken, wo sie verharrt. »Ich kann sein Herz spüren.«

Wie kann er so lebendig wirken und trotzdem tot sein? Die unausgesprochene Frage hängt in der Luft. Schrödingers Katze. Dr. Archer nickt. »Es ist möglich, es sehr lange weiterschlagen zu lassen.«

Hinter seinen Worten steckt noch etwas anderes: Es ist möglich, aber sie werden es nicht tun. Diese Maschinen werden bald für jemand anderen gebraucht, jemanden, der eine Chance auf Heilung hat. Nicht Leo. Und auch wenn wir darüber geredet haben und ich weiß, dass es keine Hoffnung mehr für ihn gibt, ein winziger Teil von mir kämpft immer noch dagegen an, es zu akzeptieren.

»Wie können Sie wissen, dass er nicht mehr da drin ist?«, entfährt es mir. »Ich habe von dieser Sache mit dem Locked-in-Syndrom gehört. Die Patienten können alles sehen und hören, nur nicht kommunizieren. Vielleicht hat Leo das.«

Dr. Archer senkt den Kopf. »Hirntot ist keine Diagnose, die wir leichtfertig stellen. Nicht nur ich habe Leo untersucht, auch ein anderer Chefarzt hat ihn sich angeschaut, und wir haben die Gewissheit, dass Leo von uns gegangen ist. Es tut mir sehr leid.«

»Aber wie können Sie sich so sicher sein?«

»Nia«, murmelt Mama. »Bitte, lass es gut sein.«

Die Qual in ihrer Stimme lässt mich verstummen. Meine Hände ballen sich neben meinen Oberschenkeln rhythmisch zu Fäusten und in mir steigt echte Übelkeit hoch.

Dann schaut Mum mich an und es ist, als würde sie mich seit Leos Sturz zum ersten Mal sehen. Ihre Augen weiten sich und auf einmal sind ihre Arme um mich geschlungen und sie umklammert mich so fest, dass ich kaum noch atmen kann. Sie gibt keinen Laut von sich, aber ich spüre an ihrem Zittern, dass sie weint. Dad tritt zu uns und zieht uns beide an seine Brust.

»Wie lange ...?«, fängt er über unsere Köpfe hinweg eine Frage an. Aber er bringt sie nicht zu Ende, schluckt nur noch voller Schmerz.

»Es besteht keine Eile«, erwidert Narmada ruhig. »Ein paar kleinere nicht invasive Tests müssen gemacht und ein paar Dinge erledigt werden. Aber Sie können sich mit Leo so viel Zeit nehmen, wie Sie brauchen.«

Die nächsten Stunden sind die kürzesten und trotzdem die längsten, die ich jemals erlebt habe. Mum sitzt neben Leos Bett und spricht mit ihm, seine Hand fest von ihrer umschlossen. Die meiste Zeit erzählt sie davon, wie wir klein waren. Ich versuche nicht zuzuhören. Es ist hart, das Stocken in ihrer Stimme zu hören und zu sehen, wie Tränen ihre Wangen herunterrinnen. Und ganz hinten in meinem Kopf erinnert mich etwas quälend daran, dass Leo schon immer ihr Liebling gewesen ist. Sie würde es niemals zugeben, nicht einmal vor Dad. Aber wie kann es anders sein? Leo hatte keine Stimmungsschwankungen, er wurde nicht ohne Grund wütend und weinte, oder wurde vom Unterricht ausgeschlossen, weil er einem Lehrer ins Gesicht gesagt hatte, er solle sich verpissen. Bis gestern war Leo immer der Traum aller Eltern, wohingegen ich ... na ja, ich immer nur eine Enttäuschung gewesen bin.

Während die Stunden vergehen, frage ich mich, ob Mum tief im Innersten erwartet, dass er aufwacht. Aber mir wird klar, dass es nicht wirklich er ist, mit dem sie spricht. Sie vergegenwärtigt sich Dinge, fixiert sie in ihrem Kopf, sodass ihre letzten Erinnerungen an ihn nicht nur die sind, wie er jetzt daliegt, reglos und nicht ansprechbar. Sie lässt los, Stück für Stück.

Für Dad ist es schwieriger, mit Leo zu sprechen. Seine Stimme versagt, als er es versucht. Er presst die Lippen aufeinander und starrt an die Wand.

Und ich bringe überhaupt kein Wort raus. Ich schaue Leo an, der sich unseres Schmerzes nicht bewusst ist, und stelle ihn mir steif und kalt vor. Bei diesem Gedanken kann ich kaum noch atmen.

Krankenhausangestellte kommen und gehen, immer

mit gesenkten Köpfen und sanften Blicken, während sie leise und respektvoll Infusionen wechseln, die Informationen auf den Monitoren überprüfen, Blut abnehmen. Sie helfen uns auch, einen Abdruck von Leos Hand zu machen, der eines Tages neben den kleinen aus unseren Kindertagen hängen wird. Und Mum dankt jedem Einzelnen von ihnen.

Narmada kommt von Zeit zu Zeit herein, um nach uns zu sehen. Aber ich habe nie das Gefühl, dass sie uns drängen will. Eher, dass sie versteht, wie hart es für uns sein muss, und für uns da sein will, wo sie kann. Als sie das letzte Mal zu uns hereinkommt, herrscht Stille. Und auch wenn Mum noch Leos Hand hält, ist etwas anders in der Art, wie sie dasitzt. Ein Zustand der Ruhe, der vorher nicht da war.

»Kann ich noch irgendetwas für Sie tun?«, fragt Narmada. Mum blinzelt, als hätte sie vergessen, wer Narmada ist. Langsam und zittrig atmet sie aus und sucht Dads Blick. Es bedarf keiner Worte. Ich weiß, was sie fragt. Dad kullern Tränen die Wangen herunter. Er bringt nur ein Nicken zustande. Dann schaut Mum zu mir. Ich blicke unwillkürlich zu Leo, wie er friedlich und unnatürlich still daliegt. Irgendwie schaffe auch ich es zu nicken.

Mum schließt einen Moment die Augen, dann wendet sie sich zu Narmada. »Ich denke ... Ich denke wir sind so weit ...«

Die Augen der Krankenschwester schimmern voller Mitgefühl. »Sind Sie sicher?«

Dad sieht zu Leo und einen Moment glaube ich, er überlegt es sich noch einmal anders. Schließlich stößt er einen unterdrückten Seufzer aus. »Ja.«

Der Raum füllt sich mit Leuten: mehr Krankenpfleger, Dr. Archer und ein weiterer Arzt, den ich vorher noch nicht gesehen habe. Narmada bleibt bei uns. Sie spricht mit dem Rest des Teams in medizinischem Fachjargon und erklärt uns, was vor sich geht. Nicht, dass wir viele Erklärungen bräuchten. Das stetige Langsamerwerden des Echoimpulses auf dem Herzmonitor sagt uns alles, was wir wissen müssen. Und schließlich ist da nur noch eine flache Linie.

Dr. Archer schaut uns traurig an. »Leo ist von uns gegangen«, sagt er leise, aber unmissverständlich. »Ich kann Ihnen nicht sagen, wie leid es mir tut.«

Als wir uns zum allerletzten Mal von Leo verabschieden, fühle ich mich, als würde es mich innerlich zerreißen. Ich kann meinen Blick nicht von ihm lösen, kann nicht begreifen, dass dies das letzte Mal sein wird, dass ich ihn sehen werde. Dad gibt ihm einen Kuss auf die Stirn, zu bewegt, um zu sprechen. Mum streichelt ihm übers Haar, ihr Blick ruht auf seinem blassen, friedvollen Gesicht. Dann nimmt sie meine Hand und drückt sie fest.

»Es ist kein Abschied«, wispert sie. »Nicht wirklich.«

Dad ergreift ihre andere Hand und irgendwie schaffen wir es aus dem Raum.

8
Jonny

Es ist Vormittag. Em und ich spielen gerade Poker, als die Nachricht kommt. Zumindest ich spiele Poker. Em sortiert ihre Karten ständig neu und legt die Stirn in Falten. Ein Glück für sie, dass ich sie mag, ansonsten würde sie mir einiges mehr schulden als drei Snickers und eine beknackte Boygroup-CD. Dann steht auf einmal Mr Bartosinski neben dem Vorhang, meine Eltern direkt hinter ihm. »Ich habe Neuigkeiten, Jonny.«

Em will schon aufstehen.

»Geh nicht«, sage ich. Ich habe ein mulmiges Gefühl. »Sie kann doch bleiben, oder?«

Mein Arzt nickt kurz. »Wenn du das möchtest.«

Zuerst denke ich, ich habe mich verhört, als er sagt, dass es ein Herz für mich gibt. Ich meine, ich habe es mir so oft schon vorgestellt. Visualisierung nennen das die Psychologen – die Idee, dass etwas wahr werden kann, indem man nur lang genug darüber nachdenkt. Wenn das stimmen würde, würden alle kranken Kids hier schon längst gesund sein. Aber Mr Bartosinski verzieht den Mund nicht zu einem Grinsen, um mir zu sagen, dass er mich veräppelt. Er steht einfach da und wartet auf meine Reaktion. Und langsam dämmert es mir, dass er es ernst meint.

Meine Eltern scheinen nicht überrascht, weshalb ich mich frage, ob sie es schon gewusst haben, auch wenn Dad noch stottert, als er nachhakt, ob sie sich sicher sind. Mr Bartosinski nickt. Das Herz ist von einem Ärzteteam begutachtet worden. Es passt.

Und auf einmal verstehe ich, warum Femi mich beim Frühstück übergangen hat. Er muss gewusst haben, was kommen würde. »Für dich steht was anderes auf dem Plan, Jonny«, hat er gerufen, als er den Servierwagen an mir vorbeigeschoben hat. »Fastenzeit.«

Ich habe gedacht, er würde damit meinen, dass ich Blut abgenommen bekomme.

»Wir haben den Anruf heute in den frühen Morgenstunden erhalten«, erklärt Mr Bartosinski, als ob er meine Gedanken lesen würde. »Aber wir wollten erst sicher sein, dass das Herz zu deinen ganz individuellen Ansprüchen passt, bevor wir dir irgendetwas sagen.«

Er wirft meinen Eltern einen Blick zu und bestätigt damit meinen Verdacht, dass sie es schon vor mir gewusst haben. Ich versuche, mir nichts daraus zu machen, dass sie nichts gesagt haben. Aber bedeutet das etwa, dass es schon andere Herzen gegeben hat, die nicht gepasst haben? Was haben sie mir noch alles nicht erzählt?

Mr Bartosinski räuspert sich. »Hast du irgendwelche Fragen?«

Macht er Witze? Es schwirren ungefähr eine Million

Fragen in meinem Kopf herum. Wie lange wird es dauern? Was ist, wenn es nicht funktioniert? Ich habe Geschichten von neuen Herzen gehört, die einfach nicht geschlagen haben, nicht zurechtgekommen sind, die Zeit brauchten. Was ist, wenn alles nur schlimmer wird? Auch wenn es mir schwerfällt, mir vorzustellen, noch schlechter dran zu sein als jetzt. Außer vielleicht, wenn ich dann in einem Sarg liege.

Emily drückt meine Hand und an ihrer Miene kann ich erkennen, dass sie erraten hat, was mir durch den Kopf geht. Meine Eltern wedeln vor Glück praktisch mit Pompons und sind wild entschlossen, die positive Seite zu sehen, so wie sie es von dem Moment an gemacht haben, als ihnen klar wurde, dass ihr Baby nicht normal war. Aber Em weiß, was es heißt, Angst vor der drohenden Dunkelheit zu haben.

»Wird ... wird es sich anders anfühlen?«, krächze ich. Mein Hals ist plötzlich so trocken wie Schleifpapier. »Ich meine das Herz ... Werde ich spüren, dass es ... dass es nicht meins ist?«

Schon in dem Moment, in dem die Worte meinen Mund verlassen, wird mir heiß vor Scham. Was frage ich denn da? Ob ich die Gefühle von jemand anderem bekommen werde? Selbst ich kann hören, wie lächerlich das klingt.

Aber Mr Bartosinski lacht nicht. »Nein«, sagte er, als ob meine Frage absolut vernünftig wäre. »Stell es dir so vor, als würde eine kaputte Benzinpumpe an einem Auto ausgetauscht. Das Auto versteht zwar nicht warum, aber es läuft mit der verbesserten Benzinzufuhr wieder rund.«

Ich neige meinen Kopf zur Seite. »Nur dass es nicht ganz so einfach ist, oder? In einem Auto greift der Rest des Motors die neue Pumpe nicht an.«

Mr Bartosinski nickt. »Dein Körper wird versuchen, das transplantierte Herz abzustoßen. Damit er es akzeptiert, wirst du den Rest deines Lebens jeden Tag Medikamente einnehmen müssen, um ihn auszutricksen. Aber das ist etwas, wofür dein Transplantationskoordinator Nick sorgen kann.« Mr Bartosinski sieht mich mit hochgezogenen Augenbrauen an. »Wenn du die Operation machen möchtest, ist das ...«

Das ist er, der Moment, auf den ich gewartet habe. Ich starre auf die rote Flüssigkeit, die durch die Schläuche über meine Brust läuft, lausche dem leisen Surren der Pumpe, während sie mich am Leben hält, und ich kann nicht aufhören, über das Herz nachzudenken, das ich gleich bekommen könnte. Vielleicht noch gestern war es Teil von jemandem, dessen Blut es so unangestrengt durch den Körper gepumpt hat, dass ich wette, die Person hat gar nicht gemerkt, dass es da war. Bei dem Gedanken flippe ich innerlich ein bisschen aus. »Wem hat das Herz gehört?«

»Du weißt, dass ich dir das nicht sagen kann, Jonny«, antwortet Mr Bartosinski ruhig. »Und es ist auch besser, dass du es nicht weißt. Wenn beide Seiten es wollen, kann das Transplantationsteam irgendwann einen Dankes-Brief von dir an die Familie des Spenders weiterleiten.«

»Ich will es wissen«, beharre ich, auch wenn ich nicht sicher bin, warum mir das so wichtig ist. »Wie alt war der Spender?«

Mr Bartosinski blickt mich einen Moment an. »Nicht viel älter als du. Männlich. Das ist alles, was ich dir sagen kann.«

Nicht viel älter als du. Mir wird übel bei diesen Worten. Ein Junge. Nicht einer wie ich, denn wenn er wie ich gewesen wäre, würde ich nicht sein Herz bekommen. Aber jemand, der kaum gelebt hat. Ich wünschte, ich hätte nicht gefragt.

»Schatz, denk jetzt nicht daran«, sagt Mum und runzelt die Stirn, als sie mein Gesicht sieht. »Es ist normal, dass du neugierig bist, aber über all das können wir später nachdenken.«

In ihrem Blick liegt ein Flehen. Ich sollte von ihrem Drängen nicht überrascht sein. Letztendlich ist es das, worauf wir alle gehofft haben, während die anderen herzkranken Kinder vor unseren Augen gekommen und gegangen sind. Und vielleicht ist es ein bisschen psycho, dass ich über den Jungen nachdenke, der gestorben ist. Aber ich wüsste auch nicht, wie ich ihn ignorieren sollte. Wusste er, dass er sterben würde? Oder war es ein plötzlicher Tod? Einfach der Lebensgeist ausgehaucht, während nur der Körper zurückblieb? Ich schaue zu Emily, die mich mit einem seltsamen Blick ansieht.

Es dauert einen Moment, bis ich erkenne, dass es Neid ist, den ich in ihren Augen lesen kann. Auch wenn sie ihr

Bestes gibt, ihn zu verstecken. Ich kann nicht sagen, dass ich es ihr verüble. Es muss ihr vorkommen, als würde man mir ein Wundermittel verabreichen: Wenn dieser Eingriff gut geht, bin ich ziemlich sicher wiederhergestellt, wohingegen sie noch von vielen weiteren Behandlungen kotzen wird, ohne am Ende eine Garantie auf Heilung zu haben. Da wird mir klar, dass ich aufhören sollte, herumzuüberlegen, und das Herz einfach annehmen sollte.

»Tun Sie es«, sage ich und versuche das Zittern in meiner Stimme zu unterdrücken. »Bitte.«

»Okay«, sagt Mr Bartosinski. »Es wird dann jetzt alles sehr schnell gehen. Du wirst in ungefähr fünfzehn Minuten in den OP gebracht, die Operation wird in etwa einer Stunde beginnen. Nick wird bei dir sein, solange es geht, und dir alle Fragen beantworten, falls du noch welche hast.«

Dad kaut an einem Fingernagel. »Wie lange wird es dauern, bis Sie uns sagen können, wie es ihm geht?«

»Auch die unkompliziertesten Herztransplantationen dauern vier bis sechs Stunden«, antwortet Mr Bartosinski, was mich zusammenzucken lässt. »Aber etwa ab der Hälfte sollten wir einschätzen können, wie es läuft. Jemand wird Sie dann informieren.« Er schaut mich an. Sein Blick forschend und ermutigend zugleich. »Das Herz hat ganz schön lange auf sich warten lassen, oder, Jonny?«

Das kann er laut sagen. Vierzehn Jahre, um genau zu sein. Er hat mich bei jedem Schritt auf diesem Weg begleitet. Und jetzt, wo es so weit ist, habe ich Angst, dass es mich gar nicht in Ordnung bringen wird. Manchmal sterben Patienten während der Operation oder danach. Aber die Wahrheit ist, dass ich nicht wirklich eine Wahl habe. Entweder Russisch Roulette mit den Blutgerinnseln oder das. So gesehen, ist es ganz einfach.

»Ja, das hat es«, sage ich und schlucke schwer, während ich versuche, die letzten faserigen Überreste meines Stolzes zusammenzuhalten. Ich schiebe meine Pokergewinne zurück zu Em. »Sieht so aus, als ob du noch mal Glück gehabt hättest.«

Ihre Augen schimmern, als sie meinen Blick erwidert. »Nein. Du.«

9

Nia

Die Sonne geht auf, als wir zurück zum Cottage fahren.

Wir reden nicht viel. Der Plan ist, schnell zu packen und wegzukommen. Keiner von uns kann den Gedanken ertragen, hierzubleiben, während wir uns immer wieder dieselben Fragen stellen würden: Was wäre wenn ... Auch wenn sich der Gedanke, ohne Leo nach Hause zu fahren, noch unwirklicher anfühlt. Mum macht Tee und Toasts, die nach nichts schmecken, und wir stehen in der Küche und starren stumm ins Leere. Nach einer Weile stellt Dad seine Tasse in die Spüle und bringt ein mattes Lächeln zustande. »Wir sollten besser weitermachen ...«

Ich will helfen, ich will wirklich. Aber der Anblick von Leos Frühstücksschüssel erwischt mich kalt. Sie steht da auf dem runden Küchentisch. Aus ihr starren mich die beiden verlorenen Cheerios am Boden wie zwei seltsam auseinanderstehende Augen an. Der halb ausgetrunkene Orangensaft daneben erinnert mich daran, wie wahnsinnig Leo sich darauf gefreut hat, an den Strand zu fahren, und wie sehr ich es dadurch nur noch mehr gehasst habe.

»Keine Sorge, Nia«, hat er mit einem blöden Grinsen

gesagt, als er meinen finsteren Blick gesehen hat. »Frische Luft ist nicht tödlich für Idioten.« Ich habe ihm den Mittelfinger gezeigt. Auch das fand er lustig.

Ich weiß nicht, wie lange ich so dastehe, bis Dad hereinkommt. Dass er neben mir ist, merke ich überhaupt erst, als er mir sanft das Glas aus der Hand nimmt und den verschütteten Saft aufwischt. »Ich mach das schon. Pack du doch deine Sachen.« Das erste Mal seit Ewigkeiten tue ich das, was mir gesagt wird.

Ich lasse mein leeres Handy aufs Bett fallen. Es war noch nie so lange aus. Aber ich will es nicht aufladen, will nicht sehen, wie alle anderen die Dinge machen, die sie immer tun, wie sie ihr normales Leben leben. Und es klingt dumm, aber ich möchte auch nicht, dass die anderen von Leo erfahren. Sobald sie es wissen, werden sie sich einmischen. Ihre Trauer wird sich zu unserer addieren, und ich habe Angst, dass es uns ersticken wird. Bis jetzt wissen es nur wir und es fühlt sich ... kontrollierbar an.

Neben meinem Bett liegt ein Stein, den ich am Strand gesammelt habe. Er ist glatt, fast rund und von der Sonne ausgebleicht. In der Mitte hat er ein kleines perfektes Loch, ausgewaschen von den Gezeiten. Ich erinnere mich daran, dass ich, als ich den Stein gefunden habe, dachte, er ist wie ich – unvollständig, lädiert. Nur dass ich jetzt wirklich weiß, wie es sich anfühlt, ein Loch durchs Herz gestanzt zu haben. Wir alle drei wissen es.

Ich entdecke Mum in Leos Zimmer. Sie sitzt auf dem Bett und drückt sein T-Shirt an ihre Brust, das Gesicht im

Stoff vergraben, um dessen Duft einzuatmen. Bei ihrem Anblick zieht sich mir der Magen zusammen. Sie sieht so traurig aus, so untröstlich. »Brauchst du Hilfe?«, frage ich, weil mir nichts anderes einfällt.

Ein langer, zittriger Seufzer entfährt ihr. Sie lässt das Shirt sinken und nickt. »Kannst du seine Gitarre wegpacken und ins Auto bringen?«

Die Erinnerung trifft mich wie ein Schlag – Leo, wie er am Fuß der Felsen steht, die Gewissheit in seinem Gesicht, als ich seine Gitarre als Gewinn fordere. Er war sich so sicher, dass er nicht verlieren würde, und ich wollte ihm wenigstens ein Mal zeigen, dass er nicht unfehlbar war. Diese bescheuerte Gitarre. Wenn nicht das kurze Aufblitzen in seinen Augen gewesen wäre, als ich sie erwähnt habe, hätte ich mich vielleicht geweigert, die Felsen hochzuklettern.

Die Gitarre lehnt neben der zerknüllten Nylonhülle an der Wand. Ich will sie am liebsten auf den Boden schmettern, sie in winzige Stücke zerschlagen und diese in den hässlichen Teppich treten. Aber ich lasse das Instrument in die Hülle gleiten und trage es die Treppe hinunter. In meinem Kopf schreie ich ohne Pause.

Irgendwann sind wir fertig und wir machen uns auf den langen Heimweg.

Ich sehe, wie das Cottage im Rückspiegel verschwindet, sehe Mums Schultern leise zittern und Dads Hände, die das Lenkrad so fest umklammern, dass seine Knöchel weiß hervortreten. Der Sitz neben mir ist leer.

10

Jonny

Mein Name ist Jonny und ich bin kein Roboter mehr.

Versteht mich nicht falsch, an mir hängen zeitweise immer noch mehr Kabel als an einer Xbox, aber der mechanische Teil von mir ist weg. Stattdessen hält mich das Herz von jemand anderem am Leben. Saubere Stiche und eine Narbe stellen sicher, dass ich das auch ja nicht vergesse. Ich bin nicht Iron Man. Ich bin Frankensteins Monster.

Es dauert zwei Wochen, bis ich aus der Intensivstation entlassen werde. Zuerst habe ich an Geräten gehangen, die für mich geatmet und das Blut durch meinen Körper gepumpt haben, sodass mein neues Herz es langsam angehen lassen konnte. Es ist alles ein bisschen verschwommen. Ich kann mich erinnern, dass ich aufgewacht bin und das Geräusch des Beatmungsgeräts gehört habe, und ich erinnere mich daran, wie ich versucht habe zu sprechen und es nicht funktioniert hat, weil ich noch all die Schläuche in meinem Hals stecken hatte. Und ich weiß auch noch, dass ich Angst hatte, mich nur das kleinste bisschen zu bewegen, damit die Naht nicht aufplatzte. Aber diese

Erinnerungen sind vage und wie ein Traum. Nur die Abwesenheit des Berlin Heart beweist, dass sie echt sind.

Am Tag nachdem ich die Intensivstation verlassen habe, werde ich fünfzehn. Meine Eltern organisieren eine kleine Party. Mit einem Kuchen, den ich nicht essen darf, und mit Kerzen, die ich gerade so auspusten kann. Femi kommt vorbei, obwohl es sein freier Tag ist, und bringt mir einen frisch aus Amerika importierten Comic mit. Em schenkt mir auch etwas – einen neuen Skizzenblock und ein paar Bleistifte – und lässt sich von mir versprechen, dass ich ihr bald etwas zeichne. Es ist jetzt nicht gerade eine wilde Party, zwei kranke Kinder, ihr Krankenpfleger und ein erwachsenes Ehepaar. Aber es stand lange Zeit auf der Kippe, ob ich es bis zu diesem Geburtstag überhaupt schaffen würde, also glaubt mir, innerlich feiere ich richtig ab.

Ich kann es immer noch nicht fassen, dass ich nicht mehr an der Maschine hänge. Es fühlt sich gut an, zwei Finger an mein Handgelenk zu pressen und den starken Schlag meines neuen Herzens zu fühlen, während es seine Arbeit erledigt. Ich sehe auch besser aus. Okay, ich werde nie Hulk oder Captain America sein, aber es ist erstaunlich, was für einen Unterschied dieses neue Organ macht. Auf eine Art macht mir das Angst. Ich war so lange krank, dass ich nicht wirklich sicher bin, was als Nächstes passiert. Ich bin kein Roboter. Ich bin nicht der Junge mit der Todesstrafe. Jetzt bin ich nur noch Jonny, der dreimal am Tag zwölf verschiedene Medikamente schluckt, eine

Draufgänger-Narbe hat und in dessen Brust das Herz eines Fremden schlägt. Ich brauche ein wenig, um mich an diesen Gedanken zu gewöhnen. Jemand, der nicht viel älter war als ich, hat Mr Bartosinski gesagt. Ich frage mich, wer dieser Jemand war, was er so mochte. Und gleichzeitig versuche ich nicht daran zu denken, weil ich die Antworten eh nicht wissen darf.

Wer auch immer er war, ich schulde ihm was.

Eigentlich schulde ich ihm alles.

11

Nia

Die Beerdigung ist hart. Jeder versucht sich zu verhalten, als würden wir eine Party für Leo schmeißen. Der Pfarrer hört nicht auf, davon zu reden, wie Leo Licht in das Leben so vieler Menschen gebracht hat, als ob die Welt dadurch besser geworden wäre, dass er ein paar Tore geschossen und so getan hat, als wäre er Kurt Cobain. Niemand weiß, ob gelächelt oder geschluchzt werden soll. Es hilft auch nicht, dass ich ein albernes gelbes Kleid anhabe, in dem ich aussehe wie ein Teletubby. Meine Mutter hat uns allen verboten, Schwarz zu tragen. Aber das Schlimmste von allem ist das falsche Gehabe. Die Mädchen aus der Schule, in ihren viel zu kurzen Röcken und mit aufgespachteltem Make-up, die so tun, als hätten sie ihren besten Freund verloren, obwohl Leo sie wahrscheinlich nur einmal angelächelt hat. Die Jungs stören mich weniger. Zumindest kannten sie Leo wirklich. Ihnen zuzusehen, wie sie sich meinen Eltern nähern und ihr Beileid nuscheln, wäre fast amüsant, wenn ich fähig wäre zu lachen. Aber diese Mädchen ... sie bringen mich dazu, auf irgendetwas einstechen zu wollen.

»Du siehst wütend aus«, sagt meine beste Freundin Helen, während sie mir ein Glas Cola und einen voll beladenen Teller schwitziger Käse-Sandwiches und pappiger Chips vom Buffet hinhält.

»Ich bin wütend«, erwidere ich und spieße ein Cocktail-Würstchen auf die Plastikgabel. »Vergiss nicht, ich bin hier die Schwierige in der Familie – die Leute erwarten von mir, dass ich wütend bin ...«

Helen zieht eine Augenbraue hoch. »Aber nicht, dass du jemanden ermordest«, sagt sie und nimmt das Plastikmesser von meinem Teller. »Diese armen Mädchen haben schon genug gelitten.« Ihr Blick gleitet zu den Fake-Trauernden, die sich mit raschen Handgriffen die Haare zurechtmachen.

»Pah. Trauer-Touristen«, sage ich mit finsterem Blick.

Von denen waren sogar ziemlich viele da. Ein stetiger Strom von entfernten Familienmitgliedern und Freunden, die mit Essen und Beileidskarten bei uns vorbeigekommen sind, um uns daran zu erinnern, dass Leo tot ist, falls wir es vergessen hätten.

Einige sind auch nicht gekommen. Dad sagt, es ist nicht ihre Schuld. Sie wissen einfach nicht, was sie sagen sollen. Dann sind da noch die Nachrichten von Leuten aus der Schule, mit denen ich in meinem Leben noch nie gesprochen habe: *Was für ein Schock ... Denk an dich. Vermisse Leo so doll.* Seine Facebook-Seite ist wie ein Schrein. Die Mädchen beenden jeden Kommentar mit einem traurigen Smiley, während die Jungs derbe Geschichten darüber austauschen, wie toll Leo doch war. Ich weiß nicht, warum ich sie so sehr hasse – alle haben Leo geliebt. Aber die Hälfte von diesen Leuten kenne ich nicht einmal. Es fühlt sich nicht so an, als ob sie das Recht hätten, hier zu sein.

»Sind das nicht Sophies Freundinnen?«, fragt Helen.

Sophie mit ihren Extensions und den falschen Wimpern war Leos On-Off-Freundin. Sie ist auch bei uns zu Besuch gewesen, zitternd wie eine Disney-Prinzessin mit ihren feucht glänzenden Augen. Im Flur hat sie versucht, mich zu umarmen, aber ich habe meine Arme in letzter Sekunde verschränkt, sodass es total einseitig und peinlich war. »Vermutlich. Sie sehen aus, als würden sie zu ihr gehören.«

Helen nickt zustimmend und schaut weiter herum. »Wie kommen deine Eltern klar?«

Ich blicke zu meiner Mutter in ihrem smaragdgrünen Kleid, das ihre Haare röter als je zuvor scheinen lässt. Sie lächelt zu breit über etwas, das Großtante Milly sagt. Dad steht bei Leos Fußball-Trainer. Seine Augen sind glasig, aber er versucht interessiert auszusehen.

»Es geht ihnen okay, denke ich. Sie haben vor ein paar Tagen einen Brief vom Krankenhaus bekommen, in dem alles aufgelistet ist, was man entnommen hat.«

Helen sieht unangenehm berührt aus. »Es ist komisch, sich vorzustellen, dass Teile von Leo immer noch da draußen sind und *funktionieren*. Ich weiß nicht, ob ich das wollte, wenn mir mal etwas passieren würde.«

»Er hat es so gewollt«, sage ich und stochere in dem dreieckigen Eier-Kresse-Sandwich auf meinem Teller herum. Ich gebe mein Bestes, gleichgültig zu klingen, aber ich muss zugeben, dass ich darüber in den Tagen seit dem Unfall viel nachgedacht habe. Über Leos Herz, das immer noch schlägt – ohne ihn. Ich hoffe, man hat es jemandem gegeben, der es wert ist. Jemandem, der versteht, wie schwer es war loszulassen.

Wir stehen eine Weile schweigend da, dann räuspert sich Helen. »Weißt du, dass nächste Woche die Noten bekannt gegeben werden?«

Natürlich tue ich das. Wir sollen zur Schule kommen, um die Ergebnisse von unserer Mittelstufen-Prüfung zu erfahren, die wir letztes Schuljahr gemacht haben. Leo hat sich auf seine gefreut – zwei Einsen waren praktisch reine Formalität –, ich dagegen könnte mich nicht weniger für meine beschissenen Mathenoten interessieren. Ich habe keinen Bock, im September weiter zur Schule zu gehen. Meine Zukunft ist mir egal. Ich will nur in Ruhe gelassen werden. »Unsere werden per Post geschickt«, sage ich ihr. »Briefmarkenverschwendung, wenn du mich fragst.«

»Ich kriege meine auch per Post, und dann komm ich am Freitag zu dir, wenn du magst«, sagt Helen. »Dann können wir sie gemeinsam aufmachen.«

»Was für eine nette Idee, Helen«, höre ich meine Mutter von irgendwo hinter uns sagen. »Wir werden ein bisschen feiern, nur wir vi… nur wir.«

Ich verdrehe meine Augen, sodass nur Helen es sehen

kann. Es wird keine Feier sein. Es kann gar keine sein. Es wird jämmerlich und furchtbar werden. »Mach es nicht.«

Sie lächelt zurück. »Super. Dann komm ich so um halb zehn?«

Ich weiß, was meine Mutter denkt. Wenn Helen vorbeikommt, kann ich nicht im Bett liegen bleiben. »Na gut«, murmle ich und ersteche noch ein Cocktail-Würstchen. »Aber erwarte nicht, dass ich mich anziehe.«

12

Jonny

Em ist in einem schlechten Zustand, als ich zu ihr komme, um mich zu verabschieden. Sie liegt mit geschlossenen Augen in ihrem Bett, das Gesicht blass und angeschwollen von all den Steroiden, die in sie hineingepumpt werden. Sie ist in der dritten und hoffentlich letzten Behandlungsphase gegen ihre Art von Leukämie, bei der die Gehirn- und Rückenmarkflüssigkeit direkt mit einer vollen Dröhnung Medikamente versorgt wird. Es ist ziemlich heftig.

Früher hätte ich mir einen Scherz über ihre Hamsterbacken zurechtgelegt, für den Moment, wenn sie aufwacht. Aber ich fühle mich nicht wirklich danach, herumzuwitzeln. Nicht heute.

Ich sitze an ihrem Bett und grüble darüber nach, was ich ihr sagen werde. Es fühlt sich irgendwie falsch an, nach Hause zu gehen. Als ob ich sie im Stich lassen würde, auch wenn wir seit Wochen wussten, dass dieser Tag kommen würde. Ich werde sie natürlich weiter besuchen. Schließlich habe ich noch eine To-do-Liste mit ihr abzuarbeiten. Aber ich werde nicht mehr am Ende des Gangs bei den anderen herzkranken Kindern sein. Und ich werde nicht mehr krank sein.

Der Beutel Gift, der über Ems Bett hängt, ist fast leer, als sie mich schließlich anblinzelt. Ihre Augen sind rot und gereizt, fette violette Ringe umranden sie. Chemo ist vielleicht ein notwendiges Übel, aber man kann nicht leugnen, dass sie ein Biest ist.

»Hi«, sage ich aufmunternd. »Du siehst beschissen aus.«

Ihre rissigen Lippen verziehen sich fast zu einem Lächeln. »Ich fühle mich auch so. Und du siehst so gesund aus, dass es wehtut. Ich hasse dich.« Sie sagt es ohne Verbitterung.

Die Wahrheit ist, ich fühle mich gut. Nicht so als ob ich Erdbeben verhindern oder Atomwaffen schlucken könnte, aber ich kann atmen und laufen, ohne nach Luft zu ringen. Krankenhauskids sind vollkommen ihren Werten ausgeliefert. Weiße Blutkörperchen, rote Blutkörperchen, Anzahl der Blutplättchen, Sauerstoffsättigung – die Werte sind endlos. Und dank meines geheimnisvollen Spenders werden meine von Tag zu Tag besser. Ich wünschte, ich wüsste mehr über ihn, und wenn es nur sein Name wäre, irgendetwas, woran ich meine Dankbarkeit hängen könnte, vor allem, wenn ich sehe, wie schlimm es Em geht.

»Nur nicht zu viel Neid«, sage ich ihr. »Meine Eltern haben eine große Familienfeier für mich organisiert – Ballons, Hütchen und einen DJ, der denkt, ABBA ist immer noch in.« Ich verdrehe die Augen, aber in Ems Gesicht erkenne ich Sehnsucht. Und ich weiß, sie würde liebend gern an meiner Stelle sein, idiotische Party hin oder her. »Du wirst auch bald an der Reihe sein. Nicht mehr lang.«

Sie schluckt und wendet ihren Blick ab. »Vielleicht.«

»Wirst du«, beharre ich. »Schau, du bist Chemo-Girl, Erzfeindin aller Zellmutationen und die Retterin der Menschheit.«

Ich halte die Zeichnung hoch, die ich für sie gemacht habe. Auf ihr ist eine Em mit knallblauen Haaren und einem farblich passenden Overall zu sehen, die zackige Blitze auf ein klecksartiges pinkes Monstrum mit kleinen gemeinen Augen und einem klaffenden Maul abfeuert. Em starrt eine Ewigkeit darauf, sodass ich mich schon frage, ob ich ihre Brüste hätte kleiner malen sollen, dann lächelt sie erschöpft. »Das ist ziemlich cool.«

Ich steh auf und gehe zu dem schmalen hohen Schrank, in dem sie ihre Sachen aufbewahrt. »Ich kleb es hier an die Seite, dann kannst du es jeden Tag sehen.«

Die Holzwand ist über und über mit Karten von ihren Freunden bedeckt und einem Poster von dem Schauspieler, auf den sie seit Neuestem steht. Aber ich schaffe ein bisschen Platz, wobei ich einen diebischen Spaß daran habe, einen Klecks blaue Klebemasse genau auf das selbstgefällige Grinsen des Schönlings zu kleben. Da merke ich, dass Em wieder weggedriftet sein muss, denn sie hätte das nie zugelassen, wenn sie wach gewesen wäre.

Ich sehe ihr einen Moment beim Schlafen zu. Es widerstrebt mir zu gehen, ohne Tschüss zu sagen. Aber es ist ja nicht so, dass ich nie wiederkommen werde. Ich habe wöchentliche Check-ups, um sicherzugehen, dass meine Werte auf dem richtigen Weg sind, und alle zwei Wochen Termine mit einem Transplantationspsychologen. Ein neues Organ zu bekommen, kann schwer sein, körperlich und emotional, also möchten die vom Krankenhaus gerne sicherstellen, dass man damit auf allen Ebenen klarkommt. Das heißt also, ich werde in den nächsten Wochen viel Zeit mit Em verbringen können. Aber jetzt gerade wartet Dad vor der Tür, zeigt auf seine Uhr und macht erwartungsvoll die Daumen-hoch-Geste. Also nehme ich Ems Hand in meine und drücke ganz sanft ihre knochigen Finger.

»Bis dann, Chemo-Girl. Schreib mir, wann immer du willst. Und halt die Ohren steif.«

Wenn dies ein Film wäre, würde sie zurückdrücken. Aber sie reagiert nicht. Es hat nicht einmal den Anschein, dass sie es auch nur gehört hat. Also lege ich ihre Hand wieder vorsichtig zurück aufs Bett und gehe zu meinen Eltern, die darauf warten, etwas zu tun, von dem sie gedacht haben müssen, es würde niemals passieren: Sie nehmen mich mit nach Hause.

13

Nia

»Nia?« Die Stimme meiner Mutter klingt so vorsichtig wie ihr Klopfen an meiner Zimmertür. Ich weiß, was sie will. Ich habe die Türklingel gehört und Helens fröhliches Hallo. Ich weiß auch, dass der Postbote da war, weil der Hund der Nachbarn durchgedreht ist wie jeden Morgen, wenn er die Einfahrt hochläuft. Der Hund hasst den Postboten mit jeder Faser seines kleinen struppigen Körpers. Heute kann ich genau nachempfinden, wie er sich fühlt.

Ich will mich schon zur Wand drehen, als ich höre, wie sich der Türgriff bewegt. Wir haben eine Abmachung in der Familie. Mein Zimmer ist wie ein fremdes Land. Ohne mein ausdrückliches Einverständnis darf keiner die Grenze übertreten. Die Tür einfach so aufzumachen ist wie eine Kriegserklärung. Oder zumindest war es das, bis Leo gestorben ist. Viele Grenzen haben sich in den letzten vier Wochen verschoben.

»Helen ist da.« Mums Stimme ist nun lauter, woran ich höre, dass sie im Zimmer ist. Ich lasse meine Augen zu. Sie kommt näher, tritt auf eine leere Chips-Tüte und zögert. »Bist du wach, Nia?«

Ich liege mit geschlossenen Augen auf dem Bett und antworte nicht. Das werden doch wohl genug Hinweise sein, um anzunehmen, dass ich eigentlich schlafe. Aber ich mache einen bedeutenden Denkfehler in meiner Logik. Meine Mutter hat gerade eines ihrer Kinder beerdigt. Und sie hat nun furchtbare Angst davor, auch noch das eine zu verlieren, das ihr geblieben ist. Wenn ich also vollkommen reglos unter der Decke liege und nicht antworte, kann sie gar nicht anders, als sich zu vergewissern, dass ich noch atme. Ich spüre einen leichten Luftzug und den rosigen Duft ihres Parfums, als sie die Hand vor meinen Mund hält. Aus Versehen streifen ihre Finger mein Gesicht. Bei der kalten Berührung zucke ich zusammen und dic Schauspielerei ist vorbei.

»Entschuldige«, sagt sie, als ich meine Augen aufmache und sie finster anstarre. »Aber sicher wirst du nicht wollen, dass Helen hier nach oben kommt.« Sie schaut sich um, und ich kann ihr ansehen, dass sie nur schwer dem Drang widersteht, das Durcheinander aus Kleidung und Müll zu kommentieren, das meinen Fußboden bedeckt.

Ich zerre die Bettdecke über meinen Kopf und kneife die Augen zusammen. »Sag ihr, sie soll wieder nach Hause gehen.«

Es folgt eine lange Stille. Sie ist so lang, dass ich tatsächlich schon anfange mich zu fragen, ob Mum mich beim Wort genommen hat und weggegangen ist, um Helen abzuservieren. Aber dann höre ich es. Ein unterdrücktes, kehliges Schluchzen, und ich weiß, dass sie weint.

Ich strecke meinen Kopf unter der zerknautschten Bettdecke hervor. »Mum«, sage ich. Sie blinzelt mehrmals. »Nicht weinen. Ich steh ja auf.«

Sie antwortet nicht, starrt nur auf den Boden. Ihre Lippen sind ganz weiß, vor lauter Anstrengung, den Schmerz nicht herausplatzen zu lassen. Tränen säumen ihre Wimpern. Als sie spricht, hört sich ihre Stimme klein und verloren an.

»Ich habe Leos Brief weggesteckt, damit Dad und ich ihn zusammen öffnen können, wenn er nach Hause kommt. Aber jedes Mal, wenn mein Blick auf deinen Umschlag fällt, sehe ich seinen Namen. Ich musste deinen auch verstecken.«

Ich weiß nicht, was ich sagen soll. Von solchen Begebenheiten gab es schon so viele. Nicht gerade überraschend. Noch immer ist Leo in unserem Leben, als ob er nur mal kurz weggegangen wäre und jede Minute zurückkäme. Mum und Dad schaffen es nicht, auch nur irgendetwas von ihm wegzuwerfen. Also liegen auf dem Tischchen im Flur drei ungeöffnete Ausgaben von seinem Rockmagazin *Kerrang!*, eine Liste mit Terminen, an denen er Fußball spielen soll, hängt an der Kühlschranktür, und am letzten Schokoriegel im Küchenschrank klebt noch der Zettel mit seiner Warnung, dass er mich umbringen würde, wenn ich ihn äße. Er ist überall. Kein Wunder, dass Mum seinen Namen sieht anstatt meinen.

»Wir können unsere Briefe irgendwo anders aufmachen, wenn du möchtest«, sage ich, setze mich auf und ziehe den Pulli von gestern über meinen Kopf. »Bei McDonald's oder so. Helen ist immer für einen McMuffin zu haben.«

Ich kenne Mums Antwort schon, bevor sie den Kopf schüttelt. Abgesehen davon, dass ich mich in mein Zimmer verkriechen darf, lässt sie mich seit der Beerdigung kaum noch aus den Augen und gluckt um mich herum wie eine ängstliche Henne nach einer mitternächtlichen Fuchsattacke. Ich schätze, sie hat einfach das dringende Bedürfnis zu wissen, wo ich bin. Die. Ganze. Zeit.

»Nein«, sagt sie und strengt sich sichtbar an, sich zusammenzureißen. »Ich will wissen, wie du dich geschlagen hast.«

Ich nicht. Schnörkel auf einem Blatt Papier, das ist alles, was das Ergebnis mir bedeutet. Es ist davon die Rede, mich einmal die Woche zu einem Psychologen zu schicken, um mir beim »Trauer-Prozess« zu helfen. Ich wette, sie würden meine Weigerung zur Schule zu gehen liebend gerne auseinandernehmen – irgendeinen Müll darüber faseln, dass es eine natürliche Reaktion ist, einen Ort zu meiden, der mich so sehr an Leo erinnert, und wie mir sein Tod die eigene Sterblichkeit vor Augen führt. Aber das ist es nicht – na ja, nicht nur. Mir macht es nichts aus, über die Gegenwart zu sprechen, aber wenn ich versuche mir vorzustellen, was ich auch nur in einem Monat tun werde, wird alles dunkel. Ich vertraue der Zukunft nicht. Sie will mich verschlingen. Aber die Gegenwart ist o.k. Gegenwart ist sicher.

Mum betrachtet mich, ihr Gesicht verhärmt vor Sorge, und mir kommt plötzlich der Tag am Strand in den Sinn, als sie mich auf die gleiche Weise angeschaut hat und mich dazu bringen wollte, glückliche Familie zu spielen, mir mit Leo Mühe zu geben und nicht immer einen auf Psycho zu machen. Ich bekomme einen Kloß im Hals. Schau doch, wo uns das hingebracht hat.

Ich stehe auf und greife nach der Jeans von gestern. »Bringen wir es hinter uns.«

Unten hockt Helen auf der Sofakante und starrt auf die Beileidskarten, die jede freie Fläche bedecken. Wie soll man mit ihnen umgehen? Wie lange lässt man sie stehen, nachdem man sie so oft gelesen hat, dass man ihren Inhalt in- und auswendig kennt? Und was macht man mit ihnen, wenn man sie weggeräumt hat? Wirft man sie ins Altpapier oder behält man sie als Erinnerung an das, was man verloren hat?

Helen hält ihren Brief von der Schule in beiden Händen, als ob er abhauen würde, wenn sie locker ließe. Sie lächelt, als sie mich sieht, aber hinter ihrem Lächeln erkenne ich ihre Nervosität.

»Sorry, dass du dich wegen mir anziehen musstest.« Die Art, wie sie mich von unten herauf angrinst, sagt mir, dass es ihr nicht das kleinste bisschen leidtut. »Ich wäre hochgekommen, aber ich habe gehört, dein Zimmer ist biologische Gefahrenzone.«

»Glaub nicht alles, was die Zimmerpolizei sagt«, antworte ich. »Die haben ihren eigenen Punkteplan.«

Mum lächelt. Wenn man sie nicht kennen würde, könnte man meinen, sie hat sich gut im Griff. Aber ich weiß, dass sie nicht viel schläft. Wenn ich mitten in der Nacht wach liege, höre ich, wie sie sich in Leos Zimmer schleicht. Dad geht es besser, aber er hat immer noch diesen leeren Ausdruck in den Augen, den ich in letzter Zeit so oft sehe. Manchmal gleitet sein Blick einfach durch mich hindurch, als ob ich nicht einmal da wäre. Unser Haus ist dieses Bermudadreieck des Jammers, und mittendrin Leos Tod wie ein gewaltiger Flugzeugabsturz.

Helen wedelt mit ihrem Brief. »Sollen wir?«

Ich sehe mich nach meinem um – keine Spur von ihm. Kurz habe ich die verrückte Idee, Mum hätte sich nur eingebildet, dass er gekommen wäre. Doch dann geht sie zum Bücherregal, zieht die abgenutzte Ausgabe von Leos Lieblingskinderbuch heraus und schlägt es auf. Zwischen den Seiten klemmen zwei weiße Umschläge, genau wie der, den Helen in der Hand hält. Mum reicht mir meinen rüber, ihre Finger zittern, und in mir macht sich der plötzliche Drang breit, die Flucht zu ergreifen.

Mein Magen zieht sich zusammen. »Helen …«

»Lass uns tauschen«, unterbricht sie mich, reißt mir den Umschlag aus den Fingern und schiebt mir ihren in die Hand. »Du öffnest meinen und ich öffne deinen.«

Und bevor ich sie davon abhalten kann, reißt sie schon das dünne Papier auf und zieht die zusammengefalteten Blätter heraus. Als sie nach einem Moment hochschaut, ist ihre Miene undurchschaubar.

»Und?«, sage ich, obwohl ich nicht weiß, ob ich die Antwort hören will. »Wie schlimm ist es?«

Helen deutet mit dem Kopf auf den Umschlag in meiner Hand. »Mach erst meinen auf.«

Ich könnte mich weigern mitzuspielen, ihr das steife Rechteck zurückgeben und mich verstecken, bis sie aufgibt. Aber Mum schaut zu und wartet mit angehaltenem Atem, so zerbrechlich wie ein Schmetterling. Und das Bedürfnis, es hinter mich zu bringen, gewinnt. Ich reiße den Briefumschlag auf und ziehe das Blatt Papier heraus.

Die Buchstaben tanzen vor meinen Augen, bis sie sich schließlich ordentlich aufreihen und ich zwei perfekte Einser sehe, einen in Mathe und einen in Musik. Ich sollte mich für Helen freuen. Sie hat hart für beide gearbeitet. Stattdessen fühle ich mich ganz leer. Leo hatte auch Musik gewählt.

»Nia?«, fragt sie, und streckt ihre Hand mit einer seltsamen Miene aus Furcht und Vorfreude nach mir aus. »Wir tauschen bei drei, o.k.?«

Ich bin kurz davor, den Zettel zu zerknüllen. Dann rufe ich mir in Erinnerung, dass es Helen ist, um die es hier geht, meine beste Freundin. Diese Sache ist ihr wichtig. Wenn ich auch nur ein annähernd anständiger Mensch wäre, würde ich lächeln und ihr gratulieren.

Ich hole tief Luft. »Okay.«

Meine Finger ergreifen das kalte Papier und wir schauen einander fest in die Augen. »Eins ... zwei ... drei!«

Sie lässt den Blick auf den Zettel sinken und ich sehe

Erleichterung und Jubel über ihr Gesicht ziehen. Strahlend schaut sie auf. »Mein Gott, ich habe gedacht, ich würde ganz okay abschneiden, aber das hier habe ich nicht kommen sehen!«

Ich erwarte, dass ich mir ein Lächeln abringen muss, aber es kommt von ganz alleine. »Gut gemacht.«

Sie grinst zurück. »Selber gut gemacht.«

Mum schlägt vor Freude die Hände zusammen und tritt neben mich. Ich hatte fast vergessen, dass sie da ist. Unwillkürlich weiche ich zurück und reiße das Blatt Papier hoch, sodass sie nicht draufschauen kann. Ich versuche, ihren verletzten Blick zu ignorieren. Aber ich werde ja wohl das Recht haben, meine Ergebnisse als Erste zu lesen, oder nicht?

Sie sind besser, als ich es verdiene, wenn man bedenkt, wie wenig ich gelernt habe. Eine solide Zwei minus. Etwas rührt sich in mir. Es könnte Stolz sein, Zufriedenheit oder sogar Freude. Aber das Gefühl ist weg, bevor ich es zu fassen bekomme. »Hier«, sage ich und strecke meiner Mutter den Zettel hin.

»Oh, Nia«, sagt sie. Am Zittern in ihrer Stimme kann ich erkennen, dass sie wieder weint. »Wirklich gut gemacht!«

Und bevor ich michs versehe, hat sich Helen auf mich gestürzt und umarmt mich. »Runter von mir«, sage ich halb lachend, halb verlegen. »Idiot.«

Aus den Augenwinkeln sehe ich Mum neben uns stehen. Vielleicht wartet sie darauf, dass ich mich zu ihr drehe und auch sie umarme. Aber als ich wirklich zu ihr hinschaue, bemerke ich, dass ihr Blick starr auf das Kinderbuch gerichtet ist, das geschlossen auf dem Tisch liegt. Oben aus den Seiten ragt der zweite weiße Umschlag heraus, und die Last von Leos Abwesenheit macht jeden Funken Glück, den ich empfunden habe, wieder zunichte.

»Mum?«, zwinge ich ihren widerstrebenden Blick zurück zu mir.

»Lass uns feiern gehen«, sagt sie und setzt ein Lächeln auf, das nicht annähernd ihre Augen erreicht. »Was war das noch Mal, Helen? McMuffin?«

Nachdem wir gegessen haben, geht Helen nach Hause, um ihre glänzenden Ergebnisse mit ihren Eltern zu feiern, wie es sich gehört. Mum legt sich blass und zittrig mit Migräne hin, sobald wir wieder bei uns sind. Und so sitze ich alleine in unserem stillen Haus herum. Als Leo noch da war, war es nie so ruhig. Er hat immer Krach gemacht, mit irgendetwas herumgeklappert, Gitarre geübt oder im Garten ein paar Körbe geworfen. Immer hat er die Aufmerksamkeit auf sich gezogen. Solange ich mich erinnern kann, war er so. *Schau mal, Mami, schau – ich balanciere. Schau mal, mein Bild, Daddy, ist es nicht besser als Nias? Schau … schau …!*

Ich komme nur schwer zur Ruhe. Da ich nicht zurück ins Bett will, gehe ich zur Apotheke, um Mums Antidepressiva abzuholen und ein paar Tabletten gegen ihre Kopfschmerzen. Auf dem Weg zurück könnte ich mir selbst ein paar Pillen einschmeißen, auch wenn ich nicht weiß, was ich von ihnen erwarten soll. Ich glaube nicht, dass man sich im Laden einfach Medizin kaufen kann, die einen vom Nachdenken abhält.

Als ich zurück bin, kommt mir das Haus noch stiller vor. Leos Umschlag ragt immer noch aus dem Kinderbuch auf dem Tisch hervor. Und auf einmal vermisse ich ihn. Nicht den Lärm, den er gemacht hat, oder seine Ausgelassenheit oder die Arroganz, denn das hat mich verrückt gemacht. Aber ich vermisse *ihn*. Den Teil, der immer mein Bruder war. Und es gibt nur einen Ort, wo ich jetzt sein möchte.

Sein Zimmer ist außergewöhnlich ordentlich. So hat es eigentlich nie ausgesehen. Wenn ich meine Augen zumache, kann ich noch den Klamotten-Berg auf dem Boden sehen, das Fußballtrikot unordentlich über den Stuhl geworfen, und höre Mum herumnörgeln, dass er es in die Waschmaschine schmeißen soll.

Es riecht auch nicht mehr richtig, kein unterschwelliger Geruch von Stinkefüßen, der von versprühtem Deo überdeckt ist. Chelseas Star-Stürmer grinst mich von der Wand an, und über Leos Schreibtisch entdecke ich einen Lern-Zeitplan. Fast muss ich bei dessen Anblick lächeln, denn Leo hat immer behauptet, seine voraussichtlich so guten Abschlussnoten würden auf Naturtalent beruhen, nicht auf harter Arbeit. Hier ist nun der Beweis, dass er gelogen hat. Genauso wie er gelogen hat, als er mein Geburtstagsgeld geklaut hat, um sich dafür neue Gitarrensaiten zu kaufen. Er hat es so lange geleugnet, bis Mum sich irgendwann auf seine Seite gestellt hat, und ich mich voller Wut auf ihn gestürzt habe. Nur zusammen haben mich Mum und Dad wieder von ihm losbekommen. Und ich habe mich wochenlang geweigert, mich zu entschuldigen oder auch nur mit ihm zu sprechen, selbst unter Androhung von Internet-Entzug. Das war der Punkt, an dem Mum den Urlaub in Devon gebucht hat. Sie hatte die Nase voll davon, im Kriegsgebiet zu leben, waren ihre Worte.

Ich hocke mich auf das frisch gemachte Bett, das eine kleine, kopfförmige Mulde im Kopfkissen hat, als ob Leo hier noch vor einigen Augenblicken gelegen hätte. Seine Gitarre steht im Ständer. Ich erinnere mich daran, wie ich sie zum Auto getragen habe und sie eigentlich nur zerschmettern wollte. Ehrlich gesagt fühle ich mich immer noch ein bisschen danach. Ich will Leo nicht vermissen. Ich will nicht unbewusst jeden Morgen darauf horchen, wie seine großen Füße die Treppe herunterpoltern, was effektiver als jeder Wecker war. Ich will mir nicht wünschen, dass wir niemals gestritten hätten oder dass ich eine bessere Schwester gewesen wäre. Und ich will nicht diese erdrückende Schuld mit mir herumtragen, dass ich die Welt einer tolleren, einer strahlenderen Person, als ich es bin, beraubt habe. Wohin ich auch schaue, überall ist Leos Potenzial zu sehen – die Fußballpokale, die er gewonnen hat, die Gitarre, die er so super gespielt hat, die Prüfungsergebnisse unten. Ich rolle mich auf seinem Bett zusammen und schließe meine Augen, um dem heißen

Druck der Tränen standzuhalten, die in mir hochsteigen. Ich bin es leid, immer in seinem Schatten zu stehen. Sogar jetzt, wo er tot ist, kann ich mich nicht daraus befreien. Das Klicken des Türgriffs weckt mich auf. Dad steht im Türrahmen, mit erschrockener Miene und ein paar Fußballschuhen in seiner Hand. »Nia. Ich … Was …?«

Ich weiche seinem Blick aus. »Ich bin eingeschlafen«, murmle ich. Meine schlaftrunkenen Augen bleiben an den Fußballschuhen hängen. »Sind das Leos?«

Er zögert, dann nickt er. »Ja, ich habe die Stollen erneuern lassen, für den Fall, dass …« Er stößt ein wackeliges Lachen aus. »Ich weiß auch nicht wirklich, warum. Es schien einfach das Richtige zu sein.«

»Oh.« Mir fällt nichts Besseres ein. »Klar.«

Er tritt ein paar Schritte vor, gerade als ich mich vom Bett aufrapple. Wir stehen uns einen Moment lang peinlich berührt gegenüber, dann drücke ich mich an ihm vorbei aus dem Zimmer. Er starrt auf die Bettdecke.

»Dad?«, sage ich und mache im Türrahmen halt, um ihm zuzusehen, wie er die Steppdecke glatt streicht und das Kopfkissen aufschüttelt. Ich warte darauf, dass er hochschaut, dass er mich sieht. Ich will ihm sagen, dass ich verstehe, warum er Leos Schuhe hat machen lassen. Aber er schaut mich nicht an. Stattdessen streckt er die Hand aus und drückt sanft die kopfförmige Mulde in das Kopfkissen, die Illusion, dass Leo gerade gegangen ist. Dann nimmt er die Schuhe und geht zum Kleiderschrank.

Ich glaube nicht, dass er bemerkt, wie ich hinausschleiche. Erst in meinem Zimmer fühle ich, dass ich noch Mums Antidepressiva in der Tasche habe. Ich lasse das Päckchen auf meinen Nachttisch fallen, es prallt ab und verschwindet in der Lücke zwischen Bett und Wand. Ich hole es nicht hervor, schmeiße mich aufs Bett und dämmere langsam wieder ein.

14

Jonny

Seit Mitte September gehe ich aufs College. Es ist wie eine normale Schule und auch wieder nicht. Ich meine, natürlich gibt es ein paar Dinge, die gleich sind, so wie Unterricht und Lehrer und kaum genießbares Essen in der Kantine, aber wir müssen keine Schuluniform tragen und wir dürfen die Lehrer beim Vornamen nennen. Es stand die Überlegung im Raum, ob ich an meine alte Schule zurückkehren sollte, aber allein bei dem Gedanken an die neugierigen und mitleidigen Blicke ist mir schlecht geworden. Also haben meine Eltern etwas anderes für mich gefunden. Die Art von Einrichtung, wo Jugendliche hingehen, um einen Abschluss nachzuholen, wenn sie viele Fehlzeiten in der Schule hatten oder mit dem Leistungsgedanken mancher Lehrer nicht klargekommen sind.

Am College herrscht da eine ganz andere Atmosphäre. Es ist freier, entspannter, nach der Devise durchatmen und man selbst sein.

Was irgendwie ironisch ist, weil ich gerade nicht wirklich weiß, wer ich überhaupt bin. Die eigene Welt schrumpft im Krankenhaus um einen zusammen. Man versucht positiv zu bleiben und sich zu beschäftigen, aber irgendwann ist alles nur noch ein endloser Kreislauf aus Untersuchungen, Behandlungen und der immerwährenden Anstrengung, nicht zu sterben. Im Grunde wird man zu seiner Krankheit. Gegen Ende hat es sich angefühlt, als ob die Leute mehr auf meine Krankenakte geschaut haben als auf mich.

Wenn man Glück hat, so wie ich, wird man gesund und man kommt raus. Das Problem ist, dass dann die eigene Welt immer noch klein ist. Ich weiß nicht, ob ich bestimmte Dinge eventuell nur mag, weil ich so krank war und nicht das Normale, Alltägliche machen konnte, das für meine Klassenkameraden ganz selbstverständlich war. Wenn ich ganz ehrlich bin, überfordert es mich manchmal fast, nicht mehr im Krankenhaus zu sein. Meine Operation ist jetzt zwei Monate her, seit ein paar Wochen bin ich zu Hause, und das nagende Gefühl, dass ich nicht weiß, wer ich bin, ist mit der Zeit immer stärker geworden. Es bringt mich irgendwie durcheinander. Ich vermute, so hat sich Captain America gefühlt, als er aus seinem Kälteschlaf wiedererweckt wurde und gemerkt hat, dass er nicht mehr richtig dazugehörte.

Ein Teil von mir möchte einen Schlussstrich unter das Leben vor der Transplantation ziehen, alles noch mal neu anfangen. Ich habe sogar meinen alten Facebook-Account gelöscht und einen für mein neues, gesundes Ich angelegt. Jonny 2.0 hat die Gesamtsumme von 36 Freunden und keine gelikten Seiten. Es gibt dort auch keine Zeichnungen. Das ist etwas, was der alte Jonny gemacht hat, als er für andere Dinge zu krank war. Es weckt zu viele Erinnerungen. Mein Skizzenblock ist außer Sichtweite ganz hinten in meinem Schrank verstaut, bis ich ihn wieder anschauen kann, ohne mich zu fühlen, als läge ich erneut in diesem Krankenhausbett.

Abgesehen vom Zeichnen habe ich keine Hobbys. Ich mache keinen Sport – aus offensichtlichen Gründen –, auch wenn man mir im Krankenhaus gesagt hat, dass ich es jetzt mit ein paar Nicht-Kontaktsportarten versuchen kann oder sogar sollte, was auch immer das heißen mag. Ich schätze, mir bleibt immer noch die Musik. Es gibt ein paar Bands, die ich mag, und noch mehr Bands, die ich definitiv nicht mag. Aber nichts an mir sagt »Ich bin Jonny Webb«. Jonny 2.0 ist ein unbeschriebenes Blatt, das darauf wartet, gefüllt zu werden, was aufregend und Furcht einflößend zugleich ist. Wie oft bekommt man die Chance, eine brandneue Version von sich selbst zu erschaffen? Wo fängt man überhaupt an?

Und dann ist da dieser Junge, dessen Herz ich in mir trage. Ich habe viel über ihn nachgedacht – wer er war, wie er war. Die Vorstellung, dass das Herz mal im Körper von einem anderen Menschen geschlagen hat, ist einfach nur verrückt. Der Transplantationspsychologe sagt, dass es ganz normal ist, sich Gedanken über den Spender zu machen. Aber ich bin ziemlich sicher, dass es nicht normal ist, so oft nachts dazuliegen, den dumpfen rhythmischen Schlägen zuzuhören und sich den vorigen Besitzer des eigenen Herzens vorzustellen, so wie ich es tue. Ich bin mir auch recht sicher, dass man nicht Google bemühen sollte, um herauszufinden, wie er heißt.

Aber abgesehen von einer krankhaften Besessenheit, mehr über die Herkunft meines Secondhand-Herzen herauszufinden, ist alles okay. Der Unterricht für den Mittelschulabschluss war bisher recht unstressig. Ich mache mir ein bisschen Sorgen um die geistige Gesundheit von diesem Hamlet-Typen, aber das Lernen an sich ist nicht wirklich hart. Und ich genieße die kleinen Dinge, die das Nicht-Kranksein mit sich bringt: die Treppen hochzurennen, ohne dass mir schwindelig wird, Appetit zu haben, zum College zu gehen. Dad besteht drauf, mich jeden Morgen vor dem Schultor abzusetzen. Immerhin durfte ich schon zweimal alleine nach Hause laufen.

»Hast du alles? Deine Pillen? Den Sunblocker?«, fragt Dad jeden Tag, wenn wir vor der Schule anhalten, und strengt sich an, lässig zu klingen, trifft aber nicht ganz den Ton.

Und ich lächle und nicke, während ich aus dem Auto steige. »Ja, Dad. Bis später.«

Ehrlich gesagt, könnte ich auch gut ohne Lichtschutzfaktor 50 auskommen, aber es ist nichts daran zu machen – die Medikamente erhöhen das Risiko, an Hautkrebs zu erkranken, und Em würde mich umbringen, wenn ich mich nicht eincremen würde. Es erinnert mich eben einfach daran, dass ich anders bin als die anderen Schüler hier.

Allein dass ich ein paar Wochen später angefangen habe, macht mich schon zum Außenseiter. Manchmal vermisse ich die Vertrautheit im Krankenhaus. Es gab immer jemanden, mit dem ich reden konnte, selbst wenn derjenige vielleicht nur drei Jahre alt war. Und ich vermisse Em. Ich besuche sie, wenn ich zu meinen Check-ups gehe, obwohl sie jetzt seltener geworden sind. Wir scherzen auch weiter in unseren Nachrichten herum. Aber es fehlt mir, zu wissen, dass sie am anderen Ende des Flurs ist. Ich glaube, Mum ahnt, dass ich ein bisschen allein bin. Sie hat mich überredet, ein paar Klassenkameraden von der alten Schule zu treffen. Es war unangenehm peinlich. Keiner von uns wusste, was er sagen sollte, schließlich ist es ein Jahr her, dass ich ins Krankenhaus gekommen bin, und auch vorher war ich nicht wirklich regelmäßig in der Schule. Sie haben ihr Bestes gegeben, haben nach meiner Operation gefragt und wollten meine Narbe sehen, aber ich konnte spüren, dass ich nicht mehr einer von ihnen war. Captain America – ein Outsider, der von draußen zuschaut. Das war es wohl auch, was mich davon überzeugt hat, dass ich einen neuen Start brauchte. Wir haben ausgemacht, in Kontakt zu bleiben. Eine Freundschaftsanfrage von meinem neuen Facebook-Account habe ich ihnen allerdings nicht geschickt.

Die meisten Mitschüler am College machen irgendwas zur Berufsvorbereitung wie eine Erzieherausbildung oder Medienwissenschaften, oder sie sind hier für Wiederholungsprüfungen. Ich will nicht, dass irgendjemand fragt, warum ich die Schule abgebrochen habe, ich will dieses brandneue Ich nicht mit mitleidigen Blicken beflecken, also bleibe ich meistens für mich. Vermutlich könnte ich mich mit den Leuten aus meinen Kursen anfreunden. Fünfzig Prozent von ihnen wollen allerdings eigentlich gar nicht hier sein. Die andere Hälfte besteht aus ein paar Überfliegern, die mit der Brutalität einer normalen Schule nicht klargekommen sind, einige sind krank gewesen und der Rest scheinen ganz normale Schüler zu sein, die einfach nur durchkommen wollen. Einer ist davon überzeugt, dass sein Versagen dem Komplott eines Lehrers aus seiner alten Schule geschuldet ist, der ihn gehasst hat. Er heißt Marco. Sein Stammplatz ist ganz hinten in der Klasse, wo er in seiner alten Lederjacke und seiner zerrissenen schwarzen Skinny-Jeans herumlümmelt und mit seiner provozierenden Haltung nur darauf wartet, dass sich die Lehrer trauen, etwas zu sagen. Es ist schon fast bewundernswert, wie scheißegal es ihm zu sein scheint, was die Leute über ihn denken. Ich frage mich, ob Jonny 2.0 vielleicht das ein oder andere von ihm lernen könnte.

Außerhalb des Unterrichts bekomme ich ihn nicht zu Gesicht. Ich habe keine Ahnung, wo er zwischen den Stunden hingeht. Im Pausenbereich ist er nie. Erst als unser Informatik- und Kommunikationslehrer uns für einen Fragebogen zusammensetzt, erfahre ich, dass Marco weiß, wie ich heiße. So ungefähr zumindest.

»Alles klar, Jonno?«, fragt er und mustert mich mit einem arroganten Blick aus seinen dunklen Augen. Zwei

Sachen weiß ich sofort: Erstens, dass ich ihn auf keinen Fall verbessern werde, und zweitens, dass wohl klar ist, wer hier die ganze Arbeit machen wird. Das macht mir nicht so viel aus – wie schon gesagt, ich genieße die kleinen Dinge wie Hausaufgaben und so weiter. Was mir etwas ausmacht, ist die unausgesprochene Annahme, dass ich sein Mädchen für alles sein werde.

»Weißt du was, Kumpel?«, sagt Marco am Ende der Stunde, als der Lehrer unsere Arbeit gelobt hat. »Du bist gar nicht so 'n Loser, wie ich gedacht hab.«

Und ein winziger Teil von mir freut sich über dieses halbe Kompliment. Vielleicht könnte die neue, bessere Jonny-Version ein bisschen was von Marcos Einstellung ganz gut gebrauchen.

15

Nia

»Raum B303«, murmle ich. Ich starre auf den Stundenplan in meiner Hand und frage mich, ob es vielleicht irgendeine Verwechslung gab. Ich bin jetzt seit vier Jahren an dieser Schule – wie kann es da Räume geben, von denen ich noch nie gehört habe? Wir sind doch nicht im verdammten Hogwarts.

Es ist mein erster Tag zurück an der Schule. Ich durchquere den Gedenkgarten und versuche die schlichte Marmorstatue unter der Weide in dessen Mitte zu ignorieren. Leo ist nicht der Einzige, der hier verewigt wurde. Da ist das Mädchen, das in unserem ersten Jahr an der Schule an einem anaphylaktischen Schock gestorben ist, und der Junge, der in den Neunzigern im Hyde Park ertrunken ist. Aber Leos Name ist auch drei Wochen nach Schulbeginn noch in aller Munde. Ich höre, wie er mich über die Gänge verfolgt, ein leises Flüstern, das sich heimtückisch um mich herumschlängelt, wo auch immer ich hingehe. Und ich werde angestarrt. Es ist, als ob ich einen blinkenden Pfeil über meinem Kopf hätte, auf dem in Großbuchstaben ZWILLINGSDRAMA steht. Ich werde das Gefühl nicht los, dass ich lieber gar nicht erst hätte zurückkommen sollen. Bis letztes Jahr wusste niemand, wer ich war. Jetzt wissen es alle.

Sophie spielt die am Boden zerstörte Freundin wie ein Profi. Ich staune, dass sie statt ihrer Schuluniform nicht von Kopf bis Fuß in Schwarz gekleidet ist und ihre perfekt geformten Wangen mit einem Taschentuch abtupft, als würde sie niemals über den Verlust hinwegkommen. Man könnte meinen, Leo wäre die Liebe ihres Lebens gewesen. In Wahrheit hatten sie mehr Trennungen hinter sich als Taylor Swift. Leo war es auch nicht wirklich ernst mit ihr. Er mochte zwar den Gedanken, eine Freundin zu haben, aber nur solange sie dem Fußballspielen oder der Musik nicht in die Quere kam. Das würde man bei Sophies jetzigem Anblick allerdings nie vermuten.

Während ich die Gänge entlangeile, suche ich mürrisch nach der richtigen Tür. Am Ende eines Flurs, in dem ich noch nie im Leben war – da bin ich mir sicher –, sehe ich endlich B303. Die Tür ist zu. Ein schlechtes Zeichen. Einen Moment überlege ich, ob ich kehrtmachen und einfach wieder gehen soll. Keiner würde es mir vorwerfen – ich trauere schließlich. Tatsächlich werde ich wohl nie wieder eine bessere Entschuldigung haben, um mich zu verdrücken. Aber dann sehe ich Leos Lächeln vor mir und denke daran, wie sehr er sich darauf gefreut hat, in die elfte Klasse zu kommen, und ich weiß, dass ich nicht einfach gehen kann. Außerdem ist es Englisch, mein Lieblingsfach. Also hole ich tief Luft und mache die Tür auf.

Zwei Sachen fallen mir sofort auf: die Abwesenheit eines Lehrers und die Art, wie die Gespräche in dem Moment verstummen, als die anderen mich sehen. Stille hängt in der Luft. Dann fangen sie wieder an zu reden, diesmal im Flüsterton. Meine Wangen brennen. Ich bin kurz davor, mich auf der Stelle zu übergeben.

Es ist das Mitgefühl, das mich am meisten stört. Ich kann die Neugier ertragen, auch wenn meine Haut anfängt zu jucken bei dem Gefühl, dass alle Augen auf mich gerichtet sind. Aber die mitleidigen Blicke sind unerträglich. *Arme Nia*, sagen sie, *wir wissen, wie du dich fühlst*.

Wissen sie nicht. Sie haben ihren Bruder nicht auf einen Felsen schmettern sehen, haben nicht gesehen, wie seine Augen sich zum letzten Mal geschlossen haben. Sie mussten nicht dabei zugucken, wie sein Körper aufgeteilt und weggegeben wurde. Und wachen nicht jeden Morgen mit der Frage auf, was sie hätten anders machen können.

Mein Herz pocht in meinen Ohren so stark, dass mein Trommelfell wehtut. Den Blick fest auf den Boden gerichtet bahne ich mir einen Weg nach hinten in den Klassenraum. So wird nun jede Stunde sein, vielleicht das ganze Jahr lang. Ich wünschte, ich hätte auf mein Bauchgefühl gehört und hätte die Flucht ergriffen. Ich wünschte, ich wäre im Bett geblieben.

Aber dann hätte ich mit Mum und ihrer neuen Besessenheit klarkommen müssen, Spenden zu sammeln. Sie hat diese fixe Idee, dass Leos Tod eine Bedeutung haben würde, wenn sie fünfzig Riesen für die Luftrettung zusammenbringen kann, mit deren Hilfe Leo ins Krankenhaus gebracht wurde. Sie redet über nichts anderes mehr. Dad lässt sie machen. Und ich gebe mein Bestes, es auszublenden. Ich weiß, ein Ziel zu haben, soll ihr helfen, weniger Antidepressiva zu nehmen. Aber sie könnte trotzdem ab und zu mal die Playlist wechseln.

»Nia«, ruft eine Stimme zu meiner Linken. Ich drehe mich um und sehe Precious Muamba, die mich aus so großen Augen anschaut, dass sie ihr gesamtes Gesicht zu verschlucken scheinen. Ihr Mund ist zu einer mitleidigen Grimasse verzogen. »Wie geht's dir, Süße?«

Sie streckt ihre Finger nach mir aus, und mir wird mit Entsetzen klar, dass sie dabei ist, nach meiner Hand zu greifen. Ich will sie schon mit irgendeiner Bemerkung abspeisen, da geht erneut die Tür auf und hält mich davon ab. Es ist aber nicht unser Lehrer Mr Mustaqh. Es ist Sophie.

Wie auf Knopfdruck verschwinde ich aus Precious' Gedanken und ich sehe ihr zu, wie sie zu Sophie rennt, um sie mit falschem Mitgefühl zu überschütten.

Mit gesenktem Blick starre ich auf den Tisch. Auch wenn ich versuche, Sophie aus dem Weg zu gehen, ihr Auftauchen tut mir gerade einen großen Gefallen. Denn auf einmal liegt die Aufmerksamkeit auf ihr und nicht mehr auf mir. Drei Jungs stehen sogar auf, um sie zu ihrem Platz zu begleiten. Und dann flüstert ihr jemand etwas zu.

Sie dreht sich suchend um und schaut zu mir. Ihre Augen glänzen, als sie eine Hand nach mir ausstreckt. »Nia.«

Ich erstarre innerlich. Gefangen zwischen Wut und Scham. Als Leo noch am Leben war, hat sie kaum mit mir geredet und jetzt will sie – was – eine Art *Schwester* sein? Und obwohl sie nie mit mir gesprochen hätte, wenn Leo nicht gewesen wäre, erwartet sie von mir, dass ich das auch will?

Ich weiß nicht, ob ich das ein Jahr aushalten kann. Ehrlich gesagt kann ich es nicht einmal eine Schulstunde lang aushalten.

Ich schnappe mir meine Tasche und stolpere zur Tür. Fünfundzwanzig Augenpaare sehen mir dabei zu, wie ich verschwinde.

16

Jonny

»Erde an Chemo-Girl. Chemo-Girl, bitte kommen!«

Em schaut erschrocken drein, als ich theatralisch zwischen den Vorhängen hervorstürme und schlitternd neben ihrem Bett zum Stehen komme. Ich schlage dankbar die Hände zusammen und seufze. »Ein Glück habe ich dich gefunden. Eine Mutation tobt auf der Regent Street herum und nur du kannst sie aufhalten!«

Sie verdreht die Augen und lacht. »Du schon wieder? Du kommst einfach nicht von hier los, oder?«

»Ich war bei einer Kontroll-Untersuchung«, sage ich, während ich mich auf einen Stuhl neben dem Bett plumpsen lasse. »Sie haben mir so viel Kontrastmittel in die Adern gepumpt, dass ich überrascht bin, noch nicht zu leuchten. Aber ich habe grünes Licht bekommen.«

Em nickt und mustert mich prüfend, als ob sie einer der Ärzte wäre, die nach Anzeichen von Rückfällen suchen. Ich weiß schon, dass sie keine finden wird. Ich fühle mich gut, fitter als ich es je gewesen bin. Und der Kühlschrank ist sozusagen meine neue Heimat geworden. Endlich ist da mal etwas Fleisch zwischen meiner Haut und den

Knochen. Ich kann natürlich nicht alles essen. Vieles enthält zu viel Salz und Fett oder anderes schlechtes Zeug, und die Gewichtszunahme kommt zum Teil auch durch die Medikamente, die ich nehmen muss. Irgendwann in diesen Tagen riskiere ich aber vielleicht mal einen Big Mac. Man lebt schließlich nur einmal, oder nicht?

Em sieht auch besser aus. Die dunklen Ringe unter ihren Augen sind verschwunden und ihre Lippen sind nicht mehr rissig. Ihre Nase ist noch rot. Ich schätze, die Härchen darin sind noch nicht wieder nachgewachsen. Dafür ist ihr Kopf mit einem weichen dunklen Flaum in Schokoladenbraun bedeckt, der mich daran erinnert, wie sie ausgesehen hat, als wir uns zum ersten Mal getroffen haben. Damals baumelten Massen an Locken um ihren Kopf, von denen sie behauptete, sie zu hassen, weil sie so schwer zu bürsten waren. Dann begannen sie auszufallen und sie weinte tagelang. Ich bin froh, dass ihr Haar wieder wächst – das tut es nicht immer nach einer so hochdosierten Chemotherapie wie ihrer – auch wenn ich mir insgeheim wünschte, es wäre Chemo-Girl-blau.

Als ich die wieder sprießenden Haare erwähne, wandert ihre Hand unwillkürlich zu ihrem Kopf, wobei die vielen Schläuche gegeneinanderklappern. »Ich vergesse ständig, dass sie wieder wachsen. Jedes Mal, wenn ich in den Spiegel schaue, bekomme ich fast einen Herzinfarkt.« Ihre Augen schweifen zu meiner Brust und ihr Mund verzieht sich kurz zu einem schiefen Lächeln. »Sollte keine Beleidigung sein.«

»Nicht als solche aufgefasst«, sage ich lässig, denn Herzprobleme sind etwas, das zum alten Jonny gehört, nicht zu meinem neuen, chirurgisch aufpolierten Ich. Ich deute auf ihre Haare. »Also, heißt es das, was ich denke?«

»Nicht offiziell«, warnt sie, aber ich kann an dem Funkeln in ihren Augen sehen, dass es gute Neuigkeiten sind. »Du weißt ja, wie Ärzte sind. Sie wollen noch nichts bestätigen. Ich bekomme aber keine Behandlung mehr.«

Da habe ich plötzlich das seltsame Bedürfnis, sie in meine Arme zu schließen und meine Lippen auf ihren flaumigen Kopf zu pressen – was wohl eine weitere Nebenwirkung davon ist, dass ich mich besser fühle, denn ich habe bemerkt: Ich nehme nun Mädchen wahr. Auch wenn Em nicht wirklich ein Mädchen ist, sie ist ein Kumpel. Das macht dieses Gefühl allerdings nur noch eigenartiger. Ich verdränge den Gedanken und entscheide mich für ein High-five. »Siehst du?«, sage ich und setze meine beste Filmtrailer-Stimme auf. »Emily Mitchell in Chemo-Girl!«

»Vielleicht«, sagt sie und blickt auf das Bild, das ich ihr gemalt habe. »Aber genug von mir. Erzähl mir, wie es draußen ist.«

Wo soll ich anfangen?, frage ich mich. *Und was soll ich auslassen*? Ich weiß, dass Em denkt, sie will hören, wie toll es ist, nicht mehr im Krankenhaus zu sein, aber ich will nicht zu dick auftragen. Also erzähle ich ihr, wie meine Mutter mir zwanzig Mal am Tag Nachrichten schreibt, um sicherzugehen, dass ich meine Medikamente gegen die Abstoßungsreaktion nehme, und welche Sorgen sich Dad macht, wenn ich vom College zu Fuß nach Hause laufe, obwohl ich ziemlich sicher bin, dass ich sogar rennen könnte und es mir nichts ausmachen würde. Sie wollten mich auch heute nur ungern hoch auf die Station lassen, weil sie Bedenken haben, ich könnte mir irgendwelche Krankheiten einfangen. Selbst jetzt noch. Ich schätze, in diesem Moment sitzen sie angespannt in der Cafeteria, schlürfen nervös ihren Tee und zerpflücken ihre Servietten. Das erzähle ich Em allerdings nicht. Stattdessen berichte ich von meinen Mitschülern.

»Ein paar von denen leben echt auf einem anderen Planeten.« Dabei habe ich Marco im Kopf. »Einer führt sich auf, als ob er auf Drogen wäre.«

»Du bist auf Drogen«, hebt Em mit einem Grinsen hervor.

Ich schüttle den Kopf. »Ich bekomme durch meine Mittel nur Stimmungsschwankungen, aber was er macht, ist noch mal auf einem ganz anderen Level. Erst ignoriert er mich Ewigkeiten, jetzt nennt er mich auf einmal ›Kumpel‹. Ich werde aus ihm nicht schlau. Und ich glaube, die Lehrer haben Angst vor ihm.«

»Klingt nicht nach der allerbesten Gesellschaft«, sagt sie. »Machst du nichts mehr mit deinen alten Kumpels?«

Em ist mit ihren Freunden von der Schule in Kontakt geblieben und hat ständig irgendjemanden da, der sie besucht, obwohl sie nun schon so lange krank ist. Bei ihr ist es anders. Ich weiß nicht, wie ich ihr erklären soll, dass ich meine alten Kumpels nicht mehr sehen möchte. Sie erinnern mich daran, dass ich nicht ordentlich atmen konnte und vor Müdigkeit kaum fähig war, die Augen aufzuhalten. Sie erinnern mich daran, nicht dazuzugehören. Ich will diese Erinnerungen nicht. Lieber würde ich mich mit neuen Leuten anfreunden, mit Leuten, die keine Ahnung haben, wer ich mal war. »Nicht so viel. Es ist schwer, wenn man an verschiedenen Schulen ist.«

Der Blick, den sie mir zuwirft, lässt vermuten, dass sie mich vollkommen durchschaut, aber sie sagt nichts. »Was hast du sonst noch so gemacht?«

Ich zögere einen Moment. Soll ich ihr erzählen, was mich nachts wach hält? Dass ich nicht aufhören kann, über meinen Spender nachzudenken? Oder dass ich angefangen habe, nach Teenager-Todesfällen um den Zeitpunkt meiner Operation zu suchen? Glaubt mir, mein Internet-Suchverlauf ist eine Liste von Tragödien, die selbst Dr. Doom zum Weinen bringen würde. Vielleicht sollte ich ihr erzählen, was ich bisher vor niemandem zugegeben habe: dass mein Herz sich nie wirklich wie ein Teil von mir anfühlen wird, bis ich weiß, woher es kommt. Und ich den Namen meines Spenders brauche, um herauszufinden, wie er war, was er so mochte und wie es dazu kam, dass er mich gerettet hat.

Es ist wie eine Wunde, die juckt, obwohl sie schon lange verheilt ist. Ich kann es nicht lassen zu kratzen. Und ich glaube nicht, dass Em es verstehen wird. Nicht vollkommen zumindest. Aber bei ihr ist die Chance größer als bei meinem Therapeuten, der keine Ahnung davon hat, wie es ist, noch auf der Welt zu sein, wenn man den Tod schon vor Augen hatte, oder wie es sich anfühlt zu wissen, dass man nur am Leben ist, weil jemand anderes sterben musste. Wenn ich erst mal den Namen meines Spenders weiß, wird sich alles fügen. Er wird Teil von dem werden, der ich jetzt bin: Jonny 2.0

»Versprich, dass du es niemandem erzählen wirst …«, fange ich an.

17

Nia

»Will sich deine Mum wirklich vom *Shard* abseilen?«, fragt mich Helen, als wir an einem kühlen Oktobertag nach der Schule durch Hampstead Heath spazieren.

Das ist die lächerlichste Frage, die ich je gehört habe. Zumindest wäre es eine lächerliche Frage in der Welt einer normalen Person. Der Wolkenkratzer *The Shard* ist achtundsiebzig Stockwerke hoch – man hakt nicht einfach ein Seil oben dran und wandert runter. Aber nichts ist mehr normal. Jeden meiner Atemzüge zu überwachen, war meiner Mutter nicht mehr genug, jetzt geht sie völlig in dieser ganzen Spendensammel-Geschichte auf. Sie hat sich sogar einen Facebook-Account zugelegt, um eine Spenden-Seite zu erstellen. Und nun hat sie also ausgemacht, sich vom größten verdammten Wolkenkratzer in ganz London abzuseilen. Andere Menschen organisieren Quiz-Abende, meine Mutter plant, von einem Hochhaus zu springen.

»Anscheinend«, murmle ich und trete nach einem Grasbüschel. »Sie hat diese Gruppe zusammengetrommelt und die wollen es alle zusammen machen. Wenn sie nicht so wahnsinnig selbstzufrieden mit sich und ihren Aktionen wäre, würde ich denken, es ist ein Selbstmordversuch.«

Helen zieht den Mantel fester um sich und wirft mir einen Blick von der Seite zu. »Das wird schon nicht gefährlich sein. Ansonsten wäre es gar nicht erlaubt, das zu machen. Und da wird bestimmt eine Menge Geld zusammenkommen. Die Leute stehen auf so was.«

»Danke. Vielleicht könnten wir es in ihre Beerdigung investieren.«

Helen lässt sich auf eine klamme Holzbank fallen und schaut zu mir auf. »Ich denke, es ist super, dass sie versucht, Leos Tod für etwas Gutes einzusetzen. Es zeigt, dass sie nach vorne schaut.«

»Es zeigt, dass sie einen Knall hat«, murre ich. Aber ich weiß, was Helen meint. Seitdem Mum mit den Leuten von der Luftrettung in Kontakt steht, nimmt sie weniger Antidepressiva und sieht auch wieder besser aus. Nicht glücklicher, denn sie bricht immer noch bei der kleinsten Kleinigkeit zusammen, aber so, als ob sie nun wieder ein Ziel hätte, anstatt im Haus herumzuwandern und mich zu beaufsichtigen wie ein Kleinkind. Ich höre sie allerdings trotzdem noch nachts weinen, wenn ich daliege und die Decke anstarre. Meine Psychologin Teresa meint, anderen Leuten helfen zu wollen ist ein wichtiger Teil des Verarbeitungsprozesses.

»Sieh es einfach als eine Methode deiner Mutter an, Leos Tod einen Sinn zu geben«, hat sie gesagt, als ich ihr von Mums Plänen, in ein paar Wochen einen Spendentag auf dem Schulgelände zu veranstalten, erzählt habe. »Manchmal hilft es den Menschen, das Gefühl zu haben, irgendetwas zu bewirken, und wenn es nur ein bisschen ist. Verstehst du?«

Ich ließ meinen Blick missgelaunt durch ihre ultraweiße Praxis wandern. Vermutlich sollte das Design beruhigen, stattdessen kam es seelenlos und steril rüber. Eine pinke Orchidee stand auf dem Fensterbrett. Ihre Leuchtkraft fing meinen Blick ein, vor allem weil Farben mir in letzter Zeit immer matt und leblos vorkamen, als ob sie unter einem trüben grauen Schleier verborgen lägen.

Ich konzentrierte mich auf die Orchidee, während ich auf Teresas Frage antwortete. »Na klar, als ob es die Welt retten würde, an einem Kuchenstand zu stehen. Wenigstens wird es genug Kuchen zu essen geben.«

»Isst du denn ordentlich?« Teresa versuchte es mit einem Themawechsel.

Das kam darauf an, was sie mit »ordentlich« meinte. Das supergesunde Zeug, das Mum mir vorsetzte, aß ich bestimmt nicht. Es schmeckte nach nichts. Alles andere allerdings auch nicht. »Okay, vermute ich. Manchmal habe ich einfach keinen Bock auf Essen.«

Sie schrieb etwas auf ihren Notizblock. »Du solltest versuchen, das zu überwinden. Wenig, aber oft zu essen könnte helfen. Wie schläfst du?«

Nicht viel. Jede Nacht war von unzusammenhängenden, quälenden Träumen unterbrochen – und am Ende immer dasselbe dumpfe knirschende Geräusch. Aber das sagte ich Teresa nicht. Ich hatte angefangen, ein Spielchen mit ihr zu spielen. Ziel war es, während unserer Treffen so wenig Informationen wie möglich herauszurücken, sodass sie am Ende einer Sitzung möglichst wenig auf ihrem Notizblock stehen hatte.

Sie sah mich an. Die Haut zwischen ihren Augen in zwei parallele Falten gefurcht. Ich hatte zu lange für die Antwort gebraucht. Das hatte anscheinend etwas zu bedeuten, denn sie machte wieder eine Notiz auf ihrem Block. »Gut«, sagte ich, lauter als ich wollte. »Ich schlafe gut. Alles ist GUT.«

Und äußerlich war es das sogar auch. Meistens. Nur mit meinem Innenleben hatte ich zu kämpfen. Weshalb ich mich fragte, ob wir vielleicht *alle* eine Fassade aufsetzten und vorgaben, es ginge uns gut, damit sich die Leute um uns herum keine Sorgen machten.

Mehr Notizen. Kein erfolgreicher Tag für mich und mein Spiel.

Ich bin so damit beschäftigt, über Teresa und ihre blöden Fragen nachzudenken, dass ich einen Augenblick brauche, bis ich merke, dass Helen etwas gesagt hat. »Was?«

Sie rollt mit den Augen. »Ich habe gefragt, ob du gestern im Fernsehen diesen Spionagefilm mit dem Typen von *Harry Potter* gesehen hast.«

Ich runzle die Stirn. Der Fernseher lief, daran erinnere ich mich. Aber ich könnte nicht sagen, was ich angeschaut habe. Seit Leos Tod fällt es mir manchmal schwer, mich zu konzentrieren. Ich starre dann auf den Bildschirm und merke, dass ich keine Ahnung habe, wer die Personen sind oder was sie in den letzten zehn Minuten gemacht haben.

»Ich weiß nicht«, sage ich zu Helen. »War er gut?«

Helen presst ihre Lippen aufeinander, ein sicheres Zeichen, dass ich mir jetzt etwas anhören muss. Zeit für einen Themawechsel, denke ich, und suche nach einer Ablenkung. »Ich habe am Wochenende eine ganz merkwürdige Nachricht auf Facebook bekommen.«

Es funktioniert. Sie zieht ihre Augenbrauen hoch. »Merkwürdig wie: *Entthronter afrikanischer Diktator versucht dir acht Millionen Dollar anzudrehen* oder wie *Olga aus Russland will Bussi-Bussi mit dir machen?*«

»Noch merkwürdiger«, sage ich und lasse mich neben ihr nieder. »Irgend so ein Junge, der nach Leo gefragt hat. Und er ist kein gemeinsamer Freund oder so. Ich habe seinen Namen noch nie gehört.«

Sie runzelt die Stirn. »Was wollte er über Leo wissen?«

»Das war ja das Seltsame daran. Erst habe ich gedacht, er wäre jemand von der Schule, der Mums Spendenseite auf Facebook gefunden hat, aber als ich mir sein Profil angeschaut habe, habe ich gesehen, dass er aus St Albans ist. Und er wollte wissen, was mit Leo passiert ist.«

Es herrscht ein langes Schweigen. »Okay, das ist wirklich merkwürdig und fast ein bisschen unheimlich. Was hast du zurückgeschrieben?«

»Ich habe ihn gefragt, warum er das wissen will. Er hat nicht mehr geantwortet. Also habe ich es vergessen. Bis heute.« Ich halte ihr mein Handy hin, sodass sie es sehen kann.

»Hi, Nia«, liest sie laut. »Sorry wegen der langen Funkstille. Ich schreibe einen Artikel über deinen Bruder für die Schule und brauchte noch ein paar Infos. Ich weiß, es klingt, als ob ich ein unsensibles Arschloch bin, aber es würde mir wirklich weiterhelfen, wenn du mir etwas mehr erzählen könntest.«

Ich fröstle. Die Sonne geht unter und verwandelt die Büsche und Bäume um uns herum in schwarze Monster vor dem orange-grauen Abendhimmel. Es ist an der Zeit zu gehen, aber ich will erst wissen, was Helen denkt. »Also. Harmloser Vogel oder Drama-Fetischist?«

Helen klickt auf dem Bildschirm herum und betrachtet sein Profilbild.

»Jonny Webb. Bist du sicher, dass du ihn nicht kennst? Vielleicht hat er mit Leo Fußball gespielt? Er sieht aus, als wäre er ungefähr in unserem Alter, auch wenn er ganz schön dünn ist.«

Ich verfolge, wie sie sein Profil durchforscht. Es gibt nicht viel zu sehen. Das weiß ich, weil ich selbst schon geschaut habe.

»Er hat nur dreiundvierzig Freunde«, sage ich. »Selbst ich habe mehr, und ich bin die Unbeliebtheit in Person. Er hat allerdings lauter *Avengers*-Bilder gepostet, das erklärt wahrscheinlich alles.«

»Du bist nur unbeliebt, weil du jeden hasst«, erinnert Helen mich und scrollt ein bisschen weiter runter. »Er hat keine Fotos mit Freunden. Und keine History vor diesem Jahr.«

Wir schauen uns in die Augen und ich weiß, wir denken beide dasselbe. »Fake-Profil. Der will sich an mich ranmachen.«

»Oder Schlimmeres.« Helen verzieht das Gesicht. »Löschen und blockieren. Auf der Stelle.«

Ich nehme mein Handy zurück, um genau das zu tun. Aber vorher werfe ich noch einmal einen Blick auf Jonnys Gesicht. Er sieht nett aus. Nicht umwerfend, aber auch nicht hässlich. Normal. Wie der Junge von nebenan. Sein Lächeln ist ein bisschen schief und eine Augenbraue hochgezogen, als ob er einen Witz auf Lager hätte, den er uns nicht erzählt. Ich frage mich, ob er weiß, dass sein Bild von einem möglichen Pädophilen benutzt wird. Aber ich habe keine Möglichkeit, ihn zu warnen, keine Möglichkeit herauszufinden, wer er wirklich ist.

»Leb wohl, Jonny Webb, du Vogel«, sage ich, blockiere den Account und stehe auf. »Los, lass uns nachsehen gehen, ob meine Mutter noch von irgendwo anders herunterspringen will.«

18

Jonny

Irgendetwas ist heute in Wirtschaft mit Marco los. Er sagt kein Wort, aber ich sehe, dass er mich beobachtet, immer wenn ich zu ihm rüberschaue.

»Was?«, forme ich lautlos mit den Lippen, aber er antwortet nicht, starrt mich nur weiter an.

Mit einem Achselzucken versuche ich ihn zu ignorieren. Vielleicht war ich näher an der Wahrheit dran als gedacht, als ich ihn Em beschrieben habe. Vielleicht *ist* er auf Drogen. Erst am Ende der Stunde, während ich meine Bücher in die Tasche stopfe, beschließt er endlich, mir eine Erklärung zu liefern.

»Wir haben was zu besprechen.«

»Jetzt?«, frage ich und schaue zur Uhr. »Ich hab gleich Mathe.«

Er schüttelt mit einem müden Lächeln den Kopf. »Komm einfach mit.«

Mit Pünktlichkeit hat es Marco nicht so. Er erscheint zum Unterricht, wann immer er will, und es sieht so aus, als ob er beschlossen hätte, dass ich diese Philosophie nun auch übernehme, zumindest, was meine nächste

Mathestunde angeht. Schnell sind wir die Treppen hinunter und in einer Ecke vom College-Parkplatz, wo die Coolen abseits der ausgewiesenen Raucherbereiche ihre Glimmstängel rausholen und anzünden. Deswegen ist er also nie im Pausenbereich. Ich hätte es wissen müssen.

Der Qualm hängt schon dick in der Luft, als wir ankommen. Ich stelle mir vor, wie die giftigen Dämpfe durch meine Lunge in den Blutkreislauf kriechen, und versuche nicht einzuatmen. Aber als mein Köper beginnt nach Sauerstoff zu schreien, gebe ich nach und sauge gierig die stinkende Luft ein. Das flattrige Gefühl der Panik lässt nach, weil ich mich zwinge, mir ins Gedächtnis zu rufen, dass es o.k. ist. Ich werde nicht sterben. Na ja, zumindest nicht schneller als jeder andere, auch wenn ich ein bisschen mehr auf mich aufpassen muss.

Marco scheint nichts von alldem zu bemerken. »Das ist Jonno«, sagt er den anderen. »Der, von dem ich euch erzählt habe.«

Fünf abschätzende Blicke richten sich auf mich. Ich halte ihnen stand und versuche mir keine Gedanken darüber zu machen, was meine neuen Turnschuhe und meine teure Jeans wohl über mich aussagen. Ich lege zwar keinen gesteigerten Wert auf mein Äußeres – wenn man wie der Tod aussieht, neigt man dazu, den Blick in den Spiegel zu vermeiden – aber ich habe zugenommen, seitdem ich nicht mehr im Krankenhaus bin, und die meisten meiner Klamotten sind neu. Mum und Dad wollten mich ihrer Aussage nach mal so richtig verwöhnen, wie sie es nie vorher gekonnt hatten, und unbedingt Geld ausgeben. Also habe ich jetzt ziemlich coole Sachen. Aber als ich mir die Jungs so anschaue, sehe ich viele Marken an ihren Klamotten prangen. Nur Marco hat sich für den Grunge-Look entschieden. Und damit meine ich nicht, dass ich davon ausgehe, dass Lederjacken billig sind.

»Also?«, fragt einer der Jungs mit einem schnellen Blick zu Marco. »Was kann er uns besorgen?«

Ihnen besorgen? Was soll das bitte heißen? Aber Marco kommt mir zuvor. »Klappe, Eavis. Ich habe ihn noch nicht gefragt.«

»Mich was gefragt?«, sage ich.

Marco mustert mich mit seinem Schlafzimmerblick. »Du bist auf Drogen«, sagt er geradeheraus. »Ich habe den Haufen Pillen letzte Woche in deiner Tasche gesehen. Wir wollen wissen, ob du ein Dealer oder ein User bist.«

Mir entfährt ein kurzes, ungläubiges Lachen. Er meint meine Medikamente, die alle ordentlich nach Einzeldosen sortiert in ihren beschrifteten Fächern der Pillenbox liegen, damit ich weiß, was ich wann nehmen muss. Wie viele Dealer sind bitte so organisiert? »Mal ehrlich, Marco, sehe ich aus, als würde ich Drogen verkaufen?«

Er zuckt die Achseln. »Die Typen gibt's in allen Farben und Formen. Du bist also ein User.« Er macht eine Pause, um sich eine Zigarette anzuzünden. »Was nimmst du?«

»Was ich nehme?«, wiederhole ich und beginne mich ernsthaft zu fragen, ob ich ihm nicht dieselbe Frage stellen sollte. »Wie viel Zeit habt ihr?«

»Den ganzen Tag«, sagt Marco. »Mathe kann warten.«

»Es ist Medizin«, sage ich und versuche locker zu bleiben. Ich will nicht, dass alle von meiner Operation erfahren. Sie werden mich anders behandeln, wenn sie es erst mal wissen. »Verschrieben von einem Arzt. Nichts, was man unter Brücken kauft.«

Einer der anderen Jungs – Billy, glaube ich – tritt unbehaglich auf der Stelle hin und her. »Du hast nicht erwähnt, dass er krank ist. Was, wenn es ansteckend ist?«

»Du siehst nicht krank aus«, erwidert Marco und schaut mich an. »Was hast du?«

Das ist er, denke ich, der Moment, ab dem sich alles ändern wird. Wenn das mit meinem Herzen erst mal raus ist, wird man mich entweder behandeln, als ob ich irgendein Freak wäre, oder mir aus dem Weg gehen, so wie es die Kids in der alten Schule getan haben, als ich krank geworden bin. Vielleicht würde mir die Narbe einen gewissen Respekt einbringen, wenn ich beschließen würde, sie zu zeigen, aber ich will nicht mehr über meine Krankheit definiert werden. Dieser Mensch war ich einmal. Jonny 2.0 ist jemand Besseres.

Also lüge ich. »Ventrikuläre Tachykardie«, sage ich und wähle damit etwas Ernstes, aber Behandelbares. »Mein Herz schlägt manchmal zu schnell. Die Medizin hilft, es zu kontrollieren.«

Natürlich behandelt man so keine anhaltende Tachykardie – wenn es ernst genug ist, bekommt man einen Defibrillator unter die Haut eingesetzt, der die elektrischen Impulse im Herz regelt –, aber das werden diese Deppen nicht wissen.

Charlie, ein anderer Junge, runzelt die Stirn. »Hatte das nicht dieser Fußballer? Der vor ein paar Jahren mitten im Spiel zusammengebrochen ist?«

Da liegt er gar nicht so falsch. Ich bin beeindruckt, ob ich will oder nicht. »Nein, der hatte ventrikuläre Fibrillation, wodurch sein Herz aufgehört hat zu schlagen. Das ist ähnlich, aber nicht das Gleiche.«

Stille. Sie sehen mich jetzt anders an. Aber es ist keine Abscheu, die ich in ihren Augen ausmache. Es ist eher so etwas wie Respekt. Langsam dämmert es mir, warum. Fußballer sind das Größte für sie. Einschließlich der, der achtundsiebzig Minuten lang während eines Spiels gestorben ist. Und ein Stück weit hat diese Bewunderung nun auf mich abgefärbt, nur weil sie glauben, dass wir dasselbe Problem mit unserer Gesundheit hätten. Wow, wie dumm sind diese Kerle?

»Taugen deine Pillen denn was? Machen sie dich high?«, fragt einer von ihnen, der unbedingt beim Thema bleiben will.

Ich denke an die zwölf verschiedenen Medikamente, die ich jeden Tag schlucke. Sie machen eine Menge: Sie halten meinen Körper davon ab, mein fremdes Herz abzustoßen, lassen mich zunehmen, und bewirken tausend andere Sachen, die ich mir nicht mal vorstellen kann. Aber sie bringen mich sicher nicht auf einen Trip. Und mir kommt der Gedanke, dass Marco und seine Freunde nur markieren. Sie haben eigentlich null Ahnung von Drogen. »Nein«, antworte ich entschieden. »Und wenn du sie nimmst, obwohl du sie nicht brauchst, würdest du im Krankenhaus landen.«

Marco schmeißt die Zigarette auf den Boden und tritt den Stummel mit dem Absatz in die Erde. »Im Grunde genommen bist du also zu nichts zu gebrauchen.«

Er sieht eher gelangweilt aus als sauer, also riskiere ich ein Grinsen.

»Anscheinend nicht. Außer einer von euch hat eine nicht diagnostizierte Herzkrankheit, die einer Behandlung bedarf?«

Er starrt mich an, dann macht er eine flüchtige Geste mit den Fingern Richtung Schulgebäude. »Dann geh schon. Ab in die Schule, wie ein braver Junge.«

Das muss er mir nicht zweimal sagen. Während ich ins College zurückeile, hoffe ich, dass der Rauchgeruch verschwunden ist, bevor ich nach Hause komme. Das Letzte, was ich brauche, um diesen Tag abzurunden, ist, von meiner Mutter ins Kreuzverhör genommen zu werden.

Mum und Dad schleppen mich zu einem Familien-Abendessen, das ich vergessen hatte. Der Geburtstagsfeier meiner Tante mit diversen Verwandten. Ich lache höflich, wenn ich soll, stochere in meinem fettarmen Hauptgericht herum, ertrage ihre Neugier über meinen Gesundheitszustand und fühle mich schuldig, als meine Cousins keinen Nachtisch essen dürfen, weil ich keinen essen darf. Und sobald wir wieder zu Hause sind, laufe ich mit meinem Laptop hoch in mein Zimmer, um das Internet weiter nach meinem Spender zu durchforsten. Er kann nicht weiter als maximal drei Stunden entfernt von dem Londoner Krankenhaus gestorben sein, in dem ich lag. Nur ein bisschen weiter und die Organe hätten nicht mehr mitgemacht. Ein oder zwei Mal hatte ich gedacht, ich hätte was gefunden, aber der Einzige, der bisher wirklich passt, ist dieser Junge, Leo, der im Urlaub mit seiner Familie gestorben ist. Armer Kerl. Es gibt eine Facebook-Seite in seinem Andenken, um Geld für die örtliche Luftrettung zu sammeln, und es würde mir nichts ausmachen, wenn er mein Spender wäre. Es scheint, er hat ein anständiges Leben gehabt – 'ne Menge Freunde und Bilder von ihm mit gewonnenen Fußballpokalen. Er sieht auch gut aus. Auf ein paar Fotos ist er Arm in Arm mit demselben blonden Mädchen zu sehen. Sie ist hübsch, aber auf eine künstliche Art und Weise. Zu viel Make-up. Warum machen Mädchen das? Warum spachteln sie sich ihr Gesicht mit diesem Mist zu und kleben sich Wimpern an, die man mit Windparks verwechseln könnte? Egal, ich schätze mal, Leo konnte sich seine Mädchen aussuchen.

Was ich aber nicht sagen kann, ist, ob er Organspender war.

Em meint, ich soll es sein lassen. Sie sagt, es wird nichts Gutes dabei rauskommen, wenn ich es erfahre, und vermutlich hat sie recht. Ich habe ihr nicht erzählt, dass ich Leos Schwester aufgespürt und mir einen Vorwand ausgedacht habe, um nach seinem Tod zu fragen. Auf ihrem Profilbild sieht sie jünger aus als er. Ein süßes, herzförmiges Gesicht und kaum Make-up. Sie scheint allergisch gegen Lächeln zu sein, soweit ich das von den wenigen Fotos, die für mich sichtbar waren, sagen kann. Auch wenn ich vermute, dass sie dafür zurzeit nicht viel Grund hat. Allerdings kann ich ihr Profil jetzt nicht mehr finden. Es sieht also so aus, als hätte sie mich blockiert. Das kann ich ihr nicht verübeln. Vermutlich hätte ich dasselbe gemacht, wenn ich an ihrer Stelle gewesen wäre.

Trotzdem kann ich nicht aufhören, mich zu fragen: Was ist, wenn das Herz in mir Leos ist? Würde seine Familie wissen wollen, wer es bekommen hat? Oder ist es egoistisch, überhaupt nur darüber nachzudenken?

Em hat recht. Ich sollte aufhören, bevor ich mich in Schwierigkeiten bringe.

19

Nia

Ich habe einmal diesen alten Film gesehen, *Grease*, in dem die Schüler das Highschool-Gelände am Ende in einen Rummelplatz verwandeln, um ihren Abschluss zu feiern, sodass Sandy und Danny in die Wolken davonfahren können. Wenn die Szene an einem trüben Samstag im Oktober in einer Mittelschule im Londoner Norden gespielt hätte, würde sie so ziemlich wie der Spendensammeltag meiner Mutter aussehen.

Überall hängen Poster von Leo, durch die wir uns fühlen sollen, als wäre er im Geiste bei uns. Meine Mutter trägt ein T-Shirt mit seinem Gesicht drauf, was ich schlichtweg verweigere, denn selbst im Tod braucht Leos Ego nicht noch gefüttert zu werden. Außerdem kann ich sowieso gerade keine T-Shirts tragen. Ich habe Godzilla-Haut an meinen Ellbogen, die der Arzt stressbedingte Psoriasis nennt. Als ob mein Leben nicht schon beschissen genug wäre.

Helen und ich sind für den Kuchenstand verantwortlich und Helen hat schon drei Marshmallow-Brownies gegessen, die jemand gespendet hat. Ich finde es ein bisschen komisch, etwas zu essen, von dem ich nicht weiß, wer es gemacht hat. Aber Helen sagt, so funktioniert die gesamte Nahrungsmittelindustrie und ich soll mich nicht so anstellen. Ich habe aber sowieso keinen Hunger. Ich weiß ja, es ist alles für einen guten Zweck, aber mir wird bei der ganzen Sache ein bisschen flau im Magen. Praktisch die gesamte Schule ist zum Andenken an meinen Bruder aufgetaucht, und während sie mich alle mit ihrem künstlichen Lächeln anlächeln, kann ich nicht aufhören mich zu fragen, ob sie hinter meinem Rücken vielleicht flüstern: *Warum ist sie nicht diejenige gewesen, die sterben musste*?

»Ich hole mir was zu trinken«, sagt Helen und leckt die letzten Kuchenkrümel von ihren Fingern. »Willst du was?«

Ich schüttle den Kopf. Sie verschwindet in der Menschenmenge und lässt mich allein zurück. Hier sind zu viele Leute. Ich weiß, dass das der Sinn der Sache ist, und ich freue mich für meine Mum, aber der Lärm und das Gedränge gehen mir auf die Nerven. Wenigstens muss ich mir keine Sorgen machen, in Sophie zu rennen. Sie steht auf der anderen Seite des Schulhofs und verkauft Ballons für das Wettrennen später. In den letzten Wochen ist sie oft bei uns zu Hause gewesen, um Mum bei der Planung zu helfen. Mum liebt sie. Wenn sie die Wahl gehabt hätte, hätte sie sich Sophie als Tochter ausgesucht. Da bin ich mir ziemlich sicher. Ich hatte diesen Traum, in dem sich eine von Sophies Extensions in den Ballonschnüren verfangen hat und sie in den Wolken verschwunden ist, wie das Haus in *Oben*, diesem Animationsfilm. Und in einem boshaften Winkel meiner Seele wünsche ich mir, es wäre tatsächlich so.

Ich seufze laut und spähe mit zusammengekniffenen Augen in die Runde auf der Suche nach Helen. Am Rand der Menge um den Enten-angeln-Stand steht ein Junge, der zu mir herübersieht. Er war vorhin schon mal da. Ich habe ihn so lange angestarrt, bis er weggeschaut hat, und dann ist er verschwunden. Aber jetzt ist er wieder da, und er hat irgendetwas an sich, bei dem sich mir die Nackenhaare aufstellen.

Er muss wissen, dass ich ihn entdeckt habe, aber dieses Mal sieht er nicht weg. Im Gegenteil. Er kommt auf mich zu.

Ich runzle die Stirn, als er sich nähert. Er hat unordentliches braunes Haar, das entweder mit Absicht so durcheinander ist oder dringend einen neuen Schnitt bräuchte. Auch rasieren könnte er sich mal. Fast mag ich seine Jacke, aber dann sehe ich das *Abercrombie-&-Fitch*-Logo. Irgendwie kommt er mir vertraut vor. Woher kenne ich ihn? Aus der Schule? Vielleicht. Er sieht aus, als wäre er ungefähr so alt wie ich, auch wenn er kleiner ist als die meisten Jungs in meinem Jahrgang. Oder er könnte einer von Leos zahllosen Bekannten sein und ist gekommen, um in Erinnerungen an die schöne Zeit zu schwelgen, die sie zusammen verbracht haben.

Als er am Stand ist, lässt er seinen Blick auf die Kuchen sinken und räuspert sich, als ob er nervös wäre. »Was gibt's hier Gutes?«

»Nichts«, erwidere ich gereizt. »Schmeckt alles nach Unaufrichtigkeit.«

Er schaut auf und ich bemerke, dass seine Augen grau sind wie der Himmel. Sein Mund verzieht sich zu einem amüsierten Lächeln. »Das ist mal 'ne Verkaufstaktik.«

Ich lächle nicht zurück. »Warum hast du mich beobachtet?«

Er sieht mich erschrocken an und wendet dann schnell den Blick ab. »Habe ich nicht.«

»Doch, hast du«, beharre ich. »Du warst vorhin schon einmal da. Ich habe dich gesehen. Wer bist du? Ein Freund von Leo oder so?«

Da schaut er mir direkt in die Augen. Ein seltsamer Ausdruck liegt auf seinem Gesicht. »Nicht ganz.« Er räuspert sich noch einmal und zögert, als ob er eine Entscheidung treffen müsste. »Ich nehme einen von den Schoko-Muffins, bitte.«

Ich packe einen in eine Tüte. »Siebzig Pence.«

Er reicht mir ein Pfund. »Behalt den Rest«, sagt er und geht weg.

Dreißig Sekunden später erscheint Helen wieder mit zwei Dosen Cola in der Hand. Sie reicht mir eine und ich nehme sie, auch wenn ich eigentlich nichts trinken wollte.

»Habe ich was verpasst?«

»Nur einen Idioten, der denkt, es ist lustig, andere Leute verrückt zu machen«, sage ich und spähe in die Menschenmenge. »Aber wer er auch ist, jetzt ist er weg.« Sie antwortet nicht. Ich drehe mich um und sehe Helen in einen weiteren Marshmallow-Brownie beißen. »Helen!«

»Sonst isst die doch keiner«, rechtfertigt sie sich, die Wörter undeutlich zwischen der Schokolade und den Marshmallows hervormurmelnd.

Sie hat Glück, dass ich gerade andere Dinge im Kopf habe.

20

Jonny

Ich hab's vermasselt.

Alles, was ich sagen musste, war: »Hi, ich bin Jonny Webb, der Typ, der dir auf Facebook geschrieben hat. Und du bist Nia, Leo Brodys Schwester.«

Auch wenn ich ebenso der Typ bin, den sie auf Facebook blockiert hat. Vielleicht habe ich mir also einen Gefallen getan, dass ich weggegangen bin. Immerhin habe ich einen überraschend guten Schoko-Muffin abgestaubt, von dem ich weiß, dass ich ihn nicht essen sollte. Aber es scheint mir unhöflich, ihn einfach wegzuschmeißen.

Bei diesem Spendending hier ist ziemlich was los. Ich bin ganz schön beeindruckt. Entweder war Leo total beliebt oder wer auch immer dies geplant hat, ist ein PR-Ass. Vielleicht beides. Auf Facebook hatte Leo auf jeden Fall viele Freunde, aber ich weiß nicht, was das eigentlich zu bedeuten hat. Marco hat über 700 und er kommt mir nicht wie einer vor, den es interessiert, wie viele Leute ihn mögen.

Nia ist hübscher, wenn man sie in echt sieht. Natürlich muss man über den tödlichen Blick und das Zähnefletschen hinwegschauen, aber hinter dieser mürrischen Fassade steckt ein attraktives Mädchen. Man sieht, dass sie Leos Schwester ist. Dasselbe goldblonde Haar – auch wenn ihres dunkler ist und zu einem Pferdeschwanz zusammengebunden –, dasselbe Lächeln wie jenes auf all den Postern hier, wenn sie mit ihrer Freundin herumalbert und zu vergessen scheint, wie sehr sie die Welt hasst. In der Zeitung stand, dass Leo fünfzehn war, als er gestorben ist. Ich würde also schätzen, sie ist vielleicht ein Jahr jünger. Aber mit einer Haltung, die härter ist als Thors Hammer.

Durch die Menge hindurch kann ich sie immer noch sehen. Jetzt trinkt sie etwas und lässt ihre schlechte Laune an dem anderen Mädchen aus, das sich ihren Mund mit Kuchen vollstopft. Ich beobachte sie noch einen Augenblick, dann fühle ich, wie meine Schultern resigniert heruntersinken. Ich kann hier nichts mehr tun. Meine Chance habe ich gehabt und ich habe sie versaut. Es ist an der Zeit, nach Hause zu gehen.

Mit den Händen in der Jackentasche laufe ich Richtung Ausgang. Ich weiß sowieso nicht, was ich erhofft hatte zu erreichen. Ich meine, ich weiß immer noch nicht genau, ob das Herz, das ich habe, überhaupt von Leo ist. Was wollte ich denn sagen? »Übrigens, habt ihr die Organe von deinem gerade verstorbenen Bruder zur Spende freigegeben?«

Welches Monster würde das fragen?

Auf meinem Weg nach draußen komme ich an einem

Stand mit Freundschaftsarmbändern vorbei. Ich muss an Em denken, die immer noch im Krankenhaus liegt, der es aber jeden Tag besser geht, zumindest ihren quietschvergnügten Nachrichten zufolge. Sie mag diese Dinger, hat sie wie eine Gänseblümchenkette um das Kopfteil ihres Bettes geschlungen. Bald wird sie zu Hause sein ohne den Tropf, der sie daran hindert, sie um ihr Handgelenk zu tragen. Ich mache halt und suche eines in Regenbogenfarben heraus, in dessen Mitte ein filigranes silbernes Herz baumelt.

Das Mädchen hinter dem Stand lächelt mich an. »Drei für fünf Pfund und ich lege noch ein Gratis-Armband oben drauf, willst du?«

Sic hält mir cins von dicscn Gummiarmbändern in Hellblau hin. Ich sehe die Worte *Living for Leo* darauf eingeprägt und schüttle den Kopf – es könnte nicht ironischer sein.

»Es ist für einen wirklich guten Zweck«, versucht sie mich weiter zu überzeugen. Und mir wird klar, dass ich einfach nicht ablehnen kann.

Ach, scheiß drauf, denke ich. Nach dem, was Leo für mich getan hat, ist es vermutlich das Mindeste, das ich tun kann.

Den Blick nach unten gerichtet mache ich mich daran, noch zwei Armbänder für Em auszusuchen.

21

Nia

Das Gesicht des Jungen will mir nicht aus dem Kopf gehen. Helen ist dabei, irgendwas von Mr Mustaqh und der Hüpfburg zu erzählen, aber ich höre nicht zu. Ich kenne diesen Jungen von irgendwoher. Wo habe ich ihn nur schon mal gesehen?

Im Geiste gehe ich Leos Kumpel durch. Er ist keiner aus der Fußball-Clique, keiner von seinen Musikfreaks und ich glaube auch nicht, dass er bei uns auf der Schule ist. Da rührt sich eine Erinnerung in mir, von Helen und mir in Hampstead Heath.

»Helen, halt mal einen Moment den Mund und hol dein Handy raus«, verlange ich.

Sie rollt mit den Augen, hört aber auf zu reden und macht, worum ich sie gebeten habe.

»Jawohl, Eure Majestät.«

»Geh auf Facebook«, ich merke, wie meine Handflächen anfangen zu schwitzen, »und such nach Jonny Webb.«

Ihre Augen weiten sich. »Der, der nach Leo gefragt hat?«

»Ja.« Ich nicke und blicke gebannt auf ihr Handy, während sie nach ihm sucht. »Ich will nur etwas nachschauen.«

Sieben Jonny Webbs tauchen auf Helens Handybildschirm auf. Aber mir genügt es, den einen zu sehen. Wut bäumt sich in mir auf, als ich sein Gesicht wiedererkenne.

»Bleib hier«, sage ich, reiße mir die Schürze ab und schleudere sie auf den Tisch. »Ich bin sofort wieder da.«

»Nia, wo gehst du hin?«, ruft sie mir hinterher. Ich ignoriere sie. Diesen Widerling werde ich finden und ihm sagen, wo er sich seinen Schoko-Muffin hinstecken kann.

Ich entdecke ihn am Ausgang, wo er sich in seiner Schnösel-Jacke über einen der Stände beugt. Gerade gibt er Melissa O'Donnell Geld für irgendetwas. Sie lächelt ihn an, als ob er einer von uns wäre, einer, der meinen Bruder kannte. Und jetzt geht er weg. Ich fange an zu rennen.

Zuerst sieht er überrascht aus, als ich ihn einhole, und ein bisschen verlegen, dann huscht noch etwas anderes über sein Gesicht. Aber bevor ich herausfinden kann, was es ist, ist es schon wieder verschwunden.

»Hi«, sagt er.

»Du bist der, der mir die Nachricht geschrieben hat, oder? Wegen Leo.«

Er nickt zaghaft. »Ja. Ich bin Jonny Webb.« Er hält mir die Hand hin und ich sehe ein *Living-for-Leo*-Armband um sein Handgelenk baumeln. Eine neue Welle der Wut überrollt mich. »Also?«, blaffe ich. »Was tust du hier? Noch mehr Fragen für *die Schule* stellen?«

Die letzten Worte versehe ich mit so viel Gift, wie ich aufbringen kann. Aus den Augenwinkeln nehme ich wahr, wie Melissa uns stirnrunzelnd beobachtet.

Jonny lässt seine Hand sinken. »Nia, es ist nicht so, wie du denkst ...«

Ich hole so scharf Luft, dass es fast wie ein Fauchen klingt. »Ach ja? Dann bist du also nicht so eine Art leichenfressender Ghul, der Jagd auf frisch Trauernde macht?«

Seine Wangen werden rot. Es ist ihm offensichtlich unangenehm. »Nein, ich ...«

»Weil es für mich nämlich ganz danach aussieht«, mache ich weiter. »Es sieht ziemlich so aus, als wärst du ein stalkender Widerling.«

Jetzt halten die Leute um uns herum an und glotzen, was mich noch wütender und Jonny noch röter werden lässt.

»Können wir woanders hingehen, um darüber zu reden?«, fleht er mich an. »Ich verspreche dir, es ist wirklich nicht das, was du denkst.«

Ich verschränke die Arme vor der Brust. »Was ist es dann? Was für eine Rechtfertigung könntest du um alles in der Welt haben, mit dummen, sinnlosen Fragen in mein Leben einzudringen? Warum platzt du uneingeladen in eine Spendenveranstaltung zum Andenken an einen Jungen, den du nicht einmal kennst?«

Er starrt so lange nach unten auf seine Füße, dass ich mich fast schon umdrehe und gehe. Da hebt er den Kopf und ich sehe erschrocken, dass sein Gesicht leichenblass ist. Als er redet, ist es so leise, dass ich mich näher zu ihm beugen muss, um ihn zu hören.

»Es tut mir leid. Ich muss gehen.«

»Und?«, ruft Helen. Sie kommt zu mir herübergelaufen. Ich stehe da und schaue Jonny hinterher, wie er abhaut. »War er es?«

»Natürlich war er es«, sage ich grimmig. »Aber er hat irgendeine schwache Entschuldigung gelabert, von wegen ich hätte alles falsch verstanden.«

Melissa O'Donnell kommt zu uns rüber. »Ach du Scheiße, Nia, was hast du denn zu ihm gesagt? Er sah aus, als würde er sich gleich übergeben.«

»Kennst du ihn etwa?«, frage ich, und versuche nicht so vorwurfsvoll zu klingen, wie ich mich fühle.

Sie schüttelt den Kopf. »Nein, aber er hat zwanzig Pfund für drei Armbänder bezahlt, obwohl ich nur einen Fünfer wollte. Er schien nett.«

Helen und ich werfen uns einen Blick zu. Melissa kann manchmal ein bisschen begriffsstutzig sein.

»Wenigstens ist er jetzt weg«, sagt Helen. »Noch mal gut gegangen.«

Zurück am Kuchenstand schaut sie mich an. In ihren Augen blitzt Neugier auf. »Es ist ein ganz schönes Stück von St Albans bis hierher. Was denkst du, was er wollte?«

Ich schnaufe gereizt. »Woher soll ich das wissen? Und außerdem sind es nur ein paar Stationen mit dem Zug, nicht gerade eine Weltreise.«

»Würdest du nach St Albans zu einer Spendenveranstaltung fahren für jemanden, den du nie gekannt hast?«

»Nein«, seufze ich. »Aber ich bin auch kein Spinner.«

Sie sieht nachdenklich aus. »Ich denke, wir sollten ihm eine Nachricht schreiben, ihn fragen, was er wollte.«

Ich will sie am liebsten ohrfeigen, so wie es die Leute in Filmen machen, wenn jemand nur noch unverständlich vor sich hin brabbelt. »Nein, sollten wir nicht. Wenn wir Glück haben, habe ich ihn vergrault und wir haben ihn zum letzten Mal gesehen.«

Aber ich muss an den Ausdruck in seinem Gesicht denken, in dem Moment, in dem ich ihn eingeholt habe, überrascht und verlegen, aber da war auch etwas anderes. Und tief in mir befürchte ich, dass ich Jonny Webb nicht zum letzten Mal gesehen habe.

22

Jonny

Ich gehe zu der einzigen Person, von der ich denke, dass sie es verstehen wird: Em.

Wie ich zum Krankenhaus komme, daran kann ich mich nicht mehr wirklich erinnern. Ich weiß, dass ich die U-Bahn nehme, weil ich es später auf meiner Fahrkarten-App im Reiseverlauf sehe. Und ich weiß, dass ich lange draußen herumlaufe, bis ich mich so weit beruhigt habe, dass ich zu Em reingehen kann, weil ich auf meinem Weg um den Block dreimal an demselben Obdachlosen vorbeikomme, der mich jedes einzelne Mal nach Kleingeld fragt. Am Ende habe ich dann kein Geld mehr, um mir im Krankenhaus-Kiosk eine Flasche Wasser zu kaufen, und ich muss eine von Ems Diätcolas schnorren, sobald ich auf der Station bin.

Das Lächeln, das sie mir zur Begrüßung schenkt, erlischt, als sie sieht, wie ich die ungekühlte Flüssigkeit hinunterstürze. »Was ist los?«

Ich lasse mich schwer auf den Stuhl neben ihrem Bett sinken und reibe mir den getrockneten Schweiß vom Gesicht. Ich will es ihr nicht sagen. Sie wird durchdrehen.

Aber ich muss es jemandem erzählen, sonst drehe *ich* durch. Also fange ich ganz von vorne an und berichte ihr von meiner Begegnung mit Nia.

Als ich fertig bin, lässt sie ihren Blick lange auf mir ruhen. »Haben sie dich auf Hirnschäden untersucht, nachdem sie dein Herz ausgetauscht haben?«, fragt sie schließlich.

»Ich vermute mal«, murmle ich als Antwort.

»Dann hast du keine Entschuldigung. Du bist einfach nur ein Idiot«, sagt sie und schüttelt den Kopf, als könne sie kaum glauben, was sie sich gerade anhören musste. »Mal im Ernst, Jonny. Was hast du dir dabei gedacht? Du weißt nicht einmal, ob Leo dein Spender ist.«

Das ist das Problem – ich kann es nicht richtig erklären. Ich weiß nicht, warum ich so unbedingt wissen muss, wer mein Spender war. Mein Leben wäre so viel leichter, wenn ich einfach dankbar sein und nach vorne schauen könnte. Aber es ist, als wäre da ein Teil von mir, der nicht dazugehört, und ich würde nicht fähig sein weiterzumachen, bis ich nicht wüsste, woher das Herz kommt. Und tief in mir habe ich das Gefühl, es ist von Leo. Als ob mein Herz ihn wiedererkennen würde. Nichts von dem wird Sinn ergeben für Em, die sich jeden Schritt auf dem Weg zu ihrem Wunder erkämpfen muss, während ich meines bekommen habe, ohne auch nur den kleinen Finger zu rühren.

»Wie ist sie so, diese Nia?«

Die Frage kommt unerwartet. Ich blicke Em an, aber

ihre Miene ist undurchschaubar. Warum will sie etwas über Nia wissen? Leo ist der, um den es hier geht.

»Ich weiß nicht«, sage ich stirnrunzelnd. »Sie ist ein bisschen jünger als wir, sieht aus wie Leo. Hübsch, aber sogar noch kratzbürstiger als du. Warum?«

Einen Augenblick mustert Em mich eindringlich, dann lehnt sie sich zurück an ihr Kopfkissen. »Reine Neugier. Was wirst du jetzt machen?«

Ich zucke mit den Schultern. »Was kann ich schon groß machen? Weiter nach anderen möglichen Spendern suchen, für den Fall dass ich falschliege. Auch wenn man nur schwer an Informationen kommt.« Ich stoße einen frustrierten Laut aus. »Deshalb war die Facebook-Seite so ein Geschenk. Es ist, als ob das Universum wollte, dass ich von Leo erfahre.«

Em starrt mich an. »Komm mal wieder runter von deinem paranormalen Trip. Das Universum hat damit nichts zu tun. Es geht hier um dich und darum, dass du etwas haben willst, was nicht für dich bestimmt ist. Es war nicht der Plan, dass du jetzt Sherlock Holmes spielst und die Familie deines Spenders aufspürst.« Sie seufzt und sieht plötzlich erschöpft aus. »Was ist denn, wenn sie nicht gefunden werden will?«

Ich muss ja nur wissen, wessen Herz ich habe, kein Wiedersehen arrangieren. Fast möchte ich mich verteidigen, da denke ich daran, dass Em noch nicht wieder gesund ist, und ich fühle mich mies. Das Letzte, was sie jetzt braucht, ist jemand, der seinen ganzen Müll auf ihr ablädt. »Du hast recht«, sage ich, und zwinge mich zu einem Lächeln. »Klugscheißerin.«

Sie lächelt zurück, aber es ist ein müder Versuch. »Davon kannst du ausgehen.«

Der Anblick der Freundschaftsarmbänder am Bettende über ihrem Kopf erinnert mich an die, die ich ihr gekauft habe. Ich greife in meine Tasche und halte ihr die zerknitterte Papiertüte hin. »Hier. Ich hab dir was mitgebracht.«

Ihr Gesicht hellt sich auf, als sie hineinschaut. Sie zieht das Armand mit dem kleinen silbernen Herz heraus und berührt es sachte mit dem Finger. »Danke schön! Womit habe ich das denn verdient?«

»Soll ich sie zu den anderen hängen?« Ich möchte sie ihr schon abnehmen, aber ihre Hand schließt sich besitzergreifend um die bunten Fäden.

»Nein, ich will sie mir erst ansehen«, sagt sie. »Eine Krankenschwester kann das später machen.«

Während sie auf die Bänder hinunterschaut, sehe ich, wie ihre Lider schwerer werden.

Ohne darüber nachzudenken lehne ich mich vor und drücke ihr einen sanften Kuss auf den flaumigen Kopf. »Okay, Chemo-Girl. Wir sehen uns bald.«

Sie reißt ihre Augen auf. »Wofür war das?«

Ich lache verlegen. Körperkontakt war vorher nie unser Ding gewesen. Vielleicht habe ich eine Grenze überschritten. »Nur so.«

Sie sieht mich lange an, bevor sie nickt. »Okay.«

Ich bin schon halb durch die Vorhänge verschwunden,

als sie mich zurückruft. »Jonny.« Ein verhaltener, unlesbarer Ausdruck liegt in ihrem Gesicht. »Wenn du ganz sicher wüsstest, dass es Leo war, würde dich das glücklich machen?«

Ich nicke, ohne zu zögern. »Ja, ich denke, das würde es.«

Ihre Augen schließen sich. »Okay. Wir sehen uns.«

Auf dem Nachhauseweg denke ich noch ein paarmal über ihre Frage nach, und jedes Mal komme ich zu demselben Schluss: Ja, es würde mich glücklich machen, zu wissen, dass Leo mein Spender ist. Mehr als glücklich sogar. Fast würde ich mich ... komplett fühlen. Als gehörte mein Herz dann zu mir. Aber das bringt eine andere Frage mit sich. Eine, auf die ich keine Antwort habe: Wie weit bin ich bereit zu gehen, um sicher zu sein?

23

Nia

Am Sonntagmorgen wache ich viel zu früh auf. Ich liege eine Weile da, höre meinen Eltern zu, wie sie unten herumtrampeln, und versuche wieder einzuschlafen. Aber es ist zwecklos. Seufzend greife ich nach meinem Handy. Als ich die Nachricht auf Facebook entdecke, starre ich sie lange an.

15. Oktober, 22:34
Hi, Nia,
du kennst mich nicht. Ich bin eine Freundin von Jonny Webb. Ich weiß, dass du ziemlich sauer auf ihn bist, und das ist dein gutes Recht. Aber er ist nicht der Typ Mensch, für den du ihn hältst.
Er hat wirklich einen guten Grund, dich zu kontaktieren. Er weiß nicht, dass ich dir schreibe, aber bitte gib ihm eine Chance, sich zu erklären. Er hat sie verdient.
Danke,
Emily Mitchell

Ich weiß zuerst nicht, was ich damit anfangen soll. Ist

das eine Stalker-Masche? Kumpel dazu zu bringen, ihre Opfer zu kontaktieren, damit die glauben, dass sie in Wirklichkeit vertrauenswürdig sind und keine rasenden Psychopathen? Ich frage mich sogar, ob Emily Mitchell überhaupt existiert. Aber ein kurzer Blick auf ihr Facebook-Profil überzeugt mich vom Gegenteil. Da sind ein Haufen »Gute Besserung«-Wünsche und ein paar Fotos, die aussehen, als wären sie im Krankenhaus gemacht worden. Und ich bin ziemlich sicher, dass Jonny nicht so pervers sein kann, eine kranke Freundin zu erfinden, um meine Sympathie zu gewinnen. Dann denke ich darüber nach, wie er mich angesehen hat, als ich ihn auf die Sache angesprochen habe. Der blasse, elende Ausdruck auf seinem Gesicht, bevor er sich davongemacht hat. Er hatte etwas im Kopf, einen Grund, warum er da war. Und ich würde lügen, wenn ich behaupten würde, dass ich nicht doch ein bisschen neugierig bin, was es war. Vielleicht hat diese Emily recht. Vielleicht verdient Jonny eine Chance, alles zu erklären.

Während ich mich noch frage, ob ich das Richtige tue, mache ich die Blockierung rückgängig und tippe eine Nachricht an ihn.

Du hast *eine* Chance. Verbock sie nicht.

Dann gehe ich nach unten, ich brauche Zuckernachschub.

24

Jonny

Ich liege in meinem Bett und denke ans Frühstück, als die Nachricht kommt. Letzte Nacht habe ich nicht viel geschlafen. Vor meinem inneren Auge hat sich immer wieder die Szene von der Spendenveranstaltung abgespult, wie mein ganz persönlicher Film. Warum stehe ich nicht auf und tue etwas, wenn ich schon nicht schlafen kann? Als ich noch im Krankenhaus war, habe ich von all den Dingen geträumt, die ich machen würde, wenn ich gesund wäre, aber heute kann ich diese Begeisterung scheinbar nicht aufbringen. Ich sollte mich aufraffen, rausgehen und das Leben bei den Eiern packen, anstatt hier rumzuliegen und mich selbst zu bemitleiden. Mum wird bald reinkommen, mit meiner Medizin und einer Tasse Tee. Vielleicht schlage ich ihr vor, später etwas zusammen zu machen.

Doch die Nachricht verscheucht diese Idee komplett aus meinem Kopf. Damit Nia mir schreiben konnte, muss sie mich entblockt haben. Und sie gibt mir eine Chance, alles zu erklären. Ich verstehe das nicht. Vielleicht hat sie sich schlecht gefühlt wegen der Art, wie sie gestern mit mir gesprochen hat? Aber sie klingt nicht wirklich so, als ob es ihr leidtäte. Warum also der plötzliche Sinneswandel?

Ich beschwere mich aber nicht und fange sofort an, eine Antwort zu tippen. Ich bin so vertieft, dass ich kaum wahrnehme, wie Mum reinkommt. Erst als sie sich räuspert, schaue ich auf.

»Zeit für deine Medizin«, trällert sie.

»Lass sie einfach da stehen«, sage ich und deute mit einem Nicken auf den Nachttisch.

Sie schüttelt die Pillendose. »Was du heute kannst besorgen, das verschiebe nicht auf morgen.«

Ich unterdrücke ein Stöhnen. Sie meint es gut, aber meinen Drogencocktail zu schlucken ist im Moment das Letzte, was ich im Kopf habe. »Gleich.«

Sie lässt nicht locker. »Jetzt, Schatz. Ich weiß, dass du es nicht magst, aber du weißt, du musst sie ...«

»Mein Gott«, blaffe ich. »Hör auf mit mir zu sprechen, als ob ich zwei wäre! Ich weiß das mit der Medizin, Mum. Ich weiß es.« Ich bedauere die Worte in dem Augenblick, in dem sie meinen Mund verlassen haben, aber ich habe keine Möglichkeit, sie zurückzunehmen.

Es ändert nichts, dass Stimmungsschwankungen nun mal der Deal sind mit meiner Medizin, und es ändert auch nichts, dass Mum an meine Reizbarkeit gewöhnt ist: Ich sehe, wie sich ihre Miene verdunkelt, als sie sich wegdreht, und ich ertrage das nicht.

»Mum, bitte, es tut mir leid«, sage ich verzweifelt. »Gib

mir einfach eine Minute, um diese Nachricht zu Ende zu schreiben, okay?«

»Okay, Jonny«, sagt sie, ohne sich umzudrehen, und ich kann an dem Beben in ihrer Stimme hören, dass es nicht okay ist. »Lass mich wissen, wenn du etwas brauchst.«

Ich starre einen Augenblick auf mein Handy und fühle mich wie ein Idiot.

Dann verdränge ich Mum aus meinen Gedanken. Ich muss mich jetzt konzentrieren. Das ist meine einzige Chance, mehr über Leo herauszufinden. Und ich kann es mir nicht leisten, die zu versauen.

25

Nia

16. Oktober, 10:17

Hi, Nia,

ich weiß nicht, warum du mich entblockt und dich noch mal gemeldet hast, aber als Allererstes: Ich versichere dir, ich bin kein Stalker. Ich weiß, wie es wirken muss. Ich weiß, du denkst, ich bin ein Spinner. Aber ich habe keine Fotos von dir an meiner Zimmerwand hängen oder deine Nummer als Favorit in meinem Handy gespeichert. Und ich bin wirklich kein »leichenfressender Ghul, der Jagd auf frisch Trauernde macht«, wie du mich gestern genannt hast. Ernsthaft, ich habe einen Teddy, der Percy heißt und den ich besitze, seit ich zwei bin. Ohne ihn kann ich nicht einschlafen. Wie viele Psychopathen können das von sich behaupten?

Oh mein Gott, er hat mir wirklich ein Foto von seinem Teddy geschickt. Mit allem Drum und Dran, Schleife im Schottenmuster, leicht abgekauter Nase und einem eingedrückten Auge. Ich weiß nicht, ob ich lachen oder kotzen soll.

Du willst wissen, warum ich gestern bei der Spendenveranstaltung war, warum ich dich überhaupt erst belästigt habe, und ich will es dir definitiv erzählen. Das Problem ist nur, dass ich es nicht online machen kann. Also, was hältst du davon, wenn wir erst hier weiterchatten und uns ein bisschen kennenlernen. Und wenn du dann zu dem Schluss kommst, dass ich kein Psychopath bin, können wir uns irgendwo in aller Öffentlichkeit treffen und ich werde dir deine Antworten liefern. Abgemacht?
Jonny

Und das war's. Wenn er einen Küsschen-Smiley als Gruß gesendet hätte, hätte ich die Nachricht augenblicklich gelöscht und ihn wieder blockiert. Aber meine Aufmerksamkeit hat er jetzt so oder so. Da gibt es nur ein Mittel, beschließe ich, und zücke mein Handy, um Helen zu schreiben. Wir brauchen eine Krisensitzung.

Ich treffe mich mit ihr im Park. Es ist kälter als gestern und ich war so fest entschlossen, die ständigen Ermahnungen meiner Mutter zu ignorieren, mich warm anzuziehen, dass ich ohne meinen Mantel aus dem Haus gegangen bin. Während ich bibbernd auf der Schaukel sitze, ist Helen natürlich vernünftig eingepackt in ungefähr fünfzig Schichten Kleidung. Der schwere Himmel sieht nach Regen aus. Wir sind die Einzigen, die verrückt genug sind, hier draußen zu sein.

»Mysteriös«, ist Helens Kommentar, als sie Jonnys Nachricht liest. »Und ziemlich clever eigentlich, weil du jetzt neugierig bist.«

»Bin ich nicht«, schnaufe ich. »Ich bin genervt.«

Sie schaut mich wissend an. »Und neugierig. Gib's zu.«

Ich ignoriere sie und lese die Nachricht noch einmal. »Okay, vielleicht ein bisschen neugierig. Aber vor allem fühlt es sich immer noch mulmig an. Wer, denkst du, ist diese Emily?«

Helen zuckt mit den Schultern. »Vermutlich nur ein Kumpel. Oder eine ahnungslose Marionette in seinem perfiden Plan. Schwer zu sagen.«

Ich verenge meine Augen zu Schlitzen. »Ich hab das dumpfe Gefühl, du nimmst das hier nicht wirklich ernst. Was hat er mir bloß zu sagen, das er mir nur persönlich erzählen kann?«

»Dass er ein Axtmörder ist?«, scherzt Helen. Ich lache nicht. »Tut mir leid, aber ich weiß es wirklich nicht, und es gibt tatsächlich nur einen Weg, es herauszufinden.«

»Und der wäre?«, frage ich und hauche in meine Hände, um sie ein bisschen aufzuwärmen.

»Leg los zu schreiben.«

»Hab ich dir nicht gesagt, du sollst dich warm anziehen?« Meine Mutter macht, wie vorauszusehen, mal wieder einen Aufstand, als ich nach Hause komme, und eilt mir entgegen, um meine Hände zu wärmen. »Du bist eiskalt.«

Ich hasse es, wenn sie in diesen durchgeknallten überfürsorglichen Modus schaltet, als ob sie sich auf einmal daran erinnern würde, dass ja nur Leo gestorben ist, und sie sich selbst beweisen will, dass sie auf mich aufpasst. Mit einem plötzlichen Aufflackern von Wut ziehe ich meine Finger aus ihren zurück. »Tut mir leid, dich zu enttäuschen, aber ich glaube, ich bin noch am Leben.«

»Nia!« Sie reißt die Augen auf, als ob ich sie geohrfeigt hätte. »Was sagst du da für furchtbare Sachen!«

Dad lässt seine Zeitung sinken und wirft mir einen erbosten Blick zu, den er bei Leo nie gebraucht hat, da bin ich mir sicher. »Entschuldige dich. Auf der Stelle.«

Ich erwäge, standhaft zu bleiben, um ihnen zu zeigen, wie schwer das ständige Hin und Her zwischen ihrem niedergeschlagenen Desinteresse und ihrer erdrückenden Sorge ist. Aber ich will, dass sie mich in Ruhe lassen, und der schnellste Weg, das zu erreichen, ist, einfach mitzuspielen. »'tschuldige«, sage ich in meinem reumütigsten Ton. »Ich geh in mein Zimmer.«

Ihre Blicke brennen sich in meinen Hinterkopf, während ich die Treppe hochstapfe.

»Ich weiß nicht, was ich mit ihr machen soll, Ed ... Ich weiß es wirklich nicht«, höre ich meine Mutter jammern, als ich meine Zimmertür schließe. Dads Stimme knurrt irgendeine Antwort. Ich drehe die Musik auf, um sie auszublenden, schmeiße mich aufs Bett und mache die Augen zu. Nach ein paar Minuten rolle ich mich auf die Seite und hole mein Handy raus. Jonny Webb will also chatten? Dann sehen wir mal, was er zu sagen hat.

26

Jonny und Nia

16. Oktober, 12:43
Okay, Ghul-Boy, du hast meine Aufmerksamkeit. Aber glaub ja nicht, dass ich mich von deinem Percy-Bild täuschen lasse. Es steht die große Frage im Raum, wie er das kaputte Auge bekommen hat. Und ich weiß auch nicht, was ich von der ganzen »Ich werd's dir sagen, wenn wir uns sehen«-Sache halten soll. Was kann so schlimm sein, dass du es nicht fertigbringst, es mir einfach zu schreiben? Es sei denn, du bist wirklich ein Psycho. In diesem Fall würde alles komplett Sinn ergeben. Du hast Glück, dass ich a) ziemlich neugierig und b) gerade zu Tode gelangweilt bin. Also spiele ich mit. Gib mir drei gute Gründe, die Unterhaltung weiterzuführen.

12:49
Nia, du willst drei Gründe, weiter mit mir zu reden? Okay, hier sind sie:
1. Ich will nicht wie ein Loser klingen, aber gerade bin ich in so einer Art Übergangsphase, was Freunde angeht. Du würdest mir also wirklich einen Gefallen tun.

2. Ich glaube, dass unter deiner borstigen Oberfläche eigentlich eine nette Person steckt. Die Art von Mensch, die Mitleid mit einem ohne Freunde wie mir hat.
3. Ich bin gerade auch zu Tode gelangweilt. Siehe Punkt 1.
Percy ist in Wahrheit ein S.H.I.E.L.D-Agent. Seine Verletzung hat er sich bei einem Einsatz geholt. Mehr als das kann ich nicht sagen, sonst müsste ich jede Erinnerung an mich aus deinem Gehirn löschen. Siehe noch einmal Punkt 1.

12:58
1. Freunde sind überbewertet. Ich habe nur eine Freundin.
2. Falsch. Unter meiner borstigen Oberfläche ist eine noch borstigere Person. Versuch nicht, an mein besseres Ich zu appellieren – da ist keins.
3. Ich bin jetzt *vielleicht* ein bisschen weniger gelangweilt. Aber fang bloß nicht an zu denken, dass das irgendetwas zu bedeuten hat.
Es ist kein Wunder, dass du keine Freunde hast, wenn du ihnen erzählst, dass dein Teddy ein S.H.I.E.L.D-Agent ist.

13:06
Ich habe auch nur einen Kumpel, aber mir gefällt der Gedanke, dass es die Qualität ist, nicht die Quantität, die bei Freunden zählt. Siehst du? Wir haben schon etwas gemeinsam.

17. Oktober 16:12
Hey, Guhl-Boy. Was geht bei dir so?

16:13
Nicht viel. Versuche, meine Eltern davon zu überzeugen, mich zur London Super Comic Con gehen zu lassen. Bei dir?

16:14
Ua, Eltern. London Super Comic Con klingt nach dir. Gehst du mit Percy hin?

16:15
Vielleicht. Es sei denn, ich bekomme ein besseres Angebot.

16:18
Brauchst mich erst gar nicht so anzuschauen. Ich habe den *Wolverine*-Film gesehen, aber nur, weil Leo und mein Dad mich dazu gezwungen haben. All diesen Unbesiegbarkeits-Quatsch kann ich in letzter Zeit nicht gut ertragen.

16:25
Sorry, ich wollte nicht, dass du wegen meiner Nachrichten schlechte Laune bekommst ☹ Ich glaube auch nicht an Unbesiegbarkeit. Ich mag einfach die Figuren.

16:27
Ich habe keine schlechte Laune wegen deiner Nachrichten. Du bist heute erst die zweite Person, die mich zum Lächeln gebracht hat.

16:28
Dann ist meine Arbeit hiermit getan ☺

18. Oktober, 10:16
Hast du grad was zu tun, Ghul-Boy?

10:20
Nicht wirklich. Sitze in Mathe und versuche den Wert von n zu berechnen, allerdings ist das nicht gerade ein Feuerwerk der Emotionen. Was ist los?

10:20
Nichts. Muss nur ein paar Minuten rumkriegen, bevor ich zu meiner Therapeutin gehe. Ich dachte, vielleicht kannst du mir dabei helfen, die Zeit zu vertreiben.

10:22
Zu Ihren Diensten, Miss Brody. Ich hasse die paar Minuten vor einem Termin. Bin da auch immer genervt.

10:24
Ja. Und so eine Zeitverschwendung. Es ist ja nicht, als ob

sie einen Zauberstab hätte, der meinen Bruder wieder zurückbringt. Was soll das Ganze also?

10:26
Du vermisst ihn, oder?

11.23
So, dass waren jetzt fünfzig Minuten meines Lebens, die ich nie wieder zurückbekomme.

11:25
Ha – so gut sogar?

11.28
Das übliche Blabla: Mach dir keine Vorwürfe, blabla, sprich über deine Gefühle. Nichts, was wirklich helfen würde.

11:29
Oh ja, kenn ich. Ich gehe manchmal auch zu einem Psychologen. Er sagt dasselbe Zeug. So ein Bullshit.

11:30
Das hast du noch gar nicht erzählt. Wir sollten Psychologen-Stories austauschen. Ich hasse die Termine mit meiner Therapeutin. Falls es dir noch nicht aufgefallen ist, ich mag es nicht wirklich, mich zu öffnen.

11:30
Ja, hab ich irgendwie mitbekommen ☺
Die Jungs vom College lassen dich übrigens grüßen.

11:31
DU LÄSST SIE DAS LESEN?

11:32
Entspann dich, ich bin doch nicht lebensmüde.
Nein, sie wollten nur wissen, wem ich schreibe. Ich habe gesagt, einem Kumpel und sie haben Grüße bestellt.
Keine Sorge, sie wissen nicht, dass du ein Mädchen bist. Sie würden mir das Handy aus der Hand reißen, um an deine Nummer zu kommen, wenn mir das rausrutschen würde.

11:34
Oh ... wie nett. Klingt, als wären sie wirkliche Charmeure.
Moment mal ... Ich dachte, du wärst in so einer Freundschafts-Übergangsphase?
Ich hoffe, du hast ihnen nichts von Percy erzählt.

11:37
Hab ich nicht. Siehst du? Meine Sozialkompetenz hat sich durch dich schon verbessert.

11:38

Flipp nicht gleich aus vor Freude – du hast noch einen langen Weg vor dir, Ghul-Boy.

Muss jetzt los, bin in der Schule.

11:40

O.k., bis dann. Hey, falls du dich gefragt hast, der Wert von n war 4.

11:51

Du hast dich vermutlich nicht gefragt, was der Wert von n war ...

Solche Sachen meintest du, stimmt's?

19. Oktober, 3:31

Jonny – bist du da?

3:33

Grad so. Was ist los?

3:34

Schlecht geträumt. Fühle mich mies.

3:36

Oh ☹

Kann ich irgendetwas tun?

3:37

Nicht wirklich. Lenk mich einfach ab.

3:38

Ich denke, ich habe da noch was Besseres. Warte kurz ...

3:41

Ich fasse es einfach nicht, dass du mir ein Foto von PERCY geschickt hast ☺

3.43

Er ist virtuelle Medizin. Was schlechte Träume angeht, wirkt er so hammerhart wie Kryptonit.

3:44

Du bist so ein Freak!

3:46

Ich weiß. Aber das macht meinen Charme aus, oder? Oder?

27

Jonny

Em war an der Nachrichtenfront in letzter Zeit ein bisschen zurückhaltend. So sehr, dass ich schon fast erwarte, dass sie sich bereits zu Hause auskuriert, als ich das nächste Mal nach der Kontrolluntersuchung bei ihr vorbeischaue. Aber stattdessen liegt sie in einem Einzelzimmer und sieht aus, als hätte sie abgenommen. Als ich nachfrage, winkt sie ab, um irgendetwas von einer Infektion zu murmeln. Was auch erklärt, warum ich mir die Hände waschen musste, bevor die Krankenschwestern mich zu ihr reinlassen wollten. Ein geschwächtes Immunsystem ist eine Sache, mit der Em und ich beide zu kämpfen hatten.

»Also«, fragt sie, als sie aufgehört hat, mich zu überzeugen, dass alles in Ordnung ist. »Was gibt's Neues? Abgesehen davon, dass du an Gewicht zugelegt hast, meine ich.«

»Das habe ich den Steroiden zu verdanken«, sage ich. Dann zögere ich. Was soll ich ihr noch erzählen? Über Nia kann ich nicht sprechen, nicht nach all dem, was Em letztes Mal gesagt hat. Das Problem ist nur, dass Nia gerade einen ziemlich großen Teil meines Lebens ausmacht. Ich habe ihr sogar eine Playlist auf Spotify zusammengestellt. Irgendwann in den nächsten Tagen werde ich genug Mut aufbringen, sie mit ihr zu teilen.

Ich weiß nicht, ob es deshalb ist, weil wir nur online reden, aber ich erzähle ihr Sachen, die ich normalerweise nur mit Em teilen würde. Also weiß Nia, wie sehr mir das Einmischen meiner Eltern auf den Wecker geht, auch wenn sie es nur gut meinen. Dafür hat sie mir ein bisschen mehr aus ihrem Leben erzählt. Wir reden nicht viel über Leo, aber ich glaube, sie mag unsere Gespräche. Nicht so sehr wie ich vielleicht, aber ausreichend, um nicht zu fragen, warum ich sie überhaupt erst angeschrieben habe. Noch nicht zumindest. Und Em kann ich nichts von alldem erzählen, weil ich nicht möchte, dass sie ausflippt.

Mir bleibt also nur das College, um die Unterhaltung anzufangen. Mit dem eigentlichen Lernen läuft es ganz okay. Die Hausaufgaben nerven natürlich, aber sie machen mir nicht wirklich etwas aus. Es fühlt sich an, als wäre es normal, sie zu hassen.

Aber mein Sozialleben dort könnte besser sein. Das mit meiner Herzkrankheit hat sich herumgesprochen, auch wenn Marco mir geschworen hat, dass es nicht von ihm kommt. Also muss ich einige komische Blicke ertragen und ein paar ziemlich persönliche Fragen. Irgendwie wünschte ich mir, ich wäre ehrlich gewesen und hätte die Wahrheit über die Transplantation gesagt, aber solange ich nicht sicher weiß, wer mein Spender war, fühlt es sich nicht an, als ob dieses Herz mir gehören würde. Es ist wie ein anonymes Geschenk – man fragt sich *immer*, von wem es ist. Und ich bin definitiv noch nicht bereit, mit Leuten darüber zu reden, die ich kaum kenne.

Trotz seiner großen Klappe hat sich Marco hier zu dem entwickelt, was man am ehesten einen Kumpel nennen könnte. Natürlich rede ich auch mit meinen anderen Mitschülern, und einige von ihnen sind in Ordnung, aber am Ende der Stunde gehen wir getrennte Wege. Niemand fragt mich, ob wir etwas außerhalb des College machen wollen oder am Wochenende. Ich glaube, es kommt ihnen überhaupt nicht in den Sinn. Immerhin lässt mich Marco gelegentlich in der Raucherecke abhängen, auch wenn ich mich dabei wie der Hase im Fuchsbau fühle. Manchmal sind wir nur zu sechst – Jackson, Eavis, Billy, Charlie und Marco – manchmal eine größere Gruppe. Marco ist definitiv das Alphatier, egal wer noch dabei ist. Und ehrlich gesagt sind einige von ihnen eine echte Lachnummer. Ich komme gut mit Marco und Charlie klar, auch wenn wir nicht gerade viel gemeinsam haben. Aber es ist trotzdem angenehm, nicht ganz allein zu sein. Vor allem jetzt, wo ich sicher bin, dass ihr Gerede von Drogen ziemlicher Quatsch ist.

»Was es Neues gibt?«, wiederhole ich und blicke Em an. »Nicht viel. Draußen zu sein ist schwerer, als ich dachte. Manchmal vermisse ich das alles hier.« Der Fingernagel an meinem Daumen ist eingerissen. Ich starre auf ihn runter, zupfe an ihm herum und denke an die vielen Male, in denen wir davon geträumt haben, unsere Freiheit zu haben und nach Hause zu gehen. »Ich vermisse es, unter Leuten zu sein, die mich verstehen, und ich vermisse es, zu wissen, dass immer jemand da ist, mit dem ich reden kann, der es einfach kapiert. Ich ... ich vermisse dich, Em.«

Der letzte Satz rutscht mir heraus, ohne drüber nachzudenken, und ich fühle, wie mein Gesicht rot wird, in dem Moment, in dem ich ihn ausgesprochen habe.

Em antwortet nicht sofort. Sie muss mich dafür hassen, dass ich hier sitze und mich darüber beklage, wie schwer es ist, gesund zu sein.

»Ich vermisse dich auch«, sagt sie nach einer Weile. »Aber es sieht nicht so aus, als ob ich irgendwo hingehen würde. Du weißt also, wo du mich findest, wenn du reden willst. Und du hast auch deinen Therapeuten, oder nicht?«

Ich rutsche unbehaglich auf dem Stuhl hin und her, weil ich ihr nicht sagen will, dass ich die letzte Sitzung geschwänzt habe, damit ich nicht lügen musste, was die Suche nach meinem Spender anging.

Ich weiß nicht, warum ich daraus so ein Problem mache. In letzter Zeit scheine ich ja ziemlich oft zu lügen. Aber es ist eine Sache, mit Em darüber zu sprechen, dass ich Leos Schwester kontaktiert habe, eine komplett andere Sache ist es, einem Arzt davon zu erzählen. Denn dann würde es offiziell, Fragen würden gestellt werden und ernst zu nehmende Leute könnten sich dafür interessieren. Leute, die mich vielleicht davon abhalten wollen. Das will ich nicht.

Ich schaue auf zu Em und zwinge mich zu einem Lächeln. »Ja. Ich rede nur Mist, wie immer.«

Sie sieht mich aufmerksam an. »Hast du noch mal Kontakt zu Nia gehabt?«

»Nee«, sage ich und versuche beiläufig und desinteressiert gleichzeitig zu klingen. »Ich schätze, du hattest recht damit.«

Sie macht den Mund auf und wieder zu, als ob es etwas gäbe, das sie mir sagen wollte, und dann beschließt, es doch nicht zu machen.

Die Stille zieht sich in die Länge und ich schaue mich um, auf der Suche nach etwas, über das wir reden können. Egal was. Das ist noch nie vorgekommen. Em und ich hatten immer irgendeinen Scherz auf Lager. Etwas hat sich verändert. Mehr als nur die Tatsache, dass es mir besser geht und Em nicht. Aber ich weiß nicht, was es ist.

Dann bemerke ich, dass das Bild von Chemo-Girl nirgendwo hängt.

»Oh, sie müssen vergessen haben, es wieder aufzuhängen, als sie mich hierher verlegt haben«, sagt Em, als ich sie danach frage. »Es ist wahrscheinlich im Schrank.«

»Das Personal ist auch nicht mehr das, was es mal war, was?«, sage ich mit übertriebener Missbilligung. »Ich werd's schon finden.«

»Nein!« Ihre Stimme ist laut und schrill. »Das kann eine von den Krankenschwestern später tun. Mach dir damit jetzt keine Mühe. «

Ich merke, dass ich die Stirn runzle, während ich mich

zurück in den Stuhl sinken lasse. Ist es das Bild, mit dem sie ein Problem hat, oder bin ich es?

Em seufzt. »Es tut mir leid, Jonny. Ich bin müde. Vielleicht ist es besser, wenn du jetzt gehst.«

Zugegeben, sie sieht tatsächlich müde aus. Schatten liegen unter ihren Augen und ihre Haut ist fahl. Ich erinnere mich an ein paar Infektionen, die ich hatte. Sie können einen wirklich umhauen, und das Letzte, was man braucht, ist Small Talk mit Besuchern.

»Klar«, erwidere ich und eine Welle des Verständnisses schwappt zwischen uns hin und her. »Meine Eltern werden jetzt sowieso mit ihrem Kaffee fertig sein. Nicht unterkriegen lassen, Chemo-Girl.«

Sie nickt und tut so, als ob sie mich mit einer Laser-Pistole abknallen würde. »Peng.«

Als ich den Flur entlang zur Cafeteria laufe, schaue ich auf mein Handy und entdecke eine Nachricht von Nia.

21. Oktober, 15:17

Hey, Guhl-Boy. Rate mal, wer heute ein Gratis-Snickers aus dem Süßigkeiten-Automaten in der Schule ergattert hat?

Grinsend tippe ich eine Antwort.

15:26

Ich hoffe, du hast es im Sekretariat gemeldet, bevor du es gegessen hast? Denn wenn nicht, ist es Diebstahl.

Für ihre Antwort braucht sie weniger als zehn Sekunden.

15:26
Wer's findet, dem gehört's. Es ist, als ob das Universum mich aufheitern wollte.

Meine Finger fliegen über das Display, als ich die Antwort eintippe.

15:27
Hey, ich dachte, das wäre mein Job!

Und schon sind alle Gedanken an Em wie weggeblasen.

28

Jonny und Nia

25. Oktober, 17:33
Hey, Nia!
Wie war dein Tag?

17:40
Ätzend – Schule war furchtbar und meine Mutter ist immer noch klinisch verrückt. Aber immerhin weint sie nicht, und so langsam wird der Tag besser.

17:46
Besser, weil er fast vorbei ist? Oder besser, weil du jetzt mit mir sprichst? (Bitte sag Letzteres – ich brauch Bestätigung, erinnerst du dich?)

17:51
Hättest du wohl gern. Besser, weil ich vor einem Becher *Ben&Jerrys* sitze und ihn mit niemandem teilen muss. Es dreht sich nicht alles um dich, Guhl-Boy. O.k., ein bisschen dreht es sich auch um dich ☺

18:02
☺
Cookie Dough? Karamel Sutra? Bitte sag nicht, dass es Chunky Monkey ist.

18:02
Cinnamon Buns. Ist doch wohl klar.
Cookie Dough war Leos Lieblingssorte – esse ich nicht mehr.

18:03
☹
Percy schickt dir ’ne Umarmung.

18:03
Danke, Guhl-Boy. Danke, Percy.

18:05
Gern geschehen, lässt er ausrichten. Sag mal, meinst du, du könntest vielleicht anfangen, mich Jonny zu nennen? Es ist ja nett, einen Spitznamen zu haben, aber Guhl-Boy hilft meinem Ego nicht besonders weiter.

18:07
Ja, könnte ich wahrscheinlich schon. Also, Jonny, wie war dein Tag? Sind deine Gefängniswärter nett zu dir?

18:08

Ja, ganz okay. Ich wünschte, sie würden akzeptieren, dass ich kein kleines Kind mehr bin und mich meine eigenen Entscheidungen treffen lassen, aber abgesehen davon … Moment, du hast schon meine Eltern gemeint, oder? Weil mein Freund Marco nämlich eher der Typ Insasse ist als der Typ Wärter.

18:10

Wow, klingt nach ’nem tollen Kerl – kannst du mir seine Nummer besorgen?

18:11

Echt jetzt?

18:13

Natürlich nicht.
Aber ja, ich habe deine Eltern gemeint. Meine haben sich heute extra Mühe gegeben, um sicherzustellen, dass mein Leben auch wirklich ohne jegliche Freude und Freiheit verläuft (noch ein lächerlich gesunder Wochenessensplan von meiner Mutter für die ganze Familie). Also so ziemlich dasselbe wie immer. Ich frage mich manchmal, ob sie schon alt geboren wurden. Es ist einfach unvorstellbar für mich, dass sie jemals in unserem Alter gewesen sein sollen. Und bevor du etwas sagst: Ich weiß, dass sie viel durchgemacht haben.

Mum sorgt schon dafür, dass ich das zu keinem Zeitpunkt vergesse.

18:23

Haha, ich wette meine Eltern sind sogar noch älter als deine. Es besteht keine Hoffnung für sie. Und ich weiß genau, was du damit meinst, nicht vergessen zu dürfen, was letzte Woche, letzten Monat, das letzte Jahr passiert ist. Ich glaube, Eltern sind biologisch darauf programmiert, sich übertrieben Sorgen zu machen.

Egal, es klingt auf jeden Fall so, als ob du eine Aufheiterung brauchst, also kommt hier ein Witz. Was sagt der Hammer, wenn er auf einen Daumen schlägt?

18:24

Echt jetzt? Darauf soll ich antworten?

18:25

Ähm, ja – so funktioniert das mit Komik normalerweise. Erinnere mich daran, dich niemals zu einer Comedy-Veranstaltung mitzunehmen.

18:27

Herrje, ist ja gut, Herr Lach-Polizist.

Hammer?

18:31

Hammer? Der Hammer soll »Hammer« sagen? Bist du

überhaupt auch nur im Geringsten vertraut mit dem Konzept von Witzen?

18:38
O.k., ich geb auf. Was sagt der blöde Hammer zu dem blöden Daumen?

18:38
Schön, dich zu treffen.
Kapiert?

18:39
Kapiert. Du baust hoffentlich nicht auf eine zukünftige Karriere als Comedian, oder?

18:57
Glaub mir. In echt bin ich witziger. Soll ich's beweisen?

29

Nia

Also, dass mir das mal passieren würde, hätte ich nie im Leben für möglich gehalten: Ich mag eine Person, die nicht Helen ist. Und noch überraschender: Es handelt sich dabei um Jonny. Er kann zwar ein bisschen weichlich sein mit diesen Fremdschäm-Fotos von seinem Teddybären, aber eigentlich ist er echt in Ordnung. Manchmal schicken wir uns die ganze Nacht über Nachrichten hin und her. Und sollte er doch ein Axtmörder sein, dann immerhin einer, der mich zum Lächeln bringt. Obwohl er, wenn man drüber nachdenkt, ein hochfunktionaler Psychopath sein könnte, und ich würde es erst erfahren, wenn es zu spät ist. Aber das Risiko bin ich bereit einzugehen.

Das Beste daran ist, dass ich mit jemandem sprechen kann, der mich nicht vor dem Unfall kannte. Zugegeben, wir beschweren uns ziemlich viel über unsere Eltern, aber das ist alles nur oberflächlich. Unter dieser Oberfläche, so fühlt es sich zumindest an, sagen wir uns mehr. Er bringt mich auch zum Lachen. Und das tut gut. Ich kann irgendwie eine bessere Version von mir sein. Die Person, die ich vielleicht gewesen wäre, wenn ... Ich will nicht sagen, wenn Leo nie geboren wäre – denn das sind genau die Gedanken, die ich meide, jetzt wo er nicht mehr da ist –, aber die ich vielleicht hätte sein können, wenn Leo nicht so ein Vorzeigekind gewesen wäre. Um ganz ehrlich zu sein, vergesse ich beim Schreiben manchmal sogar, dass Leo tot ist. Nur für eine Minute oder zwei.

Ich habe Helen nicht gesagt, dass ich Jonny meine Handynummer gegeben habe, oder dass wir vereinbart haben, uns morgen zu treffen. Sie denkt immer noch, dass er ein Spinner sein könnte, auch wenn sie immerhin eingestanden hat, dass er wohl kein Fake-Profil hat, um sich an Mädels ranzumachen.

Ich habe ihn immer noch nicht wegen der geheimnisvollen Emily gefragt. Ich dachte, ich warte erst mal ab und schaue, ob er sie erwähnt, aber das macht er nie. Sie kann nicht seine feste Freundin sein, das glaube ich nicht, außer er ist wirklich ein Psychopath.

Mum macht nach wie vor einen auf gespaltene Persönlichkeit. In einem Moment dreht sich alles ums Spendensammeln, im nächsten sind wir in der Verhörzentrale – *Wo gehst du hin? Wann kommst du wieder? Hast du dein Handy an?* Und sie weint, sie weint immer noch, wenn sie denkt, dass niemand sie hören kann. Nicht auszumalen, wenn sie wüsste, was ich vorhabe: Jemanden treffen, den ich online kennengelernt habe. Sie würde ausflippen, völlig den Verstand verlieren und mir für immer und ewig Hausarrest geben. Es ist ja nicht so, dass ich nicht verstehe, warum sie so ist – das tue ich wirklich. Aber wenn sie mich fragt, ob ich reden möchte, weiß ich, dass sie eigentlich über Leo sprechen will. Und ich kann es nicht ertragen, daran erinnert zu werden, wie toll er in ihren Augen war, was implizit ja auch heißt, dass ich mal eine Schippe drauflegen sollte, all das sein sollte, was er war, während ich in Wahrheit doch einfach nur die armselige Zweitbeste bin. Immerhin tut Dad nicht so, als würde es ihn interessieren. Er ist nicht oft hier und wenn er da ist, spricht er kaum. Mum könnte sich eine Scheibe von ihm abschneiden, ehrlich gesagt. Selbst ein Hinweis darauf, dass ich meine Wäsche in die Waschmaschine packen soll, wird letztendlich zu einem Gespräch über Leo. Ich weiß, dass es wehtut, dass er nicht mehr da ist. Ich weiß, dass es ein Schmerz ist, der nie vergehen wird. Aber ich weiß nicht, wie ich ihr helfen kann.

»Es ist verständlich, dass du dich so fühlst«, sagt Teresa in den seltenen Augenblicken, in denen ich in der Therapie tatsächlich über das rede, was in mir vorgeht. »Aber du solltest nicht das Gefühl haben, es wäre deine Verantwortung, den Verlust, den deine Eltern erlitten haben, mit dir herumzutragen. Du hast mit deiner eigenen Trauer zu kämpfen, Nia. Hast du ihnen denn schon mal gesagt, wie du dich fühlst?«

Bei ihr hört sich das so leicht an. Als ob wir über so etwas einfach beim Fernsehen reden könnten. Das Problem ist, dass ich nicht weiß, wo ich anfangen und wie ich es schaffen soll, dass sich das Gespräch mehr um mich dreht als um Leo. Genau deswegen rede ich gern mit Jonny. Mit ihm bin ich nicht in der *Leo-Brody-Show*. Auch wenn ich natürlich nicht vergessen habe, warum er mich überhaupt erst kontaktiert hat. Und ich habe versucht, herauszufinden, was er mir sagen will. Aber es ist so, als hätte er die meiste Zeit seines Lebens im leeren Raum gelebt. Es gibt von ihm kaum etwas auf Facebook. Und das ist eigentlich nur möglich, wenn man auf dem Mars aufgewachsen ist, oder irgendwo, wo das Internet noch nicht angekommen ist. Daher frag ich mich immer wieder, was er mir verheimlicht. Die Tatsache, dass er Geheimnisse hat, macht vielleicht gerade den Reiz aus. Oder ist es einfach nur deswegen, weil er anders ist als alle, die ich kenne?

Was auch immer der Grund ist, ich freue mich darauf, ihn zu sehen. Denke ich zumindest.

30

Jonny

Meine Hände sind schweißnass, während ich auf Nia warte. Wir haben ausgemacht, uns in diesem kleinen, hippen Café auf der Hampstead High Street zu treffen – neutrales Territorium, wahrscheinlich falls ich mich doch als Verrückter entpuppen sollte – und ich hatte solche Angst, zu spät zu kommen, dass ich nun absurd früh hier bin. Also habe ich nun meine zweite entkoffeinierte Magermilchlatte intus und meine Blase platzt gleich. Aber ich kann nicht pinkeln gehen. Denn Nia könnte ja genau in dem Moment kommen, wenn ich auf dem Klo bin, und denken, ich hätte sie versetzt. Allerdings werde ich mir so in die Hose machen, noch bevor sie da ist. Ganz toll.

Das Mädchen hinter der Theke konnte sich an meinen Namen erinnern, als ich meinen zweiten Kaffee bei ihr bestellt habe. Ich bin nicht dahintergekommen, wo sie herkommt, aber ich mag die Art, wie ihr Akzent meinen Namen in etwas Exotisches verwandelt. *Schah-ni.*

Vielleicht mache ich meinen Coffeeshop-Namen daraus.

Laut ihrem Namensschildchen heißt sie Gabriela. *Ga-*

brii-ella. Das ist ein guter Name, vertraut und markant zugleich. Ich beobachte sie, während sie die Kaffeemaschine sauber macht. Sie schaut in die andere Richtung, also sieht sie nicht, dass ich sie anstarre. Ihre langen Haare haben dieselbe dunkle Farbe wie die von Em, bevor die Chemo reingehauen hat. Aber das Haar von dem Kaffee-Mädchen ist glatt und glänzend. Kurz frage ich mich, wie es sich wohl anfühlen würde, mit meinen Fingern hindurchzufahren und eine von den seidenweichen Strähnen über meine Haut gleiten zu lassen. Ems Locken waren so wild, dass sie aussahen, als würden sie zuschnappen, wenn man sie berührte. Passend und irgendwie ein bisschen wie Em selbst. Aber ich bin nicht sicher, ob sie schon immer so eine Kämpferin war. Es ist wohl eher der Krebs, der das aus ihr gemacht hat.

Die Tür geht auf und als ich aufschaue, sehe ich Nia da stehen, die Stirn gerunzelt, als wüsste sie nicht, ob sie hier richtig wäre. Sie sieht gut aus, hübsch, auch wenn ich vermute, dass sie sich keinerlei Gedanken über ihr Styling gemacht hat. Der Mantel, den sie trägt, ist ungefähr zwei Nummern zu groß, was sie jünger wirken lässt, und ihre Stiefel sind klobig und hässlich. Die Sonne schimmert auf ihrem Haar und verleiht ihr eine Art Heiligenschein, aber ihr Gesicht darunter ist blass.

Soll ich winken oder denkt sie dann nur, dass ich ein totaler Depp bin? In dem ganzen Café sitzen schließlich nur ich und eine Frau mit einem Baby. Da bleibt Nias Blick an mir hängen. Sie zögert. Ich weiß, dass sie mit sich kämpft, ob sie das hier durchziehen soll oder nicht, und für mich ist es so wichtig, dass sie bleibt. Also hebe ich meinen Arm und winke, damit sie nicht behaupten kann, mich nicht gesehen zu haben. Sie winkt nicht zurück.

Mein Mund wird ganz trocken, als sie auf mich zukommt. Ich weiß nicht, wie ich das hier angehen soll. Soll ich direkt mit Leo anfangen oder erst Small Talk machen? Nein, sage ich lautlos zu mir selbst, als sie den Stuhl gegenüber unter dem Tisch hervorzieht und sich daraufsetzt. Was du als Erstes tun musst, ist Hallo sagen.

Ich halte ihr die Speisekarte hin und bemühe mich zu lächeln. »Hi. Ich war nicht sicher, ob du auftauchen würdest.«

Sie zuckt die Achseln. »Natürlich bin ich aufgetaucht. Wie kommt's, dass du nicht in der Schule bist?«

»Es ist ein College, keine Schule. Ich muss nur an vier Tagen die Woche hin. Das ist einer der Vorteile, wenn man ...« – ich schaffe es gerade noch, das Wort »krank« zu vermeiden – »wenn man besonders ist. Wie kommt's, dass *du* nicht in der Schule bist?«

»Ich sollte eigentlich zu meiner Therapeutin.« Sie zieht vorwurfsvoll eine Augenbraue hoch. »Du klingst schon wie meine Mutter.«

Ich räuspere mich unbehaglich. Nach all den netten, lustigen Chats hatte ich vergessen, wie stachelig sie in echt ist. Es ist sogar so schlimm, dass ich schon wünschte, sie würde mich Ghul-Boy nennen.

»Willst du was trinken?«

»Heiße Schokolade mit Sahne und Schokoflocken«, sagt sie, ohne eine Sekunde zu überlegen. Ich kann es ihr nicht verübeln – dasselbe würde ich auch nehmen, wenn ich könnte. Ich hebe die Hand und lächle Gabriela zu.

Sofort kommt sie mit Stift und Block in der Hand und einem Lächeln im Gesicht zu uns herüber. »Was kann ich dir bringen, Schah-ni?«

Ich kann spüren, wie Nia mich anstarrt, als Gabriela mit der Bestellung weggeht – was nun? Aber jetzt ist nicht der Augenblick mir zu überlegen, was sie wohl denken mag, weil ein viel dringenderes Bedürfnis vorherrscht. »Entschuldige mich einen Moment, ich muss nur grad mal, ähm ...« Ich werde leiser, als ich fühle, wie meine Wangen anfangen zu glühen. Warum ist es mir plötzlich so peinlich, pinkeln zu gehen? Körperfunktionen sind kein Geheimnis unter Krankenhauskindern. Auch wenn Em und ich einen Pakt geschlossen haben, nie übers große Geschäft zu reden. »Bin sofort zurück«, murmle ich und eile davon.

Während ich pinkle, hole ich tief Luft, und gehe im Kopf durch, was ich ihr sagen werde. Ich beschließe, es Stück für Stück anzugehen – ihr erst ein bisschen Background-Informationen zu geben und dann mit der Wahrheit rauszurücken. Ja, so werde ich es machen. Als ich mir die Hände wasche, sehe ich mich im Spiegel. Meine Haare kleben an der Stirn und meine Wangen sind so rot, dass ich aussehe wie eine schwitzende Tomate. Kein schöner Anblick. Aber ich will Nia nicht warten lassen, also spritze ich mir nur ein bisschen kaltes Wasser in mein glühendes Gesicht und denke an Eisberge.

Als ich zurück zum Tisch komme, ist Nia gerade dabei, ihren Löffel in einen Berg Sahne und Schokolade zu tauchen, der mir das Wasser im Mund zusammenlaufen lässt. »Sieht gut aus«, sage ich und setze mich.

»Ist es auch«, gibt sie widerwillig zu. Und dann: »So nebenbei. Du weißt schon, dass die Kellnerin bloß mit dir flirtet, damit du ihr Trinkgeld gibst, oder?«

Ich bekomme fast den Mund nicht mehr zu. Flirten? Sie nennt ein paarmal lächeln *flirten?* Ich nenne es freundlich sein. Und warum muss sie extra darauf hinweisen? Für den Fall, dass ich mir zu viel darauf einbilde?

»Danke«, sage ich kühl. »Bist du immer so unhöflich?«

Ist es nur Einbildung oder lächelt sie fast? »Jetzt klingst du wirklich wie meine Mum.«

»Sorry«, sage ich. »Aber das war ziemlich direkt. Macht mir zum Glück nicht so viel aus. Meine Freundin Em ist genauso.«

Etwas huscht über ihr Gesicht. »Du hast sie nie erwähnt. Ist sie deine feste Freundin?«

»Nein!«, sage ich lauter, als ich eigentlich wollte. Aber wie soll ich es ihr erklären? Für das Krankenhauszeug ist es zu früh. Ich will darauf hinarbeiten, nicht fünfzehn Minuten nachdem wir uns getroffen haben, damit herausplatzen. »Sie ist nur ein Kumpel, jemand der mich versteht.«

Nia nimmt einen großen Schluck von ihrer heißen

Schokolade. »Klingt für mich nach den besten Voraussetzungen für eine feste Freundin.«

Ich starre sie an. Was ist denn los? Ich dachte all dieses passiv-aggressive Zeug hätten wir hinter uns, auch wenn an Nias Verhalten ehrlich gesagt gerade nichts sonderlich Passives ist. Sie benimmt sich, als hätte ich damit gedroht, ihrem Hamster den Kopf abzubeißen. Und ich verstehe wirklich nicht, warum. Ich muss sie wieder auf meine Seite bringen. Am besten, bevor meine Schweißdrüsen dafür sorgen, dass wir aus der Tür geschwemmt werden. Ich hole tief Luft und reibe verstohlen meine Hände an der Jeans. »Warum fangen wir nicht noch mal von vorne an?«

Sie betrachtet mich für einen Moment, der sich unangenehm in die Länge zieht. »Oder du könntest mir einfach sagen, warum du mich kontaktiert hast. Was hat es mit deiner Faszination für meinen Zwillingsbruder wirklich auf sich?«

Es fühlt sich an, als würde die Welt in sich zusammenbrechen: Leo war ihr *Zwillingsbruder?* Warum habe ich das nicht gewusst? Andererseits, woher auch? Es sei denn, mir wäre die Idee gekommen, ihre Geburtstage bei Facebook zu vergleichen, woran ich nicht einmal im Entferntesten gedacht habe. Meine Augen bleiben an ihrer seltsamen Halskette hängen – ein weißer Stein mit einem Loch in der Mitte –, bis mir klar wird, dass es aussieht, als würde ich ihr auf die Brust starren.

Schnell wende ich meinen Blick ab. Mit einem weiteren tiefen Atemzug versuche ich mich wieder in den Griff zu bekommen und wende eine schnelle Entspannungstechnik an, die mir mein Therapeut für den Fall der Fälle beigebracht hat. Als ich alle Namen der Avengers-Charaktere, die mir einfallen, durchgegangen bin, fühle ich mich schon ruhiger. »Ich wusste nicht, dass ihr beide Zwillinge wart.«

»Warum solltest du auch?«, fragt Nia mit gerunzelter Stirn. »Wir haben die meiste Zeit der letzten sieben Jahre damit verbracht, möglichst so zu tun, als wären wir nicht einmal verwandt. Aber ich habe noch keine Antwort auf meine Frage bekommen.«

Jetzt fühle ich den Schweiß auch auf meiner Oberlippe und mein Herz pocht wie wild, was ein Zeichen dafür ist, dass ich ernsthaft gestresst bin. Transplantierte Herzen haben nicht dieselben Nervenverbindungen wie welche, mit denen man geboren wurde. Sie reagieren langsamer auf alle Reize. Wenn meines also so krass hämmert, schießt da gerade eine Menge Adrenalin durch meinen Körper.

Nia klopft nun mit dem Löffelstiel auf dem Tisch herum. Ich bin mir ganz sicher, dass sie sich wünscht, sie wäre zu Hause geblieben.

Jetzt ist also der Moment, in dem ich ihr erklären werde, wer ich bin, warum sie hier ist und was das alles mit Leo zu tun hat ...

Aber ich kann es nicht. Ich kann es einfach nicht.

31

Nia

Jetzt habe ich echt genug. Erst verschlingt Jonny die Kellnerin mit Blicken, als ob wir uns die letzten paar Wochen nicht die ganze Zeit hin- und hergeschrieben hätten, und wünscht sich wahrscheinlich, dass sie an meiner Stelle sitzen würde. Dann hört er nicht auf, von dieser Emily zu reden, ohne eine Erklärung, wer sie überhaupt ist. Und jetzt scheint er komplett am Rad zu drehen. Langsam glaube ich, dass es ein Fehler war, ihn überhaupt zu treffen.

Ich werfe mit Bedauern einen Blick auf den Rest meiner heißen Schokolade und greife nach meinem Mantel.

»Warte«, sagt Jonny. »Geh nicht.«

Aus den Augenwinkeln kann ich sehen, wie die Kellnerin uns beobachtet. Vielleicht hofft sie darauf, Jonny noch ein bisschen mehr anbaggern zu können, wenn ich erst mal weg bin, um sich ihren Weg zu einem fetten Trinkgeld zu flirten. Oder sie findet ihn tatsächlich toll. Er sieht eigentlich nicht wirklich schlecht aus. Seine Haare müssten zwar noch immer dringend geschnitten werden, und sein Gesicht ist seltsam füllig, wenn man bedenkt, wie dünn der Rest seines Körpers ist. Er bräuchte auch mal eine Rasur, obwohl manche Mädchen Bartstoppeln ja ganz sexy finden. Und ich frage mich, ob er irgendetwas ohne protzige amerikanische Logos drauf besitzt. Aber jetzt, wo ich die Möglichkeit hatte, ihn genauer zu betrachten, habe ich bemerkt, dass er wirklich schöne Augen hat – grau mit kleinen goldenen Tupfen um die Pupille. Ich könnte verstehen, wenn die Kellnerin an ihm interessiert wäre, auch ohne zu wissen, was für ein lieber Kerl er sein kann.

»Dann rede schon«, sage ich.

Langsam lässt er die Luft aus seinen Lungen entweichen und wirft mir einen betretenen Blick zu. »Das Problem ist nur, dass ich glaube, du wirst ausflippen.«

Die letzten Krümel meiner Geduld fangen an, sich zu verabschieden. »Im Ernst jetzt?« Ich funkle ihn an. »Du bringst mich dazu, dir zu schreiben, lockst mich zu einem Treffen mit dir, und jetzt willst du mir nicht erzählen, was dieses ganze Theater soll? Ist es da überraschend, dass ich kurz vorm Ausflippen bin?«

In der Stille, die daraufhin herrscht, bemerke ich, dass kleine Schweißperlen auf seiner Stirn stehen. Was auch immer er mir sagen will, es ist offensichtlich eine große Sache. Ich denke an all die Male, in denen er mich in letzter Zeit zum Lachen gebracht hat, als es sonst nicht viele Gründe dafür gegeben hat. Und all die Male, in denen er genau verstanden hat, was ich sagen wollte, auch wenn ich es selbst nicht richtig äußern konnte. Und irgendetwas in mir gibt nach. »Oder vielleicht hör ich jetzt einfach nur zu und spare mir das Ausflippen für später auf.«

Er lächelt nicht, sitzt noch ein paar Sekunden still da und starrt den Zuckerstreuer an, als ob der ihm einen Rat geben könnte. »Okay«, sagt er schließlich. »Du willst die Wahrheit wissen? Den Grund, warum ich dir die Nachricht wegen Leo geschickt habe?«

Wäre er irgendjemand anderes, würde ich mich jetzt über den Tisch werfen und ihn mit meinen bloßen Händen erwürgen. Aber meine Neugier ist stärker als mein Ärger, und schließlich habe ich schon beschlossen, nett zu sein, also gebe ich mir alle Mühe, eine ermutigende Miene aufzusetzen. »Ja, Ghul-Boy, ich will es wissen.«

Lahme, austauschbare Popmusik füllt die Stille. Hinter uns zischt die Kaffeemaschine. Das Baby in der Ecke quiekt. Ich wende meinen Blick nicht von Jonny ab.

Er schaut auf. »Es ist eigentlich ganz einfach ... Ich fand dich toll.«

Erst denke ich, ich habe ihn falsch verstanden. »Wie bitte?«

»Ich fand dich toll«, wiederholt er und schließt kurz die Augen. »Ein Freund von einem Freund hat den Link von der Spendenaktion geteilt, und ich habe auf die Seite geklickt und dein Bild gesehen. Ich wollte dir schreiben, aber alles, was mir einfiel, klang so abgedroschen. Also habe ich mich für eine ungewöhnliche und im Nachhinein wohl leicht geschmacklose Vorgehensweise entschieden.«

Ich bekomme den Mund nicht mehr zu. »Geschmacklos? Gruselig würden manche das wohl eher nennen – nein, *die meisten* sogar.«

»Ich weiß.« Er schaut weg.

Alles in meinem Kopf dreht sich, während ich versuche zu begreifen, was er gerade gesagt hat. Vermutlich ist es nicht jenseits des Möglichen, aber es ist ganz bestimmt seltsam – einmal nach Absurdistan und wieder zurück. »Also warst du an Leo kein Stück interessiert?«, frage ich langsam.

Jonny zögert. »So würde ich das jetzt nicht sagen. Aber von dem Moment an, als ich das Foto von dir gesehen habe, habe ich dich nicht mehr aus meinem Kopf bekommen.« Er verstummt plötzlich und vergräbt mit einem Stöhnen sein Gesicht in den Händen. »Sorry, das ist überhaupt nicht das, was ich sagen wollte.«

Er sieht aus, als hoffte er, dass sich der Boden auftun und ihn verschlucken würde, und ich muss sagen, dass ich es nachvollziehen kann. Wer gräbt jemanden an, indem er ihn über eine Familientragödie ausfragt? Selbst die Jungs aus der Schule, die richtige Schweine sind, würden nicht so weit gehen. Allerdings muss ich mir widerwillig eingestehen, dass ich Jonny Webbs Taktik einen gewissen Respekt zolle, denn sein Plan hat schon irgendwie funktioniert: Wir haben einhundertdrei Nachrichten und neunzig SMS ausgetauscht. In diesem Moment sitze ich hier mit ihm. Und wenn ich ganz ehrlich bin, fühle ich mich auch ein ganz kleines bisschen geschmeichelt. Niemals zuvor hat mich jemand toll gefunden, oder zumindest hat es niemand zugegeben. Und mit Sicherheit hat niemand lange genug meine Launen ausgehalten, um mit einem derart ausgefeilten Plan anzukommen, nur um meine Aufmerksamkeit zu erlangen. Dann allerdings durchkreuzt ein deutlich weniger angenehmer Gedanke meinen Kopf: Jonny ist nicht Leos Stalker. Rein gar nicht. Er ist meiner.

Oh, mein Gott, Helen wird ausflippen.

Helen flippt nicht aus. Was sie tut, ist viel, viel schlimmer.

Ich rufe sie auf dem Nachhauseweg an. Nachdem ich mit dem Erzählen fertig bin, schweigt sie so lange, dass ich schon denke, die Verbindung wurde unterbrochen.

»Bitte sag mir, dass du ihm gezeigt hast, wo er sich seine heiße Schokolade hinstecken kann.«

Beinahe pflichte ich ihr bei, nur um dem grollenden Wutausbruch, der sich durch den Hörer anbahnt, aus dem Weg zu gehen. Aber es ist Helen. Wir lügen einander nicht an. Zumindest nicht, wenn es drauf ankommt. »Nein, habe ich nicht. Wir haben abgemacht, dass wir uns wiedersehen.«

Ich höre, wie sie scharf die Luft einzieht. »*Wie bitte?* Wann?«

»Freitagabend«, antworte ich. »Helen, es ist nicht so, wie es sich vielleicht anhört. Ich mag ihn, er versteht mich. Er ist ... nett.«

»Das sind Stalker oft. Am Anfang.«

Ich seufze. »Er ist kein Stalker – er ...«

»Er kontaktiert dich aus dem Nichts, mit einer Scheinfrage über deinen gerade verstorbenen Bruder, weiß, wo du bist, und taucht da plötzlich auf. Dann fängt er einen Chat an, um dich dazu zu bringen, ihm zu vertrauen, und in dem Moment, in dem du nicht mehr auf der Hut bist, fragt er dich praktisch, ob du ihn heiratest«, unterbricht Helen mich mit einer kurzen und präzisen Zusammenfassung. »Glaub mir, er ist ein Stalker.«

Sie klingt, als würde sie eine Anklageschrift verlesen. Und der rationale Teil von mir denkt, dass sie recht hat. Aber dann ist da noch der Teil, der Jonny heute eine Dreiviertelstunde gegenübergesessen hat, der zugehört hat, während er gesprochen und erklärt hat, was er warum getan hat. Der Teil, der bemerkt hat, wie nervös er beim Reden war, die Liebenswürdigkeit in seiner Stimme, das ehrliche Gefühl hinter seinen Worten, die Art, wie er die Dinge gesagt hat, die ich gedacht habe, noch bevor ich wusste, dass ich sie überhaupt denken würde. Das ist auch der Teil, der mir einflüstert, er könnte genau das sein, was mir wieder hilft, nach vorne zu schauen. Etwas Gutes in meinem Leben, ein Grund, jeden Tag aufzustehen. Und ja, ich weiß, dass es schon reichen sollte zu wissen, dass ich am Leben bin und mein Bruder nicht. Aber das tut es nicht. Ich will, dass jemand *mich* sieht, wenn man mich anschaut, und nicht nur Leos Schwester.

Helen hat wieder angefangen zu reden, aber ich höre nicht richtig zu. Ich denke daran, wie Jonnys dunkle Wimpern auf seiner blassen Haut liegen, wenn er die Augen schließt, und an das unterschwellige Gefühl, dass da etwas ist, was er mir nicht sagt. Ich mag die Vorstellung, dass ich ihm aufgefallen bin und er mich so interessant fand, dass er mich aufgespürt hat, und selbst dass er ein klein bisschen von mir besessen ist. Ich mag das Geheimnisvolle daran, wenn ich mich frage, ob mehr dahintersteckt, als auf den ersten Blick erkennbar ist. Und ich mag es, etwas anderes zu fühlen als Ärger, Elend und Leere. Ich mag ihn.

»... und deswegen musst du es deinen Eltern erzählen«, schließt Helen.

Ihre Worte rütteln mich aus meinem Mini-Tagtraum. »Was?«, schreie ich kurz auf. »Das ist das Letzte, das ich tun sollte. Ich kann ja nicht einmal alleine einkaufen gehen, ohne dass Mum gestresst ist. Dann stell dir mal vor, wie sie reagieren würde, wenn sie das mit Jonny herausfände.«

»Nia ...«

»Nein, Helen, hör zu«, schneide ich ihr das Wort ab, bevor sie anfängt, Verbrechensstatistiken vom fremden bösen Mann herunterzubeten. »Du weißt, wie beschissen die Dinge in letzter Zeit für mich gelaufen sind – auch schon vor dem Unfall. Es ging mir lange Zeit nicht gut. Und jetzt fühlt es sich an, als könnte sich vielleicht endlich etwas ändern. Okay, ich gebe dir recht, dass man an Jonnys Anmach-Künsten noch feilen müsste. Aber ich mag es, Nachrichten vom ihm zu bekommen. Sie heitern mich auf. Ich will ihm eine Chance geben.«

»Und wenn er nicht die Person ist, die er in deinen Augen zu sein scheint?«, fragt sie. »Was dann?«

Ich hole tief Luft. »Dann tauche ich wahrscheinlich tot in irgendeinem Straßengraben auf und du kannst mir *Ich hab's dir ja gesagt* auf meiner Beerdigung nachschreien.« Ich mach eine Pause und versuche etwas zu finden, mit dem ich sie auf meine Seite ziehen kann. »Darf ich das nicht auch mal haben, Helen? Darf ich es nicht genießen, dass zur Abwechslung mal jemand an mir interessiert ist?«

Stille dringt durch den Hörer und ich weiß, dass sie mit aller Kraft versucht, sich neue Gründe auszudenken, weswegen ich meine Nummer wechseln und Jonny Webb ein für alle Mal vergessen sollte. Dann stößt sie schließlich einen tiefen Seufzer aus. »Verdammt noch mal, Nia, ich kann einfach nicht glauben, dass du das machen willst. Dir ist schon klar, dass ich ihn dann kennenlernen muss, oder?«

32

Jonny

Ich bin ein Monster. Ich bin nicht einmal sicher, ob Iron Man so tief sinken würde – und der hat eine ganz schön fragwürdige Vergangenheit, was Frauen betrifft.

Und das Schlimmste ist, das was ich Nia gesagt habe, ist nicht mal wirklich gelogen. Okay, der Teil, in dem ich behauptet hab, dass sie der Grund war, warum ich sie überhaupt erst kontaktiert habe, ist nicht wahr. Aber ich finde sie wirklich toll. Ich mag sie auch, selbst wenn sie so pampig und schnippisch ist. Hinter dieser Fassade versteckt sie sich nur. Tief innen ist sie kein bisschen taff. Und wenn wir uns schreiben, fühlt es sich an, als ob da eine Verbindung zwischen uns wäre. Ich möchte das nicht verlieren. Das ist ein Grund, warum ich ihr nicht die Wahrheit sagen konnte. Aber vor allem hab ich in der Sekunde, in der ich erfahren habe, dass sie Leos Zwillingsschwester war, echt Schiss bekommen, wie sie mit der Wahrheit zurechtkommen würde. Zu wissen, dass die beiden Zwillinge waren, ändert alles. Ich weiß nicht warum, aber es ist so.

Also habe ich gelogen. Ich möchte gar nicht erst darüber nachdenken, was Em sagen würde, wenn sie wüsste, was ich getan habe. Oder dass ich die Sache noch schlimmer gemacht habe, indem wir ausgemacht haben, uns noch einmal zu treffen. Ich habe ehrlich gesagt auch nicht vor, ihr davon zu erzählen. Sie würde mir vorwerfen, Nia zu benutzen, um an mehr Informationen über Leo zu kommen und ich könnte es nicht leugnen. Aber es ist schlimmer als das: Wenn sich herausstellt, dass Leo mein Spender ist, dann wird Em mir sagen, dass seine Zwillingsschwester für mich tabu ist. Und ganz insgeheim denke ich, dass sie damit recht haben könnte. Was das, was ich gerade getan habe, nur noch widerwärtiger macht.

Der Haken an der Sache ist, dass ich selbstsüchtig bin. Ich möchte Nia auf jeden Fall weiterhin treffen, gleichzeitig muss ich aber auch wissen, ob das Herz, das in meiner Brust schlägt, Leos Herz ist. Und das ist mein eigentliches Problem: Ich weiß nicht, ob ich beides haben kann.

»Was glaubt ihr, wer gewinnt die Meisterschaft?«

Marcos Frage löst eine heftige Diskussion unter den Jungs aus. Von den Antworten versteh ich nicht mal die Hälfte. Es ist Pause und wir sind mal wieder draußen in der eisigen Kälte, damit sie ihre Nikotinsucht befriedigen können. Ich bekomme dabei nicht mehr so ein panisches Gefühl wie vorher. Außerdem habe ich gelernt mich so zu setzen, dass ich ihren Rauch nicht abbekomme, und die meiste Zeit ist es ziemlich witzig mit ihnen. Manchmal sind ihre Gespräche auch interessant – wie diese Unterhaltung zum Beispiel. Ich weiß, dass Leo ein Chelsea-Fan war, weil seine Mum ein signiertes T-Shirt auf einem Spendenabend versteigert hat. Die ganze Facebook-Seite war voll davon. Es gibt auch Bilder von ihm als Kind, auf denen er ein Chelsea-Trikot anhat. Also habe ich angefangen aufzupassen, immer wenn das Gespräch auf Fußball kommt.

»Arsenal wird nie im Leben gewinnen.« Eavis blickt Jackson herausfordernd an. »Top 4 vielleicht. Aber das Zeug zum Meister haben die nicht.«

»Die Spurs werden's aber auch nicht schaffen«, schießt Jackson zurück. »Ihr Super-Stürmer landet ja keine Treffer.«

»Wo wir grad von Treffern reden, habt ihr schon mal seine Alte gesehen?«, unterbricht Charlie. »Die ist echt ein Volltreffer.«

Eavis lacht spöttisch. »Schon klar, aber du denkst ja auch, Mrs Walsh ist heiß, und die ist älter als meine Großmutter.«

Die anderen lachen grunzend und ich steige mit ein, auch wenn ich mir über Mrs Walsh in dieser Hinsicht noch nie wirklich Gedanken gemacht habe. Eavis und Charlie offensichtlich schon. Es fühlt sich irgendwie falsch an. Vermutlich hat sie einen Mann und Kinder.

»Weiß gar nicht, warum du da so lachst, Jonny.« Plötzlich bin ich im Visier von Eavis' Schweinsaugen. »Du bist doch auch nur B-Ware. Ich wette, du hattest noch nicht einmal eine Freundin.«

Daraufhin brechen alle anderen erneut in Gelächter aus. »Der war gut, Eavis«, sagt Jackson. »Er weiß wahrscheinlich gar nicht, was er mit einem Mädel anstellen soll.«

Ich spüre, wie die Röte in mein Gesicht steigt, Verlegenheit in jede Zelle meines Körpers schießt. Erwartung mischt sich unter den Rauch ihrer Zigaretten. Sie wollen, dass ich beweise, einer von ihnen zu sein. Ich starre zu Boden, suche nach einem Gegenschlag, zwinge das Blut, aus meinem Gesicht zu weichen. Dann schleicht sich ein Gedanke in meinen Kopf: Was würde Iron Man in so einer Situation tun? Würde er sie lachen lassen oder sie mit einer lässigen Bemerkung von ihrem hohen Ross holen? Halt, nein, was würde *Leo* tun? Und wie bei einem Geistesblitz weiß ich plötzlich, was ich sagen muss.

»Deine Mum war da anderer Meinung, Jackson.«

Die erstaunte Stille dauert ungefähr 0,7 Sekunden, dann füllt sich die Luft mit einem Chor aus Gegröle und höhnischem Gelächter. Jackson sieht aus, als würde er mich am liebsten verprügeln wollen, aber die anderen schubsen und stoßen ihn herum, sodass er es nicht kann.

»War nur ein Scherz, Kumpel«, sage ich und hebe in aller Unschuld meine Hände. »Nur ein Scherz.«

Charlie haut mir auf die Schulter. »Legendär, Jonny!«

Selbst Marco, der sich das Geschehen bis jetzt angeschaut hat wie ein König, der über seine Untertanen wacht, lacht. »Der war gut, Jonno. Hast ja scheinbar doch Eier in der Hose.«

Ich fühle mich, als hätte ich eine Art Test bestanden, als ob ich jetzt irgendwie Teil der Gruppe geworden wäre. Und ich muss zugeben, es fühlt sich gut an dazuzugehören.

33

Nia

Ich habe nichts zum Anziehen. Alle Kleidungsstücke, die ich besitze, liegen verteilt auf dem Boden, dem Bett oder dem Nachttisch, und nichts davon passt zu meiner momentanen Stimmung. Nichts davon möchte ich anziehen. Na ja, nichts stimmt jetzt nicht ganz, ich habe schon eine enge schwarze Jeans an und ein Langarm-T-Shirt, das die schuppigen Flecken an meinen Ellenbogen verdeckt. Aber in einer halben Stunde bin ich mit Jonny vor dem Kino in Hampstead Village verabredet, und wenn ich so weitermache, wird der Film vorbei sein, bevor ich da ankomme.

»Zu der Skinny-Jeans passt doch das *Blondie*-T-Shirt, wie wär's damit?«, sagt Helen, und klaubt ein zerknülltes weißes Stück Stoff mit dem Gesicht von Debbie Harry drauf vom Bett.

Ich habe mich schon halb aus meinem Top herausgewunden, als mir wieder einfällt, warum ich es nicht anziehen kann. »Leo hat da Bolognese-Soße drübergespritzt und die Flecken gehen nicht mehr raus. Es sieht aus, als hätte Debbie Harry Akne.«

Helen mustert das Gesicht der Sängerin, dann lässt sie das T-Shirt auf den Boden fallen und fischt stattdessen ein anderes aus dem Haufen. »Das hier?«

Das ist mein *Rocky-Horror-Picture-Show*-T-Shirt aus der Zeit, als Onkel Pete beschlossen hatte, Leo und mich zu einer West-End-Produktion mitzunehmen. Leo hatte mir sogar sein Taschengeld geliehen, damit ich mir das T-Shirt kaufen konnte. Es ist mittlerweile so klein, dass es gerade so meinen Bauch bedeckt, aber ich bring es nicht übers Herz, mich davon zu trennen. »Zu kalt.«

Helen sieht sich weiter um. »Was ist mit dem hier?« Sie zieht ein Fußball-T-Shirt von einem Bügel an der Rückseite der Tür. »Oldschool.«

Das T-Shirt, das sie hochhält, gehörte Leo. Es ist fünf oder sechs Saisons alt und so oft gewaschen, dass das Blau verblasst und das Chelsea-Logo bereits abbröckelt. Bis vor dem Unfall war es mein Schlaf-T-Shirt. Jetzt trage ich es manchmal unter meinen Klamotten. So weiß nur ich, dass es da ist.

»Wirf es rüber«, sage ich und fange es am Ärmel auf. Jedes Mal, wenn ich es trage, erwarte ich, an Leos Geruch erinnert zu werden. Aber es riecht nur schwach nach Waschpulver.

Helen schaut auf ihre Uhr. Für jemanden, der nicht möchte, dass ich Jonny treffe, ist sie ganz schön eifrig darauf bedacht, endlich aus dem Haus zu kommen. Aber so ist Helen – überkorrekt, selbst gegenüber Leuten, auf die sie keine Lust hat. Auch ich will nicht zu spät kommen. Also ziehe ich mir nach kurzem Zögern das T-Shirt schließlich an. »Okay. Wie sehe ich aus?«

Als sie mich begutachtet, verziehen sich ihre Lippen widerwillig zu einem Lächeln. »Glücklich«, sagt sie und schüttelt den Kopf. »Du siehst glücklich aus.«

Jetzt, wo sie es sagt, wird mir klar, dass es stimmt. Ich bin glücklich. Oder zumindest so nah dran, wie mir das überhaupt möglich ist. Ein Gefühl der Vorfreude kribbelt in mir, als ob Heiligabend wäre und ich fünf Jahre alt. Ich sollte mir derartige Gefühle vermutlich nicht erlauben, aber es ist schon so lange her, dass mal ein Lichtschimmer den Nebel durchbrochen hat, ich würde mich wohl gerade an allem festklammern.

»Wir sollten los«, sage ich und nehme meinen Mantel. »Es wird wahrscheinlich allein eine halbe Stunde dauern, bis wir den Wachposten an der Haustür passiert haben.«

Aber wie sich herausstellt, liege ich da falsch. Mum ist im Spendensammel-Modus und reduziert das Theater, das sie macht, als wir gehen, auf ein Minimum. Auch wenn das Gewicht ihres sorgenvollen Blickes mich trotzdem noch fast erdrückt, als ich meinen Mantel anziehe. Natürlich soll ich ihr eine SMS schreiben, wenn ich da bin und wenn ich mich wieder auf den Nachhauseweg mache. Aber das ist meilenweit entfernt von dem üblichen Kreuzverhör. Dad sieht nicht mal von der Doku auf, die er auf dem History-Kanal schaut. Trotzdem drängle ich Helen so schnell aus der Tür, dass sie fast über die Fußmatte stolpert.

»Dein Dad war ganz schön still«, stellt sie fest, als wir zur Bushaltestelle eilen. »Ist alles okay mit ihm?«

Ich weiß nicht, was ich antworten soll. Es stimmt, Dad ist in letzter Zeit sehr still, aber da ich ihn nicht mehr so oft zu Gesicht bekomme, ist es wohl leichter, die Veränderungen an ihm nicht wahrzunehmen. Das mit seinem Haar habe ich allerdings bemerkt. Es war immer so schwarz, dass Leo und ich uns sicher waren, er würde es sich färben. Aber jetzt ist es grau meliert, als ob er den Versuch aufgegeben hätte, jung zu bleiben. Ich weiß nicht, was das zu bedeuten hat. Vielleicht nichts.

»Ihm geht es gut«, beruhige ich Helen. »Mum ist diejenige, die am Rad dreht.«

Sie nickt. »Es fühlt sich nicht richtig an, sie angelogen zu haben. Sie hätte dich bestimmt nicht davon abgehalten, dich mit Jonny zu treffen.«

»Oh doch, hätte sie«, sage ich. »Außerdem haben wir nicht gelogen. Also zumindest theoretisch. Wir gehen ins Kino. Nur alles danach haben wir halt ausgelassen.«

»Das nennt man *Lügen durch Unterlassung*«, bemerkt Helen spitz, was mich wieder daran erinnert, dass sie Anwältin werden will. Und ungefähr zum millionsten Mal frage ich mich, ob es die richtige Entscheidung war, sie mitzunehmen. Falls sie damit anfangen sollte, Jonny ins Kreuzverhör zu nehmen, bleibt mir vielleicht nur ein Rugby-Angriff übrig.

»Kann schon sein«, erwidere ich, als der Bus vorfährt. »Aber was sie nicht weiß, macht sie nicht heiß. Wir alle lügen unsere Eltern an. So macht man das als normaler Teenager.«

Helen presst ihre Lippen aufeinander, als wolle sie dagegenargumentieren. Aber sie kann es nicht, weil es nun mal die Wahrheit ist. Jeder Einzelne von uns lügt seine Eltern wegen allem Möglichen an. *Nein, ich habe keine Hausaufgaben ... Ja, ich lerne für die Schule ... Natürlich habe ich zum Mittag keinen Mist gegessen ... Ja, ich war heute bei meiner Therapeutin ...* Es gibt Dinge, die eine Familie wissen muss, und es gibt Dinge, die sie einfach nichts angehen. Jonny ist mein Geheimnis. Ich weiß nicht, warum es mir so wichtig ist, ihn für mich zu behalten, aber es ist einfach so. Ich will, dass er, abgeschottet wie in einer kleinen Box, fernbleibt von der Schuld, dem Kummer und der Wehmut im Rest meines Lebens. Teresas Augen würden vor Begeisterung aufleuchten, wenn ich ihr das erzählen würde, was nur noch mehr Grund ist, es geheim zu halten.

»Weiß er, dass ich auch komme?«, fragt Helen, als der Bus Richtung Hauptstraße rumpelt.

»Nein«, antworte ich. Natürlich weiß Jonny, wer Helen ist, weil ich so viel von ihr rede. Er weiß aber nicht, was sie über ihn denkt. Ich hoffe ja, dass sie ihre Meinung ändern wird, wenn sie ihn persönlich trifft, und bete, dass sie den Stalking-Quatsch nicht erwähnt. Es ist eine Sache, wenn Jonny und ich darüber Witze machen, aber ich möchte nicht, dass er denkt, ich lache mit Helen hinter seinem Rücken über ihn.

Ich entdecke ihn, bevor er mich sieht. Ich bin seltsam

nervös – die Haut um meinen Daumennagel brennt, weil ich im Bus daran herumgerissen habe –, und Jonnys Anblick lässt eine Horde Schmetterlinge in meinem Bauch aufflattern. Wäre ich alleine, würde ich ihm vielleicht einfach eine Ausrede schicken und nach Hause gehen. Auch deswegen ist es vermutlich gut, Helen dabeizuhaben. Sie rennt vor nichts davon und zieht mich hinter sich her wie den Spielzeughund, um den Leo und ich uns als Kinder immer gestritten haben. Abgesehen von meiner Nervosität will ich Jonny außerdem wirklich treffen, vor allem weil ich weiß, dass er mich unbedingt treffen will.

Ich schließe zu Helen auf. »Bitte sei nett zu ihm, okay?«

»Na klar«, sagt sie und verdreht die Augen. »Wann war ich jemals nicht nett?«

Ich blicke rüber zu Jonny. Hoffentlich denkt er nicht, dass ich seltsam bin, weil ich Helen mitschleppe. Aber es ist zu spät für einen Rückzieher. Er hat uns gesehen.

»Los, komm«, murmle ich. »Bringen wir's hinter uns.«

Als wir bei ihm sind, nickt er uns verwirrt zu. Sein Blick springt zwischen Helen und mir hin und her. »Alles in Ordnung?«

»Ja«, sage ich. Wie soll ich ihm die Situation bloß erklären, ohne ihn zu beleidigen? »Das ist Helen. Sie wollte dich kennenlernen.«

Er schaut mich einen Moment forschend an, dann zuckt er die Achseln. »Okay. Hi, Helen.«

»Hi«, erwidert Helen kühl. »Ich wollte nur sichergehen, dass du kein Axtmörder bist.«

»Helen«, rufe ich und schäme mich in Grund und Boden. »Sei still!«

Jonny lacht und wirft mir einen Blick zu. »Wie kommst du darauf?«

»Du weißt ja, was man über Leute sagt, die man online kennenlernt«, erwidert Helen ohne ein Lächeln. »Man kann nie sicher sein, ob sie die sind, die sie vorgeben zu sein.«

»Helen!«, ermahne ich sie noch einmal und werfe ihr einen flehenden Blick zu, den sie ignoriert. »Hör auf.«

Immer noch amüsiert zieht Jonny eine Augenbraue hoch. »Ich bin Jonny Webb und ich bin fünfzehn. Ich gehe aufs St-Albans-College und bin Chelsea-Fan. Ich besitze weder eine Axt, noch habe ich je in meinem Leben etwas getötet, außer vielleicht Fliegen und den ein oder anderen Witz. Gibt es noch mehr, das du wissen willst?«

Helen und ich schauen uns an und ich weiß, dass sie an das T-Shirt denkt, das ich unter meinem Mantel trage. Jonny wird glauben, ich habe es für ihn angezogen, auch wenn ich mir ziemlich sicher bin, dass er mir nie erzählt hat, welches Team er gut findet. Mit einem kleinen Stirnrunzeln wandert Helens Blick wieder zu Jonny, als ob sie versuchen würde, aus ihm schlau zu werden. Dann schürzt sie die Lippen und schüttelt den Kopf. »Nee, passt, zumindest für den Moment«, sagt sie zu ihm. »Schreib mir, wenn du mich brauchst – ich bin mit meinen Eltern bei *Nando's* essen.« Letzteres ist an mich gerichtet, und in ihren Worten höre ich laut die Botschaft mitschwingen, dass sie

Jonny nicht traut. Sie nickt ihm kurz zu und geht. Ein Teil von mir möchte ihr hinterherlaufen. Wie soll ich Jonny nach dieser Szene bloß noch in die Augen sehen?

»O.k., das war ... seltsam«, sagt er. »Ist sie immer so?«

»Du meinst, wie eine Mini-Ausgabe meiner Mutter?« Ich seufze und schüttle den Kopf. »Nein, ist sie nicht.«

Er zögert und schaut dann weg. »Es ist okay. Sie passt nur auf dich auf.«

Ich weiß das und deshalb bin ich ihr auch nicht wirklich böse. Eventuell hätte sie das Ganze ein bisschen subtiler angehen können, aber die gesamte Situation war merkwürdig. Vielleicht war es so direkt am besten. Und jetzt ist sie sowieso nicht mehr da, sondern hat mich für die nächsten paar Stunden mit Jonny allein gelassen. Mit Jonny, der sagt, dass er mich mag ... Jonny, den ich auch ganz schön gern mag. »Wir sollten vielleicht reingehen«, schlage ich vor.

Nickend wendet er sich zum Eingang. »Weiß Helen, welchen Film wir uns anschauen werden?«

»Nein, und ich werde es ihr bestimmt nicht erzählen«, erwidere ich mit einem Blick auf das schwarz-rote Slasherfilm-Plakat. »Falls sie jemals fragen sollte, wir haben *Kung Fu Panda* gesehen, okay?«

Er grinst und geht rein. Ich warte einen Moment und beobachte ihn, da vibriert mein Handy in der Hosentasche. Es ist eine Nachricht von Helen. *Urteil noch nicht abschließend gefällt,* steht da.

34

Jonny

Ich hätte nicht herkommen sollen.

Es ist toll, Nia wiederzusehen, auch wenn sie zuerst so ausgesehen hat, als müsste sie sich gleich übergeben, und die Begegnung mit Helen ganz schön unheimlich war. Sogar jetzt noch, im dunklen Kino, bekomm ich eine Gänsehaut, wenn ich an ihren eiskalten Blick denke. Ich bin mir sicher, dass sie weiß, dass ich lüge, obwohl das eigentlich unmöglich ist. Sie hat mich auch auf Facebook geaddet, wahrscheinlich, um mich besser unter die Lupe nehmen zu können, und ich bin froh, dass ich mir meinen neuen, sauberen Account angelegt habe. Aber nicht deswegen hätte ich lieber zu Hause bleiben sollen.

Ich habe bis zum Gehtnichtmehr nach möglichen Spendern gesucht. Damit Organe für eine Transplantation geeignet sind, muss der Tod auf eine bestimmte Art eingetreten sein, und ich habe niemand anderen gefunden, bei dem das so ist. Also bin ich zu 99,99% sicher, dass mein Herz nur von einer Person stammen kann: Leo. Und ich darf einfach kein Date mit seiner Zwillingsschwester haben. Ich sollte die Sache jetzt beenden, es ihr nach dem

Film sanft eröffnen. Aber im Schein der Leinwand kann ich ihr Gesicht sehen, und ich mag, wie ihre süße Nasenspitze nach oben zeigt, die Locken, die sich aus ihrem Pferdeschwanz gestohlen haben, und die kleinen konzentrierten Falten zwischen ihren Augen, während sie dem Film folgt. Ich mag es, dass sie sich nicht extra für mich aufgetakelt hat und trotzdem sexy aussieht, vor allem weil das Blau des T-Shirts ihre Augen betont. Aber sie ist auch Leos Schwester. Ich darf nicht zulassen, dass ich so für sie empfinde.

Der Film ist nicht besonders toll. Das Gekreische und das viele Kunstblut können die grottige schauspielerische Leistung nicht wettmachen. Der Geruch von Popcorn aus der halb leeren Tüte zwischen Nia und mir macht mich wahnsinnig. Ich habe zwar nicht so viel davon gegessen wie Nia, aber mehr, als ich sollte. Vor mir sehe ich im Geiste Em, wie sie mich mit erhobenem Zeigefinger ermahnt, von den Süßigkeiten fernzubleiben. Die Riesencola im Getränkehalter würde sie definitiv auch nicht gutheißen. Oder vielleicht doch. Als wir beide noch krank waren und den Kinoabend für unsere Liste geplant haben, standen die ungesündesten Snacks, die wir auftreiben könnten, ziemlich weit oben auf dem Plan. Das scheint mir eine Ewigkeit her zu sein. Wenn Em erst mal diese Infektion überstanden hat, werde ich sie an unser Vorhaben erinnern. Allerdings werden wir uns einen besseren Film anschauen als diesen.

Als ich das nächste Mal zu Nia hinüberblicke, sieht sie

mich an. Sie schaut auch nicht weg. Also sitzen wir da, unsere Blicke ineinander versunken, und ignorieren die steigende Anzahl an Todesopfern, ignorieren alles um uns herum.

Ich habe keine Ahnung, was sie denkt, aber das Gefühl, das in mir aufsteigt, ist ziemlich intensiv. Eine ihrer Augenbrauen ist leicht hochgezogen. Sie sieht dadurch aus, als würde sie mich etwas fragen. Ihr Blick gleitet immer wieder runter zu meinem Mund und ich bemerke, dass unsere Köpfe sich aufeinander zubewegt haben. Ich schätze, ich könnte sie küssen, wenn ich wollte. Sie würde nach salzigem Popcorn und zuckrigen Getränken schmecken, und jetzt, wo ich darüber nachdenke, gibt es nichts, was ich lieber tun würde. Mein Herz pocht so laut in meiner Brust, dass ich mir sicher bin, jeder kann es hören. Und in dem Moment fällt mir wieder ein, wer sie ist, warum ich sie nicht küssen kann und nicht darüber nachdenken darf. Widerstrebend löse ich den Blick von ihr und starre wieder auf den Bildschirm. Nach ein oder zwei Sekunden merke ich, wie sie das Gleiche tut und der Moment ist vorüber.

35

Nia

29. Oktober, 1:20

Lass uns weglaufen.

Ich bekomme die Nachricht, als ich zitternd vor Leos Tür stehe und den erstickten Schluchzern lausche, die von innen herausdringen. Ich sollte hineingehen und sie trösten, sie in den Arm nehmen, als ob ich die Mutter wäre und sie das Kind, ihr sagen, dass alles gut wird. Nur dass wir beide wissen, dass es das nicht wird. Das Beste, auf das wir hoffen können, ist, dass es nicht immer so schwer sein wird.

Vielleicht sollte ich wenigstens Dad aufwecken, aber er kann ja auch nichts ändern, und dann würden wir nur alle drei wach sein und uns elendig fühlen. Kurz überlege ich, ob ich die Packung Antidepressiva holen soll, die immer noch hinter meinem Bett liegt, aber ich glaube, das ist auch nicht die Lösung. Also stehe ich hilflos eine weitere Minute da und schleppe mich dann wieder zurück in mein Zimmer. Von den zurückgehaltenen Tränen tut mir der Kopf weh.

Ich stopfe mir Ohrstöpsel in die Ohren und muss unwillkürlich lächeln, als ich die Nachricht noch einmal lese. Jonny hat mir vor mehr als einer Stunde geschrieben, dass er schlafen gehen würde, und ich mag es, dass er doch immer noch wach ist und an mich denkt.

1:25

Du kannst Gedanken lesen. Wohin?

Der Vorschlag ist verlockender, als er vermutlich ahnt. Mum war gerade aus ihrer Spendensammel-Höhle gekrochen, als ich vom Kino nach Hause gekommen bin. Sie stand mit zurückgezogenem Vorhang unruhig am Fenster und starrte hinaus. Dad war nirgends zu sehen. Ich habe meine Zähne zusammengebissen, ihre Aufregung über mich ergehen lassen und bin in mein Zimmer geflohen, bevor ihre ängstliche Sorge das, was von meiner guten Laune übrig geblieben war, zerstören konnte. Und dann habe ich auf dem Bett gelegen, an die Decke gestarrt und daran gedacht, wie es sich angefühlt hat, neben Jonny zu sitzen, während sich unsere Knie in der Dunkelheit berührt haben. Es gab einen Moment, in dem ich ihn dabei ertappt habe, wie er mich angeschaut hat, als ob er herausfinden wollte, was ich fühle. Ich weiß nicht, was er gesehen hat. Nach ein paar Sekunden hat er auf jeden Fall wieder weggeschaut. Vielleicht wollte er mich küssen. Ich wünschte, er hätte es getan.

1:31

Ich weiß nicht. Irgendwohin, wo es sonnig ist, nur wir beide. Brighton vielleicht? Morgen früh, für einen Tag.

Brighton liegt an der Küste, denke ich beklommen. Seit Leos Unfall bin ich nicht mehr am Meer gewesen. Aber die Vorstellung, mich davonzumachen, ist gut, und die, mit Jonny wegzulaufen, noch besser. Ich will nicht, dass er denkt, dass ich eine Strandphobie habe. Oder noch schlimmer, dass er es ist, dem ich aus dem Weg gehen will.

Es wird schon gut gehen, beschließe ich. Es ist ja nicht so, als würden wir an den Strand fahren, an dem es passiert ist. Und wenn Mum fragt, werde ich ihr sagen, dass ich bei Helen zum Lernen bin. Darüber kann selbst sie sich nicht beschweren.

1:34

Klingt nach einem Plan, Ghul-Boy. Um wie viel Uhr?

Wir treffen uns an der Victoria Station. Es ist ruhig. Keine Pendler, sondern nur Wochenendreisende, die von Geschäft zu Geschäft schlendern. Jonny ist früh dran, wie immer. Bei seiner Marken-Abhängigkeit will ich am liebsten die Augen verdrehen. Aber trotzdem denke ich darüber nach, wie es wäre, ihn zur Begrüßung zu küssen.

»Erzähl mal«, sage ich, sobald ich in Hörweite bin. »Hast du heute Morgen ein *Määäh* gehört, als du in den Spiegel geschaut hast?«

»Hi, Nia«, antwortet er gelassen. »Nicht, dass ich wüsste. Warum?«

Ich deute auf seine Kleidung. »Weil du eindeutig ein Marken-Junkie bist und nichts, was du trägst ›Ich bin Jonny‹ sagt.«

Es scheint ihm unangenehm zu sein. Vielleicht habe ich einen wunden Punkt getroffen. »Ich mag das Zeug.«

»Hä«, erwidre ich. »Marken sind für Leute, die nicht wissen, was sie mögen.«

Jonny mustert meine Kleidung. »Und Schwarz ist das neue Bla.« Ich bin nicht beleidigt, denn ich weiß, dass er recht hat. Ich trage Schwarz, weil es einfach ist und ich keinen Bock hab, mir irgendetwas anderes rauszusuchen. In Wahrheit habe ich aber zwanzig Minuten gebraucht, um exakt dieses Outfit zusammenzustellen. Fünfzehn weitere für meinen perfekt gezogenen Eyeliner und die Wimperntusche. Das gebe ich allerdings nicht zu. »Schwarz steht mir, oder hast du das noch nicht bemerkt?«

Er neigt den Kopf und betrachtet mich so lange, dass mein Magen anfängt zu kribbeln. »Doch, ist mir aufgefallen.«

Nervös schaue ich hoch zur Abfahrtstafel. »Um neun Uhr fünfzig fährt ein Zug. Sollen wir den nehmen?«

»Klingt gut«, sagt er. »Die Fahrkarten-Automaten sind da hinten.«

Wir haben eine kurze Diskussion darüber, wer zahlt. Er hatte darauf bestanden, die Tickets und Snacks im Kino zu kaufen, und ich poche heute darauf, die Fahrkarten zu übernehmen. Nachdem wir eine Minute intensiv diskutiert haben, macht Jonny einen Schritt zurück und schüttelt den Kopf. »Du magst es nicht, wenn man sich um dich kümmert, oder?«

»Ich mag es nicht, bevormundet zu werden«, gebe ich energisch zurück.

»Das war kein Versuch, dich zu bevormunden, es sollte nur rom... nett sein.« Seine Wangen werden rot und er sieht weg.

Er wollte »romantisch« sagen. Mit Sicherheit. Und auch wenn ich mich schlecht fühle, ihn davon abgehalten zu haben, gibt es etwas, das wir klarstellen müssen. »Hör zu, Jonny. Das Letzte, was ich brauche, ist noch jemand, der mir sagt, was ich tun oder wie ich mich verhalten soll. Wenn es das ist, was du willst, dann gehe ich wieder.«

Er reißt die Augen auf. »Nein! Gott, das ist überhaupt nicht, was ich will. Mir wurde mein ganzes Leben gesagt, was ich tun soll. Ich würde denselben Mist nie mit jemand anderem abziehen.«

Und da ist es wieder. Ein Hinweis darauf, dass es eine Menge gibt, was er mir verschweigt. Ich schaue ihn einen Moment lang an, und frage mich, welche Geheimnisse er wohl hat. Dann hole ich das Geld aus meiner Tasche. »Gut«, sage ich. »Falls es dich glücklich macht, kannst du mir Chips kaufen, wenn wir da sind.«

Er ist still, als wir uns auf unseren Plätzen niederlassen. Erst als der Zug sich in Bewegung setzt, sagt er wieder etwas.

»Bist du jemals morgens aufgewacht und hast dich gefragt, wer du bist?«

»Wie meinst du das?«

Er blickt aus dem Fenster in Londons Grau, das an uns vorbeizieht. »Nicht wie du heißt, natürlich. Ich meine, hast du dich jemals ganz intensiv angeschaut, bis dir klar geworden ist, dass das ein Fremder ist, den du da siehst, jemand, den du gar nicht kennst?«

Meistens sehe ich nur die Ähnlichkeit zu Leo – in meinen Lippen, der Form meiner Nase, meiner Augen – aber das sage ich nicht. Stattdessen denke ich an all die Male, die Leo und ich uns gestritten haben. Mum hat mir stets erzählt, dass es nicht immer so gewesen ist – wir wären mal die besten Freunde gewesen –, aber es hat sich geändert, als wir groß wurden. Er unterstellte mir, ein Möchtegern-Grufti zu sein, und ich schrie zurück, dass er ein Billig-Kurt-Cobain wäre. Trotz all der Beleidigungen und Streitereien, was auch immer geschah, wusste ich jedoch stets, wer ich war: Nia Brody, Leos Zwillingsschwester. Mit seinem Tod habe ich diese Verbindung verloren – das Gefühl, dass ich die Hälfte von etwas Ganzem war, ein Teil von einem Paar. Ich bin die Schwester von niemandem mehr. Ich bin auf mich allein gestellt.

Mit einem schweren Schlucken verdränge ich das Gefühl von Verlust. »Vielleicht. Warum?«

»Du hast mir vorgeworfen, ich sei ein Schaf«, sagt er. »Es war mir nicht klar, bis du es gesagt hast, aber du hast recht. Ich trage diese Sachen, weil das auch alle anderen machen. Ich weiß nicht mal, wer *Abercrombie & Fitch* überhaupt sind. Aber es ist mehr als das.« Er fährt sich mit der Hand durchs Haar und holt tief Luft. »Bevor wir uns getroffen haben, habe ich etwas erlebt, wodurch ich keine normale Kindheit hatte. Die Art von Kindheit die einen zu dem formt, der man ist, wenn man erwachsen ist. Also habe ich keinen ... keinen Stil oder so, der mich ausmacht. Aber bitte verurteile mich nicht dafür. Die Marken sind nur ein Platzhalter. Etwas, das ich benutze, bis ich ein paar Sachen verstanden habe.«

Stille breitet sich zwischen uns aus, unterbrochen nur vom rhythmischen Rattern des Zuges, der weiter vor sich hin rast. Irgendwie mag ich es, dass auch er nicht ganz normal zu sein scheint. Dadurch haben wir was gemeinsam. Und ich habe das starke Bedürfnis, ihn zu fragen, was denn mit ihm passiert ist, dass er so geworden ist. Aber vermutlich hätte er es mir erzählt, wenn er gewollt hätte, dass ich es weiß. Das Seltsame ist auch, dass ich verstehe, was er meint. Schwarz ist meine Marke. Das, wohinter ich mich verstecke. Der Schaf-Kommentar war unterste Schublade und ich wünschte, ich könnte ihn zurücknehmen.

»Niemand weiß, wer *Abercrombie & Fitch* sind«, sage ich. »Aber falls es dich interessiert, von mir aus kannst du sein, wer immer du willst.«

Nickend starrt er aus dem Fenster.

Langsam lehne ich mich nach vorne und stütze meinen Ellbogen auf den Tisch. Ich halte eine Hand hoch und spreize meine Finger. Er zögert – so lange, dass die Röte schon in meine Wangen hochkriecht. Dann schaut er mir in die Augen und berührt, eine nach der anderen, meine Fingerspitzen mit seinen. Einen Moment sitzen wir so da, wie ein Spiegelbild des anderen, bis Jonny seine Finger zwischen meine schiebt und sie um meine Hand legt. Einen Augenblick später mache ich dasselbe.

So bleiben wir sitzen, den ganzen Weg bis nach Brighton.

Der Himmel an der Küste hat die Farbe von Saphiren. Es ist ein heller, klarer Tag. Wir treten aus dem lauten, trubeligen Bahnhofsgebäude hinaus in das Kreischen der Möwen, lediglich die Hupe eines Taxis, dem eine selbstvergessene Junggesellinnenabschieds-Truppe achtlos in den Weg läuft, durchbricht die Idylle. Ein schwacher Geruch von Salz liegt in der Luft, bei dem mein Magen sich sofort verkrampft.

Reiß dich zusammen, Brody.

»Wo lang?«, frage ich mit einem Frösteln, das nichts mit der kalten Brise zu tun hat.

Jonny zieht sein Handy zurate. »Geradeaus zur Küste. Oder ein bisschen davor nach links zu den Lanes.«

»Den Lanes?«, wiederhole ich fragend. Es klingt nach einer Bowlingbahn.

»Shops«, erklärt er. »Secondhand-Läden. Ich dachte, du könntest mir vielleicht helfen, was Neues zum Anziehen zu finden.«

»Vielleicht«, sage ich und gehe los die Straße runter. »Kommt darauf an, ob du Schwarz magst.«

Auch wenn ich mich nur für die Lanes entschieden habe, damit wir nicht sofort zum Strand müssen, sind sie eigentlich sogar ziemlich cool. Wir verbringen eine Stunde damit, die engen Gassen rauf und runter zu spazieren und von einem schrulligen Geschäft ins nächste zu gehen. Als wir zum letzten Laden kommen, hat Jonny vier neue T-Shirts und eine Secondhand-*Levi's*, die so abgetragen ist, dass sie wie eine zweite Haut sitzt. Er dreht sich zu mir um und hält ein *Nirvana*-T-Shirt hoch. »Was denkst du?«

»Nee«, sage ich und schaue eine weitere Kleiderstange durch. »Nicht so meins, eher Leos Ding.«

Er antwortet nicht. Als wir bezahlen, sehe ich das *Nirvana*-Shirt unter dem mit dem Totenschädel, das ich für ihn ausgesucht habe, herauslugen. Gott, ich hoffe, er ist nicht noch so ein Möchtegern-Cobain.

»Was jetzt?«, fragt er, als wir uns den Weg durch die Menge bahnen und in einer leeren Seitenstraße rauskommen. »Hunger?«

Sein Handy summt genau in dem Moment, in dem er es herausholt. Als er draufblickt, verändert sich seine Miene und er stopft es wieder in die Tasche. »Ich brauch jetzt ehrlich gesagt erst mal eine Toilette.«

In dem Labyrinth aus Gassen habe ich schnell die Orientierung verloren, aber Jonny scheint dank einer App zu wissen, wo es langgeht. Ich folge ihm und versuche, das aufsteigende Gefühl von Panik in meinem Kopf zu verscheuchen. Beim Shoppen ging es mir gut, aber nun kann ich das schwache Rauschen des Meeres hören und ich fange an zu zittern. Ich werde langsamer und kämpfe damit, die Kontrolle über meinen Atem zu behalten.

Jonny geht weiter, ohne etwas zu bemerken. Als er hinter einer Ecke verschwindet, werde ich noch unruhiger und laufe ihm schnell wieder hinterher, nur um vor mir plötzlich den Anblick der braungrünen Wellen zu haben. Ein heftiger Windstoß wirft mich fast um und füllt meine Lungen mit salziger Meeresluft. Wir sind an der Strandpromenade. Das Salz bleibt in meiner Kehle haften und ich unterdrücke einen Würgereiz. Mir wird klar, dass ich einen Riesenfehler begangen habe. Ich bin noch nicht bereit, dem Strand wieder zu begegnen. Während mir Galle die Kehle hochsteigt, reiße ich die Hände vor den Mund. Furcht schließt sich eng um mein Herz. Die Wellen schlagen grollend an den Kieselstrand, und ich fühle mich wieder wie in Devon. Ein hoher heulender Ton erfüllt die Luft, dünn und schmerzgeplagt. Das Blut pocht in meinen Ohren. Ich stehe einen Augenblick starr da. Dann, ohne Jonny auch nur eines Blickes zu würdigen, drehe ich mich um und renne.

36

Jonny

»Nia!«

Sie hört auf zu schreien und rennt los, noch bevor ich herausfinden kann, was Sache ist. In überraschendem Tempo jagt sie weg von mir und verschwindet um die Ecke. Mir bleibt nichts anderes übrig, als ihr hinterherzulaufen. Und während wir über die holperigen Straßen rennen, erahne ich, was das Problem ist: der Strand. Es ist bestimmt das erste Mal, dass sie nach Leos Tod in der Nähe des Meeres war. Umso wichtiger ist es, dass ich sie einhole.

Es vergehen gut ein paar Minuten, bis sie aufhört zu rennen und langsamer wird. Den Strand haben wir da schon längst hinter uns gelassen und sind in den Park des Royal Pavillon gelangt. Noch nie zuvor in meinem Leben habe ich so viel Sport gemacht, und ich bin außer Atem, aber dankbar zu merken, dass sonst körperlich alles gut ist.

Nia kommt mitten zwischen den Blumenbeeten zum Stehen. Ihre Schultern heben und senken sich, die Wangen sind knallrosa vor Anstrengung.

»Tut mir leid«, sagt sie, als ich sie völlig außer Puste einhole. »Ich konnte nicht ...« Sie verstummt. In ihren Augen glitzern Tränen.

Ich deute auf eine Bank in der Nähe. »Willst du dich hinsetzen?«

Während sie wieder zu Atem kommt, warte ich, dankbar, dass auch ich so die Möglichkeit habe, mich kurz zu erholen. Ich blicke auf die Blumen um uns herum und versuche die Fragen zu ignorieren, die durch mein Gehirn rasen. Sie wird es mir schon erklären, wenn sie es will. Im Hinterkopf habe ich auch die Nachricht von meiner Mutter mit der Ermahnung, meine Medizin zu nehmen. Aber die Pillen werden warten müssen. Alles, worum ich mir jetzt gerade Sorgen machc, ist Nia.

»Du musst denken, dass ich ein Idiot bin ...« Sie weicht meinem Blick aus.

»Quatsch«, sage ich. »Ich bin sogar ziemlich beeindruckt. Du stellst selbst die Fußballer-Jungs aus meiner Stufe in den Schatten.«

Sie lächelt fast. Fast. »Ich habe nicht erwartet, dass es mich so erwischt. Aber die Geräusche ... der Geruch ... es war einfach ...« Sie stockt und schluckt schwer.

Ich sollte jetzt wohl etwas Beruhigendes sagen, irgendetwas darüber, wie Trauer in uns allen auf verschiedene Weise wirkt. Aber alles, was mir einfällt, klingt, als würde es direkt aus dem Mund meines Therapeuten kommen. Also sage ich nichts und höre zu.

»Er würde es zum Schießen finden, mich so zu sehen«,

redet sie weiter und schlingt ihre Arme um sich. »Leo hat es geliebt, zu lachen.«

Ich halte den Atem an, hoffe, dass sie nicht aufhört zu sprechen, sogar mehr um ihretwillen als meinetwegen. Denn es scheint, als ob sie von ihrer Wut und ihrer Trauer überwältigt ist. Und sie muss etwas davon rauslassen.

Sie schüttelt den Kopf. »Sogar jetzt ist er überall, wo ich hinschaue.«

»Ich wette, du vermisst ihn.«

Sie starrt auf ihre Finger. »Sollte man meinen, oder? Aber eigentlich hasse ich ihn. Es war seine Schuld, dass wir überhaupt erst auf diese bescheuerten Felsen geklettert sind. Ich hätte das niemals riskiert, wenn er mich nicht herausgefordert hätte.«

Ich habe immer angenommen, dass es einfach zu schwer für sie sei, über das zu reden, was passiert ist. Aber offensichtlich habe ich da falsch gelegen. Sie kann nicht über Leo sprechen, weil sie sonst alle möglichen Gefühle aufwühlen würde, Gefühle, die andere Leute wohl nicht verstehen würden. »Es hilft, wenn man jemandem die Schuld geben kann, oder?«

»Schon«, sagt sie und schaut überrascht zu mir hoch. »Es hat eine Zeit lang geholfen. Aber ich kann niemandem erzählen, wie ich mich wirklich fühle, vor allem nicht der nutzlosen Therapeutin, zu der ich gehen muss. Kein schlechtes Wort darf ich über den tragischen Sankt Leo sagen, den Retter der Kranken.«

Die Worte rammen mich wie ein Lkw. »Retter der

Kranken?«, wiederhole ich langsam, und frage mich, ob sie das meint, was ich denke.

Sie stößt ein kurzes Lachen aus. »Oh, du hast das nicht gewusst? Er wollte, dass seine Organe nach seinem Tod gespendet würden. Das ist mein Bruder – der ewige Superstar.« Dann reibt sie sich mit beiden Händen über das Gesicht. »Tut mir leid. Ich sollte nicht all den Mist auf dir abladen.«

»Ist schon in Ordnung.« Ich lege meine Hand auf ihren Arm, während das, was ich schon vermutet hatte, zur Realität wird. Tief und langsam hole ich Luft, fühle das Blut in meinen Adern pochen und atme zittrig wieder aus. Es muss Leos Herz in mir sein. Es ist faktisch ausgeschlossen, dass es von jemand anderem stammt. Aber sosehr ich mich auch danach fühle, reinen Tisch zu machen, ist jetzt nicht der Zeitpunkt, Nia damit zu überfallen. Was sie nun braucht, ist einen Freund, nicht jemanden, der bloß seine eigenen Angelegenheiten im Kopf hat. Unglücklicherweise hat sie gerade nur mich. »Wirklich, es macht mir nichts aus.«

Sie seufzt. »Aber mir. Ich bin hier, um von ihm wegzukommen, nicht um dich mit meinem persönlichen Mist zu langweilen.«

Ich stehe auf und ergreife ihre Hände. »Du bist nie langweilig. Im Gegenteil.« Sie schaut zweifelnd auf und Blut schießt ihr in die Wangen. Mir wird klar, dass sie wohl nicht daran gewöhnt ist, dass man ihr zuhört, nicht daran gewöhnt, Komplimente zu bekommen.

Ich notiere mir im Kopf, ihr öfter welche zu machen. Und in dem Moment erkenne ich, dass ich mir selbst die ganze Zeit etwas vorgemacht habe.

Es hat zwar damit angefangen, dass ich mehr über Leo herausfinden wollte, aber dann drehte sich alles nur noch um Nia, seit – na ja, fast seitdem ich sie getroffen habe. Und der Gedanke begeistert und erschreckt mich zugleich, weil ich weiß, dass ich diesen Weg nicht gehen sollte, ich sollte sie nicht wiedertreffen. Es ist keinem von uns beiden gegenüber fair. Der Haken an der Sache ist, dass ich nicht weiß, ob ich sie jetzt noch aufgeben kann.

Ich will sie auf die Füße ziehen, aber sie ist leichter als erwartet, und ich verwende zu viel Kraft. Sie schnellt hoch und prallt mit einem erschrockenen Kieksen gegen meine Brust. Und jetzt, da sie gegen mich gepresst dasteht, fühlt es sich an wie das Natürlichste auf der Welt, dass ich meine Arme um sie lege und sie küsse. Zumindest ist es das, was ich tun will. Ich denke, sie will auch, dass ich es tue – ihr Mund öffnet sich leicht und sie schaut mich auf eine Art an, die mir plötzlich den Atem raubt. Aber zwischen Denken und Handeln lasse ich zu viel Zeit verstreichen. Sie tritt zurück, bevor ich meine Lippen auf ihre legen kann.

Eine peinliche Stille entsteht. »Du musst dich mittlerweile ziemlich nach einem Klo sehnen, oder?«, sagt sie.

Und das war's. Der Augenblick ist offiziell hinüber. Ich lächle schief, weil daran nichts mehr zu ändern ist. »Ja, schon ein bisschen. Sollen wir was trinken gehen?«

37

Nia

Ich kapier's nicht. Es hat sich wirklich so angefühlt, als hätte Jonny mich küssen wollen, als wir vor diesem wunderschönen Pavillon standen. Und dann habe ich gedacht, er würde es vielleicht auf dem Weg nach Hause probieren, wo wir den Waggon praktisch für uns alleine hatten. Aber er hat im Sitz mir gegenüber gesessen und die ganze Zeit Abstand gehalten. Nicht mal meine Hand hat er gehalten. Und jetzt, wo wir die Hampstead High Street entlanglaufen, redet er kaum ein Wort mit mir und ich weiß nicht, was ich falsch gemacht habe. Er schaut immer wieder unruhig auf seine Uhr, als ob er es nicht erwarten könnte, von mir wegzukommen. Es war wohl dieser ganze Mist über Leo. Das muss ihn in Panik versetzt haben. In dem Moment schien es ihm nichts auszumachen, aber vielleicht hatte er jetzt Zeit, darüber nachzudenken, und ist zu dem Entschluss gekommen, dass ich zu verkorkst bin. Zu kaputt. Ganz toll.

Wir kommen zur Bushaltestelle und sitzen schweigend eine Weile da. In der eiskalten Abendluft formt sich unser Atem zu Wolken. Ich sollte ihn wegschicken und sagen, dass es schon okay ist, aber ich weiß, er würde darauf beharren zu bleiben, auch wenn eindeutig ist, dass er lieber irgendwo anders sein möchte.

Leute laufen an uns vorbei, einige bleiben stehen und warten auf den nächsten Bus. Und ich frage mich, was sie über uns denken, weil wir offensichtlich zusammen hier sind, aber kein Wort sprechen. Jonny starrt ins Leere und meidet meinen Blick. Ein weiterer Anflug von Verwirrung überkommt mich. Vielleicht hat es gar nichts mit Leo zu tun. Jonny könnte einfach schüchtern sein. Vielleicht hat er noch nie jemanden geküsst und weiß nicht, wie er es anstellen soll. Wenn ich genauer darüber nachdenke, bin ich mir auch nicht sicher, ob ich es wüsste. Oder aber er wartet auf irgendeine Art Zeichen von mir, dass es okay ist. Also atme ich tief ein und greife nach seiner Hand.

Er wendet mir ruckartig seinen Kopf zu, und in seinen Augen sehe ich Überraschung. Überraschung gepaart mit etwas anderem.

»Nia ...«, fängt er an, mit einem warnenden Unterton in der Stimme. Aber ich lasse ihn nicht ausreden. Stattdessen beuge ich mich vor und drücke meinen Mund fest auf seinen.

Sofort spüre ich, wie seine Lippen nachgeben und sich auf meinen bewegen. Sein Mund öffnet sich leicht. Freudige Erregung durchfährt mich. Er will es! Ich lasse eine Hand hoch zu seinem Nacken gleiten und berühre leicht die feinen Härchen.

Eine Sekunde später ändert sich alles. Er reißt seine

Augen auf und drückt mich weg. »Ich kann das nicht«, krächzt er. »Es ist ... ich ... sorry, ich kann einfach nicht.«

Er steht auf und geht. Erstarrt bleibe ich sitzen, schockgefroren bis ins Mark. Doch dann verbrennt die Hitze der Erniedrigung die eisige Kälte, stechende Tränen steigen in meinen Augen auf. Ich bin so dumm. Er wollte mich überhaupt nicht küssen! Und indem ich ihn dazu gezwungen habe, habe ich alles ruiniert.

Hinter mir höre ich ein Kichern, gefolgt von einem dumpfen Schlag. Ich schaue mich um und sehe einen Jungen, der seinen Arm reibt, und ein Mädchen, das entschuldigend in meine Richtung schaut. Wütend vergrabe ich mich tiefer in meinem Mantel und zwinge mich, nicht zu weinen. Das habe ich schon zur Genüge getan.

Ich stehe auf und stolpere rüber zum Mini-Markt, wo ich ziellos herumlaufe. Dann entdecke ich die Schmerztabletten hinter der Kasse. Ich kaufe eine Packung und werfe mir auf dem Weg zurück zur Bushaltestelle zwei Tabletten ein. Ich weiß, dass sie nicht helfen werden, aber ich schlucke sie trotzdem.

Heute Abend ist alles einen Versuch wert.

38
Jonny

»Cooles T-Shirt«, sagt Marco, als wir am Montag über den Flur schlurfen. »Ich wusste gar nicht, dass du auf *Nirvana* stehst.«

Ich zögere, weil ich mir bisher nur einige Lieder angehört habe. Allerdings mag ich, was ich gehört habe. Ich kann verstehen, warum Leo Fan war. »Ja, die sind gut.«

»Wie war dein Wochenende?«, fragt er weiter.

Die Frage überrascht mich. Ich schaue ihm fest in die Augen, weil ich wissen will, ob er es vielleicht nur darauf abgesehen hat, ein paar verächtliche Bemerkungen loslassen zu können, aber in seinem Gesicht sehe ich echtes Interesse. »Nicht schlecht, danke.«

»Hast du das Spiel gesehen?«, fragt er. »Barcelona war gut, aber ich schätze, Real Madrid hat seinen Namen praktisch schon auf den Pokal graviert.«

Ich nicke zerstreut. Jetzt, wo er es erwähnt, erinnere ich mich, dass er letzte Woche darüber gesprochen hat. Vielleicht frage ich ihn ein anderes Mal deswegen, aber nicht heute. Heute schaffe ich es nicht länger als fünf Minuten, nicht an Nia zu denken. Immer wieder taucht ihr ungläubiges Gesicht vor meinem geistigen Auge auf, als ich sie gestern Abend von mir weggestoßen habe. Ich will unbedingt mit Em darüber reden, so nach dem Motto »ein Freund von mir ...«. Aber sie hat noch nicht auf meine letzte Nachricht geantwortet. Weshalb mir jetzt nur Marco bleibt. Wer weiß, mit was für fragwürdigen Weisheiten er ankommen wird.

Während wir in den Raum gehen, wo wir Wirtschaft haben, werfe ich ihm einen Blick von der Seite zu. »Sag mal, kann ich dich was fragen?«

»Kommt drauf an, was es ist.«

Ich antworte nicht sofort und überlege, ob ich dabei bin, einen Fehler zu machen. Dann fange ich mit leiser Stimme an. »Es gibt da so ein Mädchen, mit dem ich mich treffe ...«

Er bleibt stehen und schaut mich an. Langsam breitet sich ein Grinsen auf seinem Gesicht aus. »Du hast nichts davon erzählt, du Schweinehund.«

Ich blicke mich um, um herauszufinden, ob irgendjemand zuhört. Aber niemand zeigt auch nur das geringste Interesse. »Es ist noch ganz frisch. Die Sache ist nur, dass es ein bisschen kompliziert ist. Sie ... ähm ... sie hat mich jetzt geküsst und ich ... na ja, ich habe sie weggestoßen.«

Das Grinsen verschwindet. »Willst du mir etwa sagen, dass du schwul bist?«

»Nein!«

Marco sieht mich skeptisch an. »Dann ist sie hässlich?«

»Nein«, wiederhole ich. Ich sehe Nia vor mir. »Sie ist

der Hammer. Ich habe ja gesagt, es ist ein bisschen kompliziert.«

»Ich versteh's nicht«, sagt Marco. Er geht weiter. »Klingt, als wäre sie heiß drauf gewesen und du hast sie abblitzen lassen, ohne ersichtlichen Grund.«

Langsam wünschte ich mir, ich hätte die Klappe gehalten. »Vergiss es einfach.«

»Ich hab das Gefühl, du machst dir zu viele Gedanken.« Marco schleudert seine Tasche auf den Tisch und lässt sich auf seinen Stuhl gleiten. »Wenn sie heiß und willig ist, leg sie flach. Und wenn sie hässlich ist, Augen zu und denk an 'ne andere.«

Das Mädchen am Nachbartisch – Isabel heißt sie glaube ich – wirft uns einen vernichtenden Blick zu. Ich kann es ihr nicht verübeln. Marco benimmt sich wie ein Schwein, und ich mach mich mit schuldig. Aber ihm ist ihre Empörung scheinbar gleich. Er zwinkert ihr unmissverständlich zu. »Bei dir würde ich meine Augen offen lassen, Süße.«

Sie kräuselt entsetzt ihre Nase und dreht uns den Rücken zu. Marco zuckt mit den Schultern. Nach außen wirkt er ruhig, aber ich sehe einen Funken Enttäuschung in seinen Augen, als hätte er gehofft, dass sie auf sein Angebot eingehen würde oder so etwas. Und wenn das stimmt, dann weiß er sogar noch weniger über Mädchen als ich.

Ich greife nach meinem Stift und fange an, auf dem Einband meines Notizblocks herumzukritzeln – ein Mädchen mit einem herzförmigen Gesicht und schmerzerfüllten Augen. Ehrlich gesagt hat Marco vielleicht recht, was Nia angeht. Es könnte sein, dass ich mir zu viele Gedanken mache. Seien wir doch mal ehrlich, sie ist Single, ich bin Single, wir sind auf keinerlei Art miteinander verwandt – es ist eben nur zufälligerweise so, dass das Herz ihres toten Bruders nun meines ist. Wenn man diese Tatsache mal außer Acht lässt, dann steht uns nichts im Wege. Sie ist nur ein Mädchen, das mich anscheinend toll findet, und ich bin nur ein Typ, der sie definitiv toll findet. Wer sagt denn, dass ich ihr überhaupt von Leos Herz erzählen muss? Vor allem, weil ich es offiziell sowieso nicht wissen darf.

Jeder Mensch hat Geheimnisse, oder nicht?

Die Jungs gehen nach der Schule in den Park zum Kicken. Ich latsche hinter ihnen her, stelle mich neben den Haufen mit ihren Taschen und Mänteln und sehe ihnen beim Spielen zu. Wenigstens habe ich so etwas zu tun.

Nia hat weder auf meine SMS noch auf meine Facebook-Nachricht reagiert. Ich habe sie ihr vorhin geschickt und sie darum gebeten, mir eine Chance zu geben, es ihr zu erklären. Ich weiß nicht, was ich ihr sagen werde, falls sie antwortet, aber ich werde mir etwas einfallen lassen. Denn je mehr ich drüber nachdenke, desto mehr wünsche ich mir, ich hätte sie nicht davon abgehalten, mich zu küssen. Es geht mir schon den ganzen Tag im Kopf herum, wie gut es sich angefühlt hat und wohin es hätte führen können. Aber es ist mehr als das. Was ich mir am meisten wünsche, ist, den Schmerz aus ihren Augen zu wischen, den ich sehen musste, als ich sie weggestoßen habe. Die vergangenen Monate waren furchtbar für sie. Das Letzte, das sie braucht, ist jemanden wie mich, mit dem es ihr noch schlechter geht. Jemanden mit einem Geheimnis wie meinem.

»Hey, Jonny!« Jackson reißt mich aus meinen Gedanken. »Hol mal den Ball!«

Ich blicke mich um, entdecke den Ball in einiger Entfernung und jogge zu ihm rüber. Ich will ihn schon aufheben, als mir in den Sinn kommt, dass ich vielleicht mitspielen könnte. Ich soll ja Sport machen und es ist nur ein bisschen Fußball mit ein paar Jungs. Wer weiß, vielleicht hat Leos Balltalent ja auf mich abgefärbt.

Zwanzig Minuten später bin ich bereit zuzugeben, dass das wohl nicht der Fall ist. Alle anderen sind viel besser als ich. Die meisten sind trotz ihrer Nikotin-verstopften Lungen schneller mit dem Ball, und wem es an Geschwindigkeit fehlt, der macht es mit seinem Einsatz wieder wett. Ich verliere den Überblick darüber, wie oft ich durch Angriffe, für die es von jedem Schiedsrichter eine Rote Karte gegeben hätte, zu Boden gehe.

»Sorry, Kumpel«, sagt Jackson mit einem falschen Grinsen, und zieht mich wieder auf die Beine.

Als das Spiel zu Ende ist, glaube ich, zumindest ein bisschen besser geworden zu sein. Wir sind alle außer Atem. Aber während ich in tiefen Zügen die frische Luft in mich aufsauge, stecken Marco und seine Kumpel sich ihre Zigaretten an. Ich huste demonstrativ und stelle mich ein bisschen abseits, sodass ich ihren Rauch nicht abbekomme. Marco wirft nur grinsend seine leere Zigarettenschachtel nach mir. Sie prallt von meiner Brust ab und landet direkt vor einer jungen Frau, die einen Kinderwagen vor sich herschiebt und mich finster anschaut. Ich bücke mich hastig, um die leere Schachtel aufzuheben und sie mit einer gemurmelten Entschuldigung in meine Tasche zu stopfen.

Jackson sieht ihr hinterher und pfeift anerkennend. »Ich würde ja …«, kündigt er laut genug an, dass die Worte zu ihr hinüberdringen.

Sie hält nicht an, macht keine Anzeichen, dass sie ihn gehört hat, auch wenn es eigentlich nicht anders sein kann.

Es stört mich, wie die Jungs über Frauen sprechen, als wären sie gar keine Menschen, sondern nur Körper. Sie würden jedem eine reinhauen, der so über ihre Mums oder ihre Schwestern reden würde. Aber diese Verbindung scheinen sie nicht in ihren Kopf zu kriegen. Ich kann mir nicht vorstellen, dass Leo sich so verhalten hat. Leo, dem Fußballkapitän, fehlte es bestimmt nicht an weiblicher Aufmerksamkeit. Daher gibt es tatsächlich Schlimmeres, als Jonny 2.0 nach seinem Vorbild zu formen.

»Halt die Klappe, Jackson.« Mit einem angewiderten Grunzen schnappe ich mir meine Tasche.

Sofort steht er neben mir und schiebt sein schwitziges Gesicht vor meins. »Und wie genau willst du mich dazu bringen?«

Der alte Jonny hätte jetzt einen Rückzieher gemacht, keine Frage. Aber der bin ich nicht mehr. Ich habe Leos Herz und ich muss ihm gerecht werden, also richte ich mich zu voller Größe auf und schaue ihm geradewegs in die Augen. »Mach dir nichts vor, Kumpel, du bist doch nur ein Schwätzer.«

»Hinter dir sehe ich die Mädchen auch nicht gerade herhecheln«, spottet er. »Der Einzige, der hier jeden Morgen hechelt, bist bestimmt du, wenn du ...! «

»Jonny hat 'ne Freundin«, wirft Marco milde ein. »Oder etwa einen Freund?«

Ich fühle, wie mir die Röte ins Gesicht steigt, und zwinge mich selbst, cool zu bleiben.

»Freundin«, sage ich. In dem Moment vibriert mein Handy in der Hand. »Das wird sie sein. Bis dann, Jungs!«

Während ich davongehe, schaue ich ganz bewusst nicht auf mein Handy, solange ich nicht wirklich außer Sichtweite bin. Als ich dann auf den Bildschirm blicke, macht sich Enttäuschung in mir breit. Mum schreibt mir, wann ich zu Hause sein werde. Und aus heiterem Himmel ist da auch eine Nachricht von Em.

17:01

Wann kommst du mich besuchen? E x

Nichts von Nia.

Vielleicht unterscheiden Jackson und ich uns doch gar nicht so sehr.

39

Nia

Helen sieht nicht selbstgefällig aus, als ich ihr von Jonny erzähle. Sie verzieht auch nicht ihr Gesicht oder droht, ihm seine blöde Fresse zu polieren, so wie ich es gestern Abend am liebsten getan hätte. Sie sagt nicht einmal etwas dazu, dass ich mit ihm nach Brighton gefahren bin, ohne es ihr zu erzählen, während ich meiner Mum vorgeflunkert habe, ich wäre bei ihr. Stattdessen hört sie zu, als ich in der Mittagspause die ganze peinliche Geschichte auspacke.

»Er ist einfach weggerannt und hat dich da sitzen lassen? Ohne jegliche Erklärung?«, ist ihr Kommentar, als ich fertig bin.

»Nein«, antworte ich grimmig, und starre finster einen vorbeilaufenden Siebtklässler an. »Er hat mir geschrieben, dass er es mir erklären will. Aber es ist ja wohl klar, was das Problem ist, oder nicht? Er hat eine Freundin.«

Helen runzelt verwirrt die Stirn. »Wen?«

»Na, diese Emily, die mir geschrieben hat, dass ich ihm eine Chance geben soll«, sage ich und versuche ein Schniefen zu unterdrücken. »Ich habe ihn nach ihr gefragt und er hat gesagt, dass sie nur Freunde wären, aber da muss mehr sein.«

Helen sieht nun noch verwirrter aus. »Aber das ergibt keinen Sinn. Warum sollte sie dir schreiben, wenn sie mit ihm geht?«

Ich zerpflücke die Überreste meiner Sandwichpackung. »Ich weiß nicht. Vielleicht waren sie da noch nicht zusammen. Der einzige Grund, der mir sonst noch einfällt, ist, dass er gar nicht wirklich an mir interessiert war. Aber das glaube ich irgendwie nicht. Warum hätte er sich denn dann all die Umstände machen sollen, mich zu kontaktieren?« Ich sinke auf dem Tisch zusammen und vergrabe das Gesicht in meinen Armen. »Warum sollte er all die Sachen zu mir sagen, wenn er sie nicht so gemeint hat? Es sei denn, er hat Panik bekommen wegen meines Leo-Aussetzers.«

»Das ist es bestimmt nicht. Und wenn doch, dann ist er ein unsensibler Idiot und du verdienst was Besseres. Eigentlich ist es egal, was es ist, du verdienst was Besseres.« Helen klingt mitfühlend.

Ich bin nicht sicher, ob sie recht hat. Verdiene ich etwas Besseres? Ich bin launisch, sarkastisch und drehe gelegentlich wegen meines toten Bruders durch.

Warum sollte auch nur irgendjemand an mir interessiert sein?

Ich kämpfe mich durch den Dienstag, aber am Mittwoch ist der Gedanke an Schule unerträglich für mich. Ich sage, dass ich Migräne habe, und schlafe bis spät in den Nachmittag, was auch heißt, dass ich meinen Termin mit Teresa verpasse. Mum glaubt meine Kopfschmerz-Geschichte zuerst, aber als ich am Donnerstag immer noch nicht aufstehen will, ruft sie Helen an. Am Freitagmorgen höre ich sie vor meiner Zimmertür tuscheln. Ich tue so, als ob ich nicht bemerken würde, dass die Tür aufgeht, und ignoriere Helens ungeduldige Aufforderung, endlich aus dem Bett zu kommen.

»Na gut«, sagt sie, als ich keine Anstalten mache, mich zu bewegen. »Dann warte ich eben.«

Ich kann hören, wie sie die Seiten von einem Buch umblättert. Dann fängt sie an, Sachen vom Fußboden aufzuheben, und eine nach der anderen wieder fallen zu lassen. Sie ist schlau. Sie weiß, dass es nur eine Frage der Zeit ist, bis ich einknicke.

»Was machst du denn da?«, blaffe ich sie an, als sie anfängt, unter meinem Bett zu stöbern. Nicht, dass ich etwas zu verstecken hätte, zumindest nicht unter meinem Bett – die Packung mit den Antidepressiva liegt jetzt unter meinem Kopfkissen, noch ungeöffnet. Verstohlen schüttle ich das Kissen auf, um sicherzustellen, dass nichts zu sehen ist.

»Ich lasse das nicht zu«, sagt sie, lehnt sich zurück und bedenkt mich mit einem nüchternen Blick.

»Du lässt was nicht zu? Dass ich schlafe?«

»Ich lasse nicht zu, dass du dich wegen etwas schlecht fühlst, für das du nichts kannst.« Ihre Stimme wird sanfter. »Ich weiß, dass du verletzt bist, aber ich bin ziemlich sicher, Jonny macht sich selbst nicht so fertig.«

Ich antworte ihr nicht. Was sie sagt, ergibt Sinn, aber es kümmert mich nicht, wie es Jonny geht. Ich kann mich nur mit meinen eigenen Gefühlen beschäftigen, und die Dunkelheit lastet im Moment so schwer auf mir, dass sie mich fast erdrückt. »Ich kann nachts nicht schlafen«, murmle ich. »Und wenn es dann Zeit ist, aufzustehen und zur Schule zu gehen, schaffe ich es nicht.«

»Deine Mum macht sich wirklich Sorgen«, sagt Helen. »Sie denkt, dass du zu wenig isst.«

Da lüfte ich die Bettdecke, um den Blick auf eine Ansammlung leerer Chips-Tüten und Schokoriegel-Papier freizugeben. »Seit wann weiß meine Mutter auch nur irgendetwas über mich?«

Helen starrt das Durcheinander lange schweigend an. Dann verschränkt sie die Arme vor der Brust. »Was du brauchst, ist, daran erinnert zu werden, wie es sich anfühlt, zu leben. Lass uns morgen Abend zum Parliament Hill gehen und das Feuerwerk anschauen.«

Ich vergrabe mich tief ins Kissen und schließe die Augen. Dass morgen Bonfire Night ist, in der ganz England mit Feuern und Feuerwerk an das gescheiterte Sprengstoffattentat von Guy Fawkes auf das britische Parlament vor Hunderten von Jahren erinnert, hatte ich ganz vergessen. »Nein.«

»Auf der Heide findet ein Rummel statt«, versucht sie mich zu überzeugen.

»Wär bestimmt spaßig«, sage ich langsam. »Aber Mum erlaubt mir sowieso nicht, mit den Fahrgeschäften zu fahren. Die hat sie schon *Todesfallen* genannt, bevor Leo gestorben ist.«

Helen lächelt und steht auf. »Was hast du Letztens gesagt? Was sie nicht weiß, macht sie nicht heiß.«

»Das wird mich nicht wieder zurück in die Schule bringen«, warne ich sie.

Sie zuckt gleichgültig mit den Schultern. »Ich komm um sechs vorbei. Zieh dir was Warmes an.«

Ich vergrabe mich wieder unter meiner Decke, um das Lächeln zu verbergen, das ich nicht unterdrücken kann. »Jawohl, Mum.«

Parliament Hill ist der beste Ort, um die vielen Feuerwerke anzuschauen. Es fühlt sich an, als wäre man mitten im Urknall, mit Böllern und bunten Explosionen wohin man schaut.

Besonders gut ist es aber, wenn man eine halbe Flasche Wodka von seinen Eltern stibitzt hat, um alles weichzuspülen. Helen ist zuerst geschockt, dann dagegen, aber als ich sie langweilig nenne, nimmt sie ein paar Schluck. Allerdings muss ich das meiste von ihrem Anteil trinken, weshalb ich schwankend auf der Lehne einer Parkbank sitze, und so tue, als könnte ich Karate. Alle um uns herum starren mich verärgert an.

»Komm runter«, sagt Helen, und zieht an meinem Ärmel. »Die gucken schon.«

Ich will fast losschreien, dass es mir egal ist, was sie denken, aber eigentlich habe ich gar keinen Bock darauf. Also springe ich halb, halb falle ich auf die Bank und lasse mich neben Helen sacken. »Ich mag Feuerwerk.«

Helen nickt. »Ich auch.« Ihre Augen verengen sich missbilligend, als ich die Wodkaflasche wieder an meine Lippen führe, und sie zieht sie runter, bevor ich trinken kann. »Lass uns etwas für später aufheben.«

»Spielverderberin«, sage ich schmollend.

Als die spektakulärsten Feuerwerke vorbei sind, fühle ich mich ziemlich wacklig auf den Beinen, und ich muss mich auf unserem Weg zum Rummel bei Helen einhaken. Die Lichter verschwimmen vor meinen Augen, die Geräusche hören sich verzerrt an, und selbst in meinem betrunkenen Zustand weiß ich, dass Karussellfahren jetzt keine gute Idee ist, und das nicht nur, weil meine Mutter mich gewarnt hat.

»Wir könnten Autoscooter fahren«, sage ich leicht lallend. »Ist es illegal, betrunken das Steuer eines Autoscooters in der Hand zu haben?«

Helen sieht amüsiert aus. Ihr Gesicht wirkt seltsam psychedelisch im Licht der blinkenden Fahrgeschäfte. »Vermutlich.«

»Dann kannst du fahren.« Ich halte meine Nase in die süß-salzige Luft und schüttle den Kopf. »Nein, weißt du was, ich will doch lieber einen Hotdog.«

»Lass uns erst ein bisschen rumspazieren«, schlägt Helen vor und zieht mich zu den knallbunten Ständen mit gigantischen Stofftieren und gefälschtem Disney-Spielzeug. Ich warte, bis sie ihr Glück beim Ringewerfen versucht, und trinke heimlich einen Schluck Wodka. Sie probiert es noch ein paarmal. Ich feuere sie an, und immer wenn sie nicht schaut, genehmige ich mir ein paar Züge aus der Flasche. Helen gewinnt kein einziges Mal. Als wir zu den Fressbuden kommen, fängt mein Kopf an, sich zu drehen, und ein Hotdog ist das Letzte, was ich haben möchte.

Helen seufzt bei meinem Anblick. »So kann ich dich nicht nach Hause bringen. Deine Mum wird ausrasten.«

Ich halte ihr die Flasche hin. »Trink ein bisschen mehr. Dann kriegen wir wenigstens beide Ärger.«

Sie lacht und nimmt mir den Wodka aus der Hand. »Netter Versuch, aber eine von uns beiden muss nüchtern bleiben.« Sie stopft die Flasche in eine überquellende Mülltonne und schleift mich Richtung Ausgang. »Komm, hoffen wir, dass der Nachhauseweg ein bisschen hilft.«

»Hey«, protestiere ich, ziemlich halbherzig allerdings. Ich will es nicht zugeben, aber langsam wird mir ein bisschen übel.

Irgendwann auf halbem Wege vibriert meine Hosentasche. Ich ziehe mein Handy raus und warte, bis ich den Bildschirm scharf sehe. »Es ist Jonny.«

Helens Blick verdüstert sich. »Schon wieder? Hat er die Nachricht nicht bekommen?«

»Er kann die Nachricht nicht bekommen haben – ich habe keine geschickt«, sage ich und starre auf die tanzenden Worte. »Er will reden.«

Sie stößt ein spöttisches Schnauben aus und geht weiter. »Frag ihn, wann er dir von seiner Freundin erzählen wollte.«

Das sollte ich, denke ich, während die Worte in meinem alkoholgetränkten Gehirn herumstrudeln. Er ist zu mir gekommen. Er wollte mich kennenlernen. Und in dem Moment, in dem ich ihn an mich heranlasse, rennt er weg. Eine Flamme bitterer Wut lodert in mir auf. Ich verdiene eine Erklärung, und am liebsten will ich ihm auf der Stelle antworten und eine verlangen. Aber eine andere Idee macht sich in mir breit. Es ist einfach, sich am Telefon mit plausibel klingenden Ausreden aus der Sache herauszuwinden. Was ich eigentlich tun muss, ist, Jonny in die Augen schauen und ihn fragen, was für ein Spielchen er spielt. Warum er denkt, es sei okay, Leuten den Kopf zu verdrehen, ihnen falsche Hoffnungen zu machen, und sie dazu zu bringen, Dinge zu fühlen, die sie sonst nie gefühlt hätten. Vor allem, wenn diese Leute vielleicht gerade mit einer ganzen Ladung anderem Zeug klarkommen müssen.

Die Wut verwandelt sich in puren Zorn, ein harter Klumpen in meiner Magengrube. Was ich am meisten wissen will, ist, warum er die ganze Sache überhaupt erst angefangen hat. Ich packe Helens Arm und zwinge sie stehen zu bleiben.

»Willst du was Verrücktes tun?«

»Nein«, sagt sie mit einem Gesicht, das im orangefarbenen Straßenlicht müde aussieht. »Ich möchte dich nach Hause bringen, bevor du noch mehr Probleme bekommst.«

»Lass uns lieber nach St Albans fahren.«

Helens Ausdruck wechselt von müde zu beunruhigt. »Das ist eine richtig beknackte Idee, Nia. Du weißt nicht mal, wo er wohnt.«

Ich wedle vage mit der Hand in der Luft herum. »Ich werde ihn vom Bahnhof aus anrufen, sodass er zu uns kommt. Und wenn er auftaucht, dann sage ich ihm, was für ein Arsch er ist, und wir können wieder nach Hause fahren.«

Sie runzelt die Stirn. »Wohnt er denn in der Nähe vom Bahnhof? Wie groß ist St Albans überhaupt?«

Ich zögere, weil ich weder auf die eine noch auf die andere Frage eine Antwort weiß, aber die Idee, dorthin zu fahren, fühlt sich so richtig an, dass ich über die Details nicht nachdenken möchte.

»Kleiner als London, und es ist nicht weit weg«, sage ich, aber Helen sieht immer noch nicht überzeugt aus. »Komm schon, ich werde mich danach besser fühlen. Ging es heute Abend nicht genau darum?«

»Zieh bloß nicht diesen emotionalen Erpressungs-Müll mit mir ab«, sagt Helen, ergreift meine Hand und schleppt mich weiter die Straße entlang. »Wenn du ihn wirklich sehen willst, mach das, wenn du nüchtern bist.«

Ich blinzle sie an. »Aber wenn ich nüchtern bin, werde ich ihn nicht sehen wollen.«

»Problem gelöst«, sagt sie. »Morgen früh wirst du mir dankbar sein.«

Ich folge ihr noch ein paar Schritte, dann bleibe ich mitten auf dem Gehsteig stehen und reiße mich los. »Ich fahre zu ihm.«

»Nein, Nia«, sagt sie so bestimmt, wie nur Helen sein kann. »Nein, wirst du nicht.«

»Doch, werde ich«, beharre ich. »Ich fahr nach St Albans, um Jonny zu sagen, was er mit seinem bescheuerten Teddybären machen kann. Komm schon, Hel, lass uns was erleben!«

Helen blickt mich lange an, als ob sie versuchen würde herauszufinden, wie sie mich beschwichtigen könnte. Dann gibt sie sich geschlagen und stößt einen kleinen Seufzer aus. »Aber denk dran, dass das alles deine Idee war.«

Ich nicke ein bisschen zu eifrig. Ihr Gesicht verschwimmt vor meinen Augen. »Okay«, sage ich. »Ich werde dran denken. Können wir jetzt gehen?«

»Nein.« Sie schüttelt den Kopf und hakt sich bei mir ein. »Wenn du mich bis ins tiefste St Albans schleppst, dann brauche ich einen Hotdog für die Reise.«

40

Jonny

Ich höre gerade *Nirvana*, frage mich, was wohl Leos Lieblingssong war, und zupfe träge ein paar Akkorde, die Dad mir auf seiner alten Gitarre beigebracht hat, als Nia anruft. Nach sieben Tagen kompletter Funkstille hatte ich schon angefangen zu glauben, dass ich es in den Sand gesetzt hätte. Und jetzt ruft sie mich plötzlich um zehn Uhr abends an. Trotzdem warte ich, solange ich es aushalte, bis ich rangehe.

»Hi«, sage ich und versuche, cool zu klingen. »Wie geht's?«

Was auch immer ich erwartet habe, es ist auf jeden Fall nicht diese Flut an unzusammenhängendem, weinerlichem Genuschel. »Was?«

Sie fängt noch einmal von vorn an, und dieses Mal verstehe ich ein paar Wörter mehr. Im Hintergrund kann ich auch noch jemand anderen hören, eine weibliche Stimme, die wie Helen klingt, auch wenn sie deutlich weniger lallt.

Ich unterdrücke ein Stöhnen. »Bist du betrunken?«

Jetzt nuschelt Nia etwas anderes. Ich sollte auflegen und sie morgen früh zurückrufen, wenn sie wieder nüchtern ist, aber sie wird wahrscheinlich nicht rangehen. Dies hier könnte die einzige Chance sein, die ich bekomme. »Nia, ich kann dich nicht verstehen.«

Sie scheint sich zu bemühen, deutlicher zu sprechen, denn auf einmal höre ich jedes Wort ganz klar. »Du bist ein Arschloch, Jonny Webb.«

Ich muss lächeln, trotz der Beleidigung. »Ja. Tut mir leid.«

»Helen meint, du schuldest mir eine Erklärung, und ich denke, sie hat recht.« Die Worte purzeln so schnell aus ihrem Mund, dass ich mich wirklich konzentrieren muss, ihr zu folgen. »Du kannst nicht einfach rumlaufen und Leute dazu bringen, dich zu küssen, und dich dann wie ein Arsch benehmen.«

Es klopft an meiner Tür. Dad steckt den Kopf ins Zimmer und fragt mich mit einer Geste, ob ich Tee will. Ich schüttle stirnrunzelnd meinen Kopf, und frage mich, was das für eine gedämpfte Lautsprecherdurchsage im Hintergrund ist. »Wo bist du?«, will ich wissen, während Dad die Tür hinter sich zuzieht.

»In St Albans, wo denn sonst?«

Die letzten Worte triefen, typisch Nia, vor Verachtung. Ich überlege, ob ich aus dem Fenster schauen soll. Aber sie können unmöglich draußen stehen, Nia kennt meine Adresse nicht. Trotzdem ziehe ich ein Stückchen den Vorhang zur Seite. »Wo genau?«

Ich höre eine gedämpfte Unterhaltung und ein paar dumpfe Schläge, die klingen, als würden sich zwei Leute um das Handy streiten. Dann spricht Nia wieder, leicht außer Atem. »Draußen vor dem Bahnhof. Sie haben uns aus dem Warteraum geschmissen und Helen möchte nach Hause.«

Vor meinen Augen habe ich sofort das Bild des örtlichen Ordnungsdienstes, der sich Nia wegen unerlaubten Alkoholkonsums vornimmt.

»Bleibt, wo ihr seid«, sage ich und greife nach meinem Rucksack. »Ich bin auf dem Weg.«

Sie sitzen genau da, wo ich sie erwarte, auf einer Bank neben den leeren Fahrradständern. Helen redet auf Nia ein, die ihren Kopf hängen lässt, den Blick starr auf den Boden gerichtet. Bei ihrem Anblick zieht sich alles in mir zusammen. Sie sieht trotz allem gut aus, auch wenn ihre Haare ihr das halbe Gesicht verdecken. Hübsch, perfekt, zerbrechlich.

Ich konnte nicht aufhören, an diesen Tag in Brighton zu denken, daran, wie klein sie plötzlich schien, als wir über Leo geredet haben, wie ich meine Arme um sie schlingen und sie vor jeglichem weiteren Schmerz schützen wollte. Ich wünschte, ich könnte zu diesem Moment zurückspulen und ihre ganze Traurigkeit wegküssen.

Sie lächelt nicht, als sie mich sieht. Es ist offensichtlich, dass sie betrunken ist, aber sie ist in wesentlich besserer Verfassung, als ich erwartet habe, wenn man bedenkt, wie sie am Telefon geklungen hat. Die Wut in ihrem Gesicht ist deutlich erkennbar. Und sie ist zurecht wütend. Ich weiß nicht einmal, was ich sagen oder wie ich alles erklären werde.

Helen lächelt auch nicht, sie geht nur auf mich zu. »Du hast fünf Minuten.«

»Hi, Helen«, sage ich. »Schön, dich wiederzusehen.«

»Ist es das? Wirklich?«, knurrt sie durch zusammengebissene Zähne.

»Unerwartet«, erwidere ich und schaue an ihr vorbei zu Nia. »Aber trotzdem gut.«

Jetzt, wo ich näher bin, kann ich auf Nias Wangen Spuren von Tränen sehen, und ich fühle, wie die Schuld mir einen Stich versetzt. Das war ich. Ich habe sie zum Weinen gebracht. Als ob sie nicht schon genug hätte, mit dem sie klarkommen müsste.

»Es tut mir leid, Nia«, fange ich an.

»Das sollte es auch«, unterbricht sie mich. »Alles, was du tun musstest, war ehrlich zu mir sein.«

Eine eisige Welle der Furcht überkommt mich. Was meint sie damit – ehrlich sein? Hat sie meine Lüge etwa aufgedeckt? »Ähm, wie meinst du das?«

Da steht sie auf. Zorn funkelt in ihren Augen. »Du hättest mir von dir und Emily erzählen sollen. Ich wäre nie mir dir ausgegangen, wenn ich es gewusst hätte.«

Ich kann nicht anders. Mir entfährt ein zittriges Lachen der Erleichterung, weil sie mein Geheimnis nicht herausgefunden hat. »Ich und Emily? Wovon redest du?«

Helen richtet wütend ihren Zeigefinger auf mich. »Du bist ein Lügner und Betrüger.«

Okay, den Teil mit dem Lügner gebe ich zu, aber ein Betrüger? Wo kommt das denn plötzlich her?

Ich schaue in Nias angespannte Miene und etwas macht klick in mir. Ach, deswegen denkt sie, habe ich einen Rückzieher gemacht: Sie hat sich in den Kopf gesetzt, dass Emily und ich ein Paar sind. »Das hast du komplett falsch verstanden«, sage ich und gehe an Helen vorbei zu Nia. »Ich habe nicht gelogen, was Emily und mich angeht. Sie ist eine Freundin, nichts weiter. Das ist alles, was sie je gewesen ist.«

Nia starrt mich einen Moment wortlos an. Offenbar weiß sie nicht, ob sie mir glauben soll oder nicht. »Dann war es gelogen, dass du mich toll findest.«

Plötzlich entsinne ich mich, dass Helen jedem Wort unserer Unterhaltung zuhört. Und sie ist nicht die Einzige. Ein Bahnhof ist nicht gerade ein Ort, an dem man unter sich ist. Aber ich sehe keine andere Möglichkeit. Morgen wird Nia vielleicht nicht mehr zuhören wollen. Das Problem ist nur, dass ich nicht das tun kann, was sie will. Ich kann nicht ehrlich zu ihr sein. »Das war keine Lüge. Ich ... ich habe einfach Panik bekommen, weil es so schnell gegangen ist. Das ist alles.«

Während ich auf ihre Reaktion warte, halte ich den Atem an. Einen Moment schaut sie mir noch in die Augen, dann lässt sie sich auf die Bank plumpsen. »Du Depp.«

Ich atme erleichtert die angehaltene Luft aus. »Ich weiß«, sage ich und setze mich neben sie. »Es tut mir leid.

Wenn du auf meine Nachrichten geantwortet hättest, hätten wir das vermeiden können.«

Sie schüttelt ihren Kopf. »Ich habe sie gelöscht.«

»Dann bist du also kein Fremdgeher. Du bist einfach nur ein typischer Mann«, sagt Helen vernichtend.

Ich nehme Nias Hand. »In den Marvel-Comics gibt es diese beiden Figuren, Black Widow und Hawkeye. Manchmal sind sie im selben Team, manchmal nicht. Aber zwischen ihnen ist einfach was, und man weiß, sie gehören zusammen.« Ich hole tief Luft und schaue ihr in die Augen. »Das sind wir. Du bist meine Black Widow und ich dein Hawkeye.«

Nia sagt nichts. In ihrem Gesicht ist keine Wut mehr zu erkennen, nur noch Traurigkeit. Und ich fühle mich noch mieser. Ich hebe eine Hand und streichle ihr sanft über die Wange. »Es tut mir leid.«

Sie seufzt, aber sie stößt mich nicht weg.

»Wirst du dich morgen daran erinnern, dass das alles heute passiert ist?«, frage ich. »Du wirst hoffentlich nicht wieder anfangen, mich zu ignorieren, oder?«

»Keine Ahnung«, sagt sie. »Schon möglich.«

Das Risiko will ich nicht eingehen. Ich wühle in meiner Jackentasche, ziehe einen angekauten Kuli hervor und mit ihm die zerknüllte Zigarettenschachtel, die Marco im Park nach mir geworfen hat. Hastig stopfe ich sie wieder zurück in die Tasche.

»Gib mir deine Hand«, sage ich.

Auf ihren Handrücken male ich Hawkeyes Pfeil und

Bogen. Daneben schreibe ich: *Jonny tut es sehr leid. Bitte gib ihm noch eine Chance.*

Sie schielt darauf. »Hast du mich gerade bemalt?«

»Ein bisschen.«

»Was, wenn es beim Waschen abgeht?«

Also schiebe ich den Ärmel ihres Mantels hoch und zeichne noch eine detailliertere Version auf die weiche Haut ihres Unterarms.

»Hier, das sollte bis morgen halten«, sage ich, ziehe den Ärmel wieder drüber und drücke sanft ihren Arm.

Helen ist Richtung Bahnhofstür gelaufen und späht auf den Monitor, auf dem die Ankünfte und Abfahrten angezeigt werden.

»In fünf Minuten fährt ein Zug.«

Es gibt noch so viel mehr zu sagen, aber vermutlich ist es weder die Zeit noch der Ort dafür. Außerdem könnte ich nicht sicher sein, ob es der Alkohol ist, der aus Nia spricht oder sie selbst. Also bringe ich die beiden auf den Bahnsteig, von dem aus die Züge nach London abfahren, und warte, bis ihr Zug ankommt.

Helen steigt sofort ein und lässt sich in einen der Sitze plumpsen, aber Nia zögert. Sie öffnet meine Jacke und zupft an dem T-Shirt, das ich anhabe. Es ist das mit dem Totenkopf, das sie in Brighton für mich ausgesucht hat. Und bevor ich etwas sagen kann, legt sie ihre Hand in meinen Nacken und zieht meinen Kopf zu sich herunter. Dieses Mal mache ich keinen Rückzieher.

41

Nia

Sonntagmorgen knallt Mum mit allen möglichen Türen. Ich bin mir sogar sicher, dass sie manche von ihnen zweimal zuschlägt, nur um mir ihren Standpunkt klarzumachen. Als ich gegen Mittag schließlich aus der Versenkung auftauche, wirft sie mir mit schmalen Lippen einen missbilligenden Blick zu. »Alkohol, Nia? Wie konntest du nur?«

Sie redet extralaut, da sie davon ausgeht, dass ich einen Kater habe, und sie versucht, es noch schlimmer für mich zu machen. Allerdings habe ich ein paar Schmerztabletten genommen, bevor ich überhaupt aufgestanden bin, also fühle ich mich nicht allzu schlecht. Gott weiß, wo Dad ist – wahrscheinlich treibt er sich bei den Sonntagsspielen der Amateure rum und tut so, als ob Leo noch dabei wäre. Er würde sich eh nur auf Mums Seite stellen, wenn er hier wäre – falls er sich überhaupt die Mühe machen würde, sich einzumischen.

Ich erinnere mich nicht an viel von letzter Nacht. Vage entsinne ich mich, dass wir auf der Kirmes waren, und ich habe Ketchup im Haar, was vermuten lässt, dass wir irgendeinen Müll gegessen haben. Ein Glück sind meine Kopfschmerzen minimal. Trotzdem könnte ich gut ohne eine weitere Standpauke von meiner Mutter leben. Vor allem ohne eine, von der ich weiß, dass sie mit Tränen in ihren Augen und irgendeinem Kommentar über Leo enden wird.

»Können wir nicht einfach so tun, als hätten wir diese Auseinandersetzung schon gehabt? Es tut mir leid, dass ich betrunken nach Hause gekommen bin, okay?« Schon während ich es sage, merke ich, dass ich den falschen Ton getroffen habe.

Mum funkelt mich erbost an und lässt ihren Kaffeebecher auf die Arbeitsplatte knallen. »Nein, Nia, ich denke, darüber müssen wir sprechen. Wir versuchen, verständnisvoll zu sein und Nachsicht mit dir zu haben, aber ...« Man hört den Ärger, als sie tief Luft holt. »Hast du auch nur mal kurz daran gedacht, wie gefährlich das war? Was für Sorgen wir uns gemacht haben? Alles Mögliche hätte passieren können.«

Ich grabe meine Nägel in die Handflächen und zwinge mich, mich zurückzuhalten. »Ich habe nur ein bisschen was getrunken, das ist alles. Wohl weniger spektakulär, als sich vom Shard abzuseilen.«

Sie schüttelt den Kopf und ignoriert den Seitenhieb. »Ist das eine neue Art, uns zu bestrafen? Dass wir uns darüber Sorgen machen müssen, ob du betrunken im Straßengraben liegst oder noch schlimmer?«

Ich versuche mich zu beherrschen, ich versuche es

wirklich, aber es ist, als ob sie den Streit absichtlich provozieren würde. »Das nennt man, ein Leben haben, Mum. Solltest du auch mal probieren.«

Ihre Lippen straffen sich noch mehr. »Das ist jetzt echt nicht nötig, Nia.«

Nun bin ich nicht mehr aufzuhalten. »Doch, ist es. Ich bin fast sechzehn und du kapierst scheinbar nicht, dass ich meine eigenen Entscheidungen treffen kann.«

»Natürlich tue ich das.« Ein unüberhörbares Beben schwingt in ihrer Stimme mit. »Ich weiß, es fällt dir schwer, das zu glauben, Nia, aber du hast mich nicht immer gehasst. Es gab eine Zeit, da wolltest du niemanden außer mich deine Schnürsenkel binden lassen, und eine Umarmung von mir hat alles besser gemacht. Aber jetzt ...«

Ihre Stimme verebbt. Mit flehendem Gesicht versucht sie mich dazu zu bringen, mich zu erinnern, wie es einmal war. Aber ich will nicht schwach werden, ich will nicht, dass sie weiß, dass sie zu mir vorgedrungen ist, also verschließe ich mich innerlich. »Jetzt bin ich groß genug, um auf mich selbst aufzupassen.«

Augenblicklich verhärtet sich ihre Miene. »Das hat Leo auch gedacht«, gibt sie knapp zurück. »Ich versuche nur, dich zu beschützen.«

»Mich zu beschützen«, fahre ich sie an. »Wohl eher, mich zu ersticken.«

Die Worte hängen in der Stille, die darauf folgt. Mum weint nicht, auch wenn ich sehe, wie ihre Schultern zittern, und sie wird nicht laut. Sie starrt mich nur lange verletzt an, als ob sie nicht mehr wirklich wüsste, wer ich bin, dann dreht sie sich um und geht aus der Küche.

»Mum«, rufe ich ihr hinterher. Es tut mir schon jetzt leid. Aber sie bleibt nicht stehen.

Ich lasse mich gegen das Spülbecken sinken. Jetzt, wo ich meinem Ärger Luft gemacht habe, fühle ich mich müde und verletzt. Ich weiß, dass Mum sich quält, dass sie einen Albtraum durchlebt, aus dem sie einfach nicht aufwachen kann. Uns allen geht das so. Und das mit dem Ersticken war keine Lüge. Manchmal fühle ich mich wirklich so, als ob ich nicht atmen könnte, wenn sie so einen Terz um mich macht. Aber das gibt mir noch lange nicht das Recht, mich wie ein Arschloch aufzuführen.

Ich blicke hinüber zur Kühlschranktür, an der ein Foto von Leo hinter seinem langsam vergilbenden Spielplan klemmt. Er grinst breit, so wie er es immer getan hat, wenn Mum und ich uns gestritten haben.

Meine Nägel kratzen über den dünnen Stoff meines Schlafanzugs, während ich nach der juckenden, schuppigen Haut an meinem Ellbogen suche. Tränen brennen in meinen Augen. »Kümmer dich um deinen eigenen Kram, Leo«, wispre ich, wie ich es immer getan habe, wenn er mich aufgezogen hat. »Kümmer dich einfach um deinen eigenen Kram.«

Nur will der Gedanke nicht aus meinem Kopf verschwinden, dass nicht er derjenige ist, der sich mal um seinen Kram kümmern sollte.

Wir sind es.

Erst eine Stunde später, als ich mir meinen Schlafanzug ausziehe, um unter die Dusche zu gehen, bemerke ich die verschmierte Zeichnung von Pfeil und Bogen auf meinem Arm. Auf meiner Hand hatte ich schon schwarze Flecken gesehen, aber ich hatte gedacht, es wäre nur Dreck gewesen, und habe sie abgewaschen. Ich nehme meine Haut in Augenschein und versuche, die kaum lesbaren Wörter neben der Zeichnung zu entziffern. Und plötzlich purzeln unzusammenhängende Bilder in meinen Kopf von Zügen und einem Bahnhof und Jonny. Ich haste in mein Zimmer, schnappe mir mein Handy und schicke eilig eine Nachricht an Helen. Aber noch bevor sie antwortet, weiß ich, dass es wahr ist. Wir sind nach St Albans gefahren und haben Jonny genötigt, zum Bahnhof zu kommen, um uns zu treffen. Und blitzartig erinnere ich mich – ich habe ihn wieder geküsst. Aber dieses Mal war es besser.

Mein Handy piept.

6. November 13:16

Hey Miss Rotzevoll und Rebellisch. Ich denke, man kann sagen, dass du und J-Boy wieder miteinander sprecht ...
H x

Ich stelle mich unter die Dusche, um den Alkoholgeruch wegzuwaschen. Wenn Jonny und ich uns geküsst haben, dann müssen wir vorher über Emily geredet haben.

Stirnrunzelnd versuche ich eine flüchtige Momentaufnahme von Jonny festzuhalten, wie er mit todernster Miene neben mir sitzt. Ich wünschte nur, ich könnte mich daran erinnern, was er gesagt hat.

Als ich aus der Dusche komme, habe ich eine Nachricht von ihm.

13:41

Wie geht's dem Kopf?

Ich weiß nicht, was ich antworten soll. Er denkt offensichtlich auch, dass wir wieder Freunde sind, aber ich kann nach wie vor nicht verstehen, was in ihm vorgeht. Ich sollte vermutlich ehrlich sein und zugeben, dass ich mich nicht mehr an viel von letzter Nacht erinnere.

13:52

Noch dran.

Danke, dass du gekommen bist, um zu reden.

13:54

Klar. Also ist alles wieder in Ordnung zwischen uns?

Ich kaue an meinem Fingernagel. Soll ich die Coole spielen oder die Wahrheit sagen?

13:59

Ehrlich gesagt, erinnere ich mich nicht mehr an viel. Ist alles wieder in Ordnung?

Dieses Mal gibt es eine längere Pause zwischen den Nachrichten. So lang, dass ich nachschaue, ob meine überhaupt gesendet wurde, und ich mir dann Sorgen mache, dass ich ihn mit meiner betrunkenen Flatterhaftigkeit verschreckt habe. Dann klingelt mein Telefon und sein Name erscheint auf dem Bildschirm.

»Hi«, sage ich.

»Ich habe gedacht, ich rufe besser an, damit es keine Missverständnisse mehr gibt«, antwortet er. »Emily ist ein Kumpel, nichts weiter. Ich find dich toll, wie ich, glaube ich, klargemacht habe, kurz bevor du in den Zug gestiegen bist. Auf jeden Fall denken das die drei Typen, die uns zugejohlt haben. Ich habe dir gesagt, du bist meine Black Widow und ich dein Hawkeye. Und ich will dich wiedersehen, sobald du Zeit hast. Okay?«

In meinen Adern kribbelt es vor Aufregung. Ich erinnere mich jetzt, dass wir nicht aufgehört haben uns zu küssen, bis der Schaffner gepfiffen hat und die Türen angefangen haben zu piepsen. Meine Lippen fühlen sich weich an, sogar ein bisschen wund, und ich erinnere mich auch, dass ich wollte, dass es ewig so weiterginge. Aber im Ernst, ich seine Black Widow und er mein Hawkeye? Das hatte es also mit der Zeichnung auf sich. Er ist so ein Comic-Nerd.

»Okay«, sage ich lächelnd.

»Also, wann wollen wir uns treffen?«

»Jetzt?«, frage ich halb im Scherz. »Es wäre ganz cool, aus dem Haus zu kommen.«

Eine Pause entsteht, dann sagt er: »Ich wünschte, ich könnte, aber ich habe noch was zu tun. Allerdings bin ich morgen in der Gegend.«

Ich frage mich, ob das, was er noch erledigen muss, etwas mit Emily zu tun hat, aber ich halte den Mund. Stattdessen laufe ich runter, um auf den Kalender neben der Küchentür zu schauen. Vier Spalten, eine für jeden von uns, und gähnende Leere da, wo Leos Termine gestanden haben. »Mum und Dad sind morgen Nachmittag weg«, sage ich. »Warum kommst du nach der Schule nicht einfach hier vorbei, und wir entscheiden dann, wohin wir gehen.«

Dieses Mal gibt es eine noch längere Pause. »Okay«, sagt er dann langsam. »Wo wohnst du?«

Ich gebe ihm die Adresse. Als ich auflege, stelle ich fest, dass mein Herz vor lauter Vorfreude schneller schlägt, als ob es auch aufgeregt wäre. Vielleicht bedeutet sein ganzer Comic-Quatsch ja doch irgendetwas. Vielleicht sind wir dazu bestimmt, zusammen zu sein.

42

Jonny

Als ich Em am Sonntag besuche, bin ich überrascht, dass sie noch nicht wieder auf der Station liegt, sondern immer noch abgeschirmt in ihrem Einzelzimmer. Ein Krankenpfleger reicht mir einen Mundschutz und blaue Latexhandschuhe, bevor er mich zu ihr reinlässt, also weiß ich, dass etwas nicht stimmt.

»Sie ist immunsupprimiert«, sagt er, als ich ihn frage, ob alles in Ordnung ist. »Reine Vorsichtsmaßnahme.«

Bei Ems Anblick zieht sich in mir alles zusammen. Sie sieht schlimm aus. Ihr Atem geht schwer und jeder Atemzug endet mit einem keuchenden Stocken, als ob sie nach Luft schnappen müsste. Mehr Beutel als je zuvor hängen über ihr und tröpfeln durchsichtige Flüssigkeiten in ihre Adern. Wollte sie mich vielleicht deswegen sehen – weil es ihr wirklich dreckig geht? »Em«, sage ich leise, als ich neben ihr Platz nehme. »Was ist denn hier los?«

»Bescheuerte Lungenentzündung.« Sie holt röchelnd Luft. »Werde sie einfach nicht los. Und sie ist noch nerviger, weil die Ärzte gesagt haben, dass ich nach Hause kann, sobald sich meine Atmung verbessert hat.«

Unsere Blicke treffen sich und ich versuche in ihren Augen zu lesen, ob sie mir die Wahrheit sagt oder ob nicht doch etwas Ernsteres dahintersteckt. Aber sie zuckt nicht mit der Wimper.

»Du würdest mir sagen, wenn es etwas gäbe, das ich wissen sollte, oder?«

»Natürlich würde ich das«, versichert sie mir. »Wir erzählen einander doch alles, oder nicht?«

Ich muss mit mir kämpfen, ihrem Blick nicht auszuweichen, weil ich Angst habe, dass sie mich durchschauen und kapieren wird, dass ich unseren Ehrlichkeits-Pakt mittlerweile bestimmt eine Millionen Mal gebrochen habe. Aber ihr ist nichts anzumerken. Sie hebt nur eine knochige Hand zu ihrem Kopf, der mit einer dünnen Schicht feinem dunklem Haar bedeckt ist. »Was denkst du?«

»Sieht gut aus«, sage ich und füge noch eine Lüge zur Strichliste hinzu.

»Und die Diät zeigt offensichtlich auch Wirkung.« Sie grinst ironisch. Ihre Handgelenke sind so dünn, dass ich ihre Knochen unter der Haut sehen kann. Sie gibt ein verschleimtes, rasselndes Husten von sich, das allein beim Hören schon wehtut. Als der Anfall nachlässt, verzieht sie den Mund zu einem verlegenen Lächeln. »Das ist hier also los. Und was ist mit dir? Wie läuft das Leben draußen?«

Ihr fehlt die Luft, um mehr zu sagen, und da ich keinen Husten habe, ist es weniger anstrengend für mich zu reden. Also erzähle ich ihr von Marco und den anderen, wie ich angefangen habe, mich für Fußball zu interessieren und jetzt sogar die Abseitsregel erklären kann. Ich berichte von der Gitarre, die mein Vater mir gegeben hat, und dem Unterricht, mit dem ich bald anfangen werde. Und erst scheint sie alles gutzuheißen, aber als ich schließlich fertig bin, haben sich auf ihrer Stirn kleine Falten gebildet. »Ich wusste nicht, dass du Gitarre lernen wolltest. Das hast du nie gesagt.«

»Es gibt eine Menge Zeug, das mich nicht interessiert hat, als ich noch krank war.« Sie sieht mich noch immer an, starr, als ob sie einen Fremden vor sich hätte, und ich will ihr nicht sagen, dass einige meiner neuen Hobbys Dinge sind, auf die auch Leo stand. »Du weißt schon.«

»Was ist mit dem Zeichnen? Das hast du doch nicht aufgegeben, oder?«, fragt sie.

Das Einzige, was ich in diesen Tagen zeichnen möchte, ist Nia, aber das behalte ich für mich.

Außerdem ist in Ems Zimmer keine Spur von dem Bild, das ich für sie gemalt habe, also kann es sie auch nicht allzu sehr interessieren. »Dafür habe ich gerade nicht mehr wirklich Zeit.« Sie lässt sich mit argwöhnischem Blick zurück aufs Kissen sinken. Eine unangenehme Stille baut sich auf. So unangenehm, dass es fast körperlich schmerzt.

»Ich bin im Kino gewesen.« Die Worte verlassen meinen Mund, bevor ich sie aufhalten kann. »Und habe das doppelte von meinem Körpergewicht von dem ganzen Zeug gegessen, das ich nicht anfassen sollte.«

»Oh? Mit wem?«, bringt sie zustande, und in ihren Augen liegt ein seltsamer Ausdruck.

Ich zögere mit meiner Antwort. Soll ich Nia erwähnen? Ein Teil von mir denkt, dass es jetzt zu spät ist, Em von ihr zu erzählen, nachdem ich die Sache so lange geheim gehalten habe, aber andererseits will ich es. »Ich bin mit Nia hingegangen. Wir ... wir chatten manchmal. Online ...«

Ich verstumme, als ich sehe, wie Emily reagiert. Sie sieht nicht sauer aus, nur ernst und verletzt auf eine Art, die mir mehr zusetzt, als wenn sie laut geworden wäre und mich angeschrien hätte. Ist die Tatsache, dass ich ohne sie ins Kino gegangen bin, das Problem, oder dass ich mit Nia gegangen bin?

»Ich freu mich schon so darauf, wenn wir beide erst mal gehen können«, sage ich schnell. »Die Nachos werde ich spendieren.«

Sie schweigt, und erschrocken sehe ich, dass sie Tränen in den Augen hat. Verzweifelt suche ich nach etwas, das sie ablenkt. Und plötzlich fällt mir ein, dass ich ihr ein Geschenk mitgebracht habe: eine Haarspange in der Form eines Schmetterlings, die ich an einem Stand in Covent Garden auf meinem Weg hierher gesehen habe.

»Hier«, sage ich und wühle in meiner Jackentasche nach dem Päckchen, das sich dort irgendwo versteckt. »Ich habe dir was mitgebracht.«

Aber als ich es hervorziehe, bleibt es an etwas anderem hängen, und noch bevor ich es verhindern kann, purzelt

Marcos leere Zigarettenschachtel auf Ems weißes Bettlaken.

Sie greift danach und starrt mich an. »Soll das ein Scherz sein?«

Ich versuche zu lachen, aber es klingt ganz trocken und komisch. »Die ist nicht von mir.«

Sie wendet ihren Blick nicht ab, und ich kann sehen, dass die Tränen aus ihren Augen verschwunden sind. Stattdessen brennen sie vor Wut. »Ist das ein Scherz, Jonny?«

Ich strecke meine Hand aus und versuche, ihr die leere Schachtel aus den Fingern zu nehmen, aber sie schließt sie nur fester um das Päckchen.

»Nein«, sage ich. »Ich habe dir doch gesagt, dass die nicht meine ist. Marco hat sie im Park fallen lassen und ich habe sie aufgehoben.«

»Klar. Und im Park gibt es keine Mülltonnen?«

»Natürlich gibt es die. Ich habe es nur vergessen. Das ist alles.« Ich runzle die Stirn. Warum macht sie so eine große Sache daraus? Im Ernst, ich habe sie noch nie so wütend gesehen. Und dann wird es mir plötzlich klar. Sie denkt, ich habe angefangen zu rauchen. Während sie hier im Krankenhaus liegt und wegen einer beschissenen Lungenentzündung um Atem ringt, meint sie, ich setze mein neues Herz aufs Spiel, indem ich meine Lungen mit Gift fülle. »Em, ich schwöre dir, ich habe nicht angefangen zu rauchen. Das hättest du doch gleich gerochen.«

Ihre Brust hebt und senkt sich, während sie mich anstarrt. »Ich kann nicht glauben, dass du so dumm sein kannst. Hier sind Kids, die alles dafür tun würden, um das zu bekommen, was du hast – eine Chance auf Leben.« Ein Hustenanfall schüttelt sie so stark, dass ich mir Sorgen mache. Aber ich weiß nicht, was ich tun kann, um ihr zu helfen.

Eine Träne rollt ihre Wange herunter, dann noch eine auf der anderen Seite. »Und was machst du? Du wirfst alles weg, nur um ein paar Losern zu imponieren, die du gerade erst kennengelernt hast.«

»Em, beruhige dich.«

Die Tränen fließen nun immer schneller und sie wischt sie mit ihren knochigen Fingern weg. »Du bist nicht mehr der, den ich mal kennengelernt habe, Jonny. Du wärst nic so ein Idiot gewesen, nie so ... so egoistisch. Jemand ist *gestorben*, um dir sein Herz zu geben, hast du das etwa vergessen?«

»Natürlich habe ich das nicht.« Mir dröhnen die Ohren bei all der Ungerechtigkeit. Ich wünschte, ich hätte mir nie die Mühe gemacht, diese dumme Schachtel aufzuheben. Ich wünschte ich hätte sie einfach vor dieser Frau auf dem Boden liegen lassen, damit sie mit ihrem Kinderwagen drüberfahren konnte. »Ich habe dir gesagt, es ist nicht meine.«

Sie schnappt schluchzend nach Luft. »Und jetzt bist du hinter diesem Mädchen her, dieser Nia. Weiß sie, dass du nicht wirklich an ihr interessiert bist, Jonny? Dass du sie nur benutzt?«

Ihre Augen funkeln vor Zorn. Ich starre sie entgeistert an. Dass sie wegen der Zigaretten wütend ist, kapiere ich, aber warum schert sie sich um Nia? »Wovon redest du, Em? Wir sind ins Kino gegangen, das ist alles.«

Eine neue Tränen-Flut strömt über ihre Wangen. »Lügner! Ich bin kein Idiot, Jonny, ich kann in deinen Augen sehen, dass da mehr ist.«

Jetzt mache ich mir ernsthaft Sorgen um sie. Die Geräte neben ihr fangen an zu piepen und ihre Stirn ist schweißbedeckt. Und auch wenn ich ehrlich nicht verstehe, warum sie so furchtbar ausrastet, weiß ich, dass ich sie irgendwie beruhigen muss. »Em, ich schwöre dir, es ist nicht so, wie du denkst ...«

»Hau ab!«, schreit sie so laut, dass der Pfleger, der wegen des Piepens nachschauen will, geschockt stehen bleibt. Schwach wirft Em die leere Zigarettenschachtel nach mir. Sie fällt auf den Boden. »Nimm deine Lügen und deinen Egoismus und ... und deine stinkenden Zigaretten und hau ab. Lass dich bloß nicht wieder blicken.«

Erneut wird sie von einem Hustenanfall geschüttelt. Der Pfleger eilt wortlos an ihr Bett. Auch ohne dass er etwas sagt, fühle ich mich wie der letzte Dreck. Eine dumpfe Hitze steigt in meinen Wangen auf, während ich mich bücke, die Zigarettenschachtel aufhebe und zur Tür gehe. Als ich mich noch einmal umdrehe, sehe ich, wie der Pfleger die Geräte kontrolliert und den Tropf reguliert. Em schaut in die andere Richtung und ringt um Atem. Und auch wenn ich nicht gehen möchte, auch wenn ich sie so nicht zurücklassen möchte, scheint es, als wäre sie im Moment besser ohne mich dran.

6. November, 22:47
Nia. Bist du wach?

22:48
Ja. Was ist los?

22:50
Ich kann nicht schlafen. Ich hatte einen fiesen Streit mit jemandem, und jetzt geht mir alles durch den Kopf, was ich hätte sagen sollen.

22:51
Ich weiß genau, was du meinst. Das ist mir bei Leo auch ständig so gegangen. Eigentlich immer noch, nur dass ich jetzt öfter gewinne. Mit wem hast du dich gestritten?

22:56
Würdest du durchdrehen, wenn ich dir sagen würde, dass es Em war?

23:08
Nia?

23:09
Bin noch da. Nein, ich würde nicht durchdrehen. Sie ist dein Kumpel. Es ist dein gutes Recht, mit ihr zu sprechen. Worüber habt ihr euch gestritten?

23:12
Über dummes Zeug. Sie denkt, ich habe angefangen zu rauchen.

23:13
HAST DU? OH. OH.

23:13
Im Ernst jetzt? Das musst du mich noch fragen? Ich hatte eine leere Zigarettenschachtel in meiner Tasche und sie hat sich darin verrannt, dass es meine war.

23:15
Verständlich, dass sie das denkt. Und das war alles, worum es ging?

23:17
Das war der Hauptstreitpunkt … ein bisschen ging es auch um dich.

23:17
Um mich? Warum?

23:18

Sie findet, ich sollte mich nicht mit dir treffen.

23:20

Oh. Warum? Ist sie eifersüchtig?

23:21

Nein! Quatsch, nein. Es ist ehrlich gesagt ein bisschen kompliziert. Sie muss grad mit ein paar Sachen klarkommen.

23:21

Sachen.

23:22

Verstehe.

23:25

Ernsten Sachen. Ich bin sicher, sie hat sich wieder beruhigt, wenn wir uns das nächste Mal sehen. Du weißt ja, wie Mädchen sind ;-)

23:28

… ähm, ja, ist klar …

23:30

Egal. Ich sollte versuchen, ein bisschen Schlaf zu bekommen. Morgen treffe ich mich mit einer gewissen Person ;-)

23:31

O.k. Gute Nacht x

23:33

Danke, dass du für mich da bist, Black Widow. Nacht x

Ich brauche Ewigkeiten, um einzuschlafen, nachdem ich Nia Gute Nacht gesagt habe. Vor allem jetzt, wo ich noch mehr Schuld auf mich geladen habe. Ich habe zwar nicht wirklich gelogen, aber ich war auch nicht total ehrlich. Em ist eifersüchtig, nur eben nicht auf die Art und Weise, wie Nia denkt. Sie ist eifersüchtig, weil ich ohne sie ins Kino gegangen bin, weil ich die Dinge von unserer Liste mit jemand anderem mache. Sie würde bei jeder x-beliebigen Person so reagieren. Und es ist nur verständlich, dass sie bei der Sache mit der Zigarettenschachtel ausgetickt ist. Wäre ich vermutlich auch, wenn ich sie gewesen wäre.

Vor meinem inneren Auge spielt sich immer wieder der Moment ab, in dem die Schachtel auf ihr Bett gefallen ist. Ich sehe den zornigen Blick in ihrem Gesicht, höre den keuchenden, verschleimten Husten, als ich gegangen bin. Warum habe ich die Schachtel nicht weggeschmissen? Warum habe ich nicht darüber nachgedacht, wie sie sich fühlen würde, wenn sie sie sieht? Das Bescheuertste ist, dass ich nicht mal dazu gekommen bin, ihr die Schmetterlings-Haarspange zu geben. Sie ist immer noch in meiner Tasche. Ich werde in ein paar Tagen noch einmal hingehen und ihr erklären, dass alles ein Missverständnis war und ich nie im Leben so dumm sein würde zu rauchen. Irgendwann werden wir vielleicht sogar über die ganze Sache lachen. Vielleicht.

Und dann ist da noch Leos Herz, die tickende Zeitbombe, die darauf wartet, vor unseren Augen zu explodieren. Und ich kann sie nur entschärfen, indem ich Nia die Wahrheit sage. Auch das hält mich noch lange wach. Schließlich greife ich mir den Skizzenblock und zeichne, bis meine Augenlider schwer werden. Kurz bevor ich einschlafe, schicke ich noch eine Nachricht an Em.

7. November, 01:36

Es tut mir leid, dass ich dich wütend gemacht habe, Em. Es tut mir leid, dass Ich hier draußen bin, während du da drinnen festsitzt. Es tut mir leid, dass ich dich verletzt habe. Bitte hass mich nicht.

Ich lese die Zeilen immer und immer wieder, weil ich nicht sicher bin, ob das die richtigen Worte sind, aber schließlich drücke ich auf Senden. Selbst wenn es die falschen Worte sind, es ist zumindest ein Anfang.

Ich bin nicht gerade in Höchstform, als ich mich auf den Weg zu Nia mache. Der Schlafmangel lähmt mich und ich habe fast vergessen, heute Morgen meine Medizin zu nehmen, so durch den Wind bin ich. Mum musste mir mit den Tabletten in der Hand bis auf die Straße nachlaufen. Neben meiner Nachricht an Em steht stur ein einzelnes Häkchen, das mir mitteilt, dass sie sie noch nicht gelesen hat. Das stört mich, aber nicht so sehr wie zu bemerken, dass sie mich bei Facebook gelöscht hat. Sie ist wirklich wütend auf mich. Trotzdem kann ich es kaum erwarten, Nia zu sehen. Ich muss einfach nur so tun, als würde ich das leise Ticken der unsichtbaren Bombe nicht bemerken.

Vor ihrem Haus bleibe ich eine Weile stehen und nehme alles in mich auf. Hier hat Leo also gelebt, hier ist er aufgewachsen. Es ist ein schönes Haus, größer als ich erwartet habe, und in einem Teil der Stadt, in dem man wirklich Geld braucht. Ich weiß nicht, womit Mr Brody sein Geld verdient, aber was auch immer es ist, der Job ist scheinbar gut bezahlt. Ich versuche mir Leo vorzustellen, wie er in seinem Fußball-Outfit aus der roten Haustür kommt und seiner Familie zuwinkt. Oder wie er sich mit seiner Gitarre auf den Weg zu einer Jam-Session mit seinen Band-Kollegen macht. Die Vorstellung, dass er vor weniger als vier Monaten noch hier war, ist seltsam. Noch seltsamer ist es, zu wissen, dass ein Teil von ihm jetzt wieder da ist. In mir.

Die Türklingel ist noch nicht verklungen, da macht Nia mir schon auf. In ihrer üblichen engen schwarzen Jeans und einem T-Shirt steht sie da – ohne zu lächeln, wie immer.

»Hi«, sagt sie.

»Hi«, antworte ich und überlege, ob es wohl zu viel ist,

sie zur Begrüßung zu küssen. Aber da macht sie schon wohlerzogen einen Schritt zurück, um mich reinzulassen, und ich verpasse meine Chance.

Sie nimmt mir die Jacke ab. »Wie geht's dir? Hast du was von Emily gehört?«

Ich schüttle den Kopf. »Ich habe ihr heute Morgen geschrieben, aber sie hat die Nachricht noch nicht gelesen. Sie wird drüber hinwegkommen. Irgendwann.«

Der Funke Mitleid in ihren Augen verrät, dass ich noch weniger zuversichtlich klinge, als ich mich fühle. »Vielleicht hat sie dich blockiert.«

Ich denke an den einen, einzelnen Haken. Gesendet, nicht übermittelt. »Quatsch, das würde sie nie tun.«

»Willst du was trinken?« Nia führt mich ins Wohnzimmer. »Wir haben Cola da oder Orangensaft, wenn du magst.«

Ich stelle meinen Rucksack auf dem Boden ab und schaue mich um. Überall sind Erinnerungen an Leo. Der Kaminsims steht voller glänzender silberner Pokale – einige groß, einige klein, aber alle von Leo. Es gibt nicht einen einzigen mit Nias Namen drauf. Wenn ich nicht schon wüsste, dass Leo eine Schwester hat, würde ich es bei diesem Anblick sicher nicht erfahren. Auf einer Kommode stehen Fotos. Immerhin ist Nia auf einigen zu sehen. Die aus der Grundschule gefallen mir am besten. Leo hat eine Zahnlücke und grinst auf dieselbe Art wie auf seinen Facebook-Fotos. Nia trägt goldblonde Zöpfe. Sie ist süßer als ihr Zwillingsbruder, aber offensichtlich weniger selbstsicher. Es ist neu für mich, sie lächeln zu sehen, aber ihr störrisches Kinn ist unverkennbar. Ich schaue von Foto zu Foto, sauge alle Eindrücke in mich auf und merke kaum, dass Nia nicht mehr da ist, bis sie den Kopf durch die Küchentür steckt. »Also? «

»Oh. Wasser, bitte.« Ich trete zurück in die Mitte des Raums. Sie verschwindet und kommt einen Moment später mit einem Glas Wasser wieder.

»Du solltest mehr lächeln.« Schon in der Sekunde, in der die Worte aus meinem Mund kommen, winde ich mich innerlich. Habe ich wirklich gerade einem Mädchen, das ihren Bruder verloren hat, empfohlen, es soll mehr *lächeln?* Gott, warum habe ich nicht auch gleich *Wird schon nicht so schlimm sein* gesagt?

Sie wirft mir einen kalten Blick zu und reicht mir das Glas. »Habe ich schon mal erwähnt, dass du dich wie meine Mutter anhörst?«

»Ein- oder zweimal«, gebe ich zu. »Aber du solltest es wirklich tun. Du hast ein schönes Lächeln.«

Es herrscht kurz Stille, so als würde sie darüber nachdenken, ob sie etwas erwidern soll oder nicht, dann schüttelt sie den Kopf. »Bis vor einem Jahr hatte ich eine Zahnspange. Eine feste aus Metall, mit der ich ausgesehen habe wie ein Roboter.«

Ich will gerade etwas sagen, da kommt sie mir zuvor. »Denk nicht einmal dran, mich mit irgendeiner bescheuerten Comic-Figur zu vergleichen. Lass es einfach.«

Und ich mache den Mund wieder zu, halb erfreut, halb

verlegen, dass sie mich so gut kennt. »Leo hat mich wegen ihr aufgezogen«, spricht Nia weiter. Eingehend betrachtet sie eines der Fotos. »Er hat immer gesagt, dass die Drähte miteinander verschmelzen würden und ich dann alle Zähne gezogen bekommen oder verhungern müsste. Ich weiß nicht, wer von uns beiden der größere Idiot war. Er, dass er mir so was erzählt hat, oder ich, dass ich ihm geglaubt habe.«

Mein eigenes Lächeln fühlt sich plötzlich falsch an. Oberflächlich betrachtet klingt die Geschichte schon irgendwie witzig, aber in mir macht sich das Gefühl breit, dass Leo vielleicht doch nicht so perfekt war, wie ich gedacht habe. Und das passt nicht zu meinem Plan, mehr wie er zu sein. Um das Thema zu wechseln, deute ich auf die Pokale. »Sind das alles seine?«

Sie verzieht das Gesicht. »Ja. Oben sind sogar noch mehr. Sein Zimmer steht voll davon. Manchmal hatte ich das Gefühl, er hat sie einfach nur fürs Erscheinen bekommen.«

Ich nippe an meinem Wasser, weiter auf der Suche nach etwas, das Nias Namen trägt. Es gibt nichts. Und ich fange an zu verstehen, warum sie innerlich so zerrissen ist, fange an, Leo zu sehen, wie sie ihn sah – unmöglich, an ihn heranzureichen, sogar jetzt noch. Kein Wunder, dass sie so unberechenbar ist. Auf Tote sollte man schließlich nicht eifersüchtig sein. Und mir wird erneut klar, dass es nie einen guten Zeitpunkt geben wird, ihr von Leos Herz zu erzählen.

»Ich kann mir nicht vorstellen, wie das für dich gewesen sein muss, als er gestorben ist«, sage ich, auch wenn ich es irgendwie kann. Im Krankenhaus habe ich viel Trauer erlebt, eine Menge Familien, die mit dem unerträglichen Verlust fertigwerden mussten.

Nia zuckt die Achseln. »Es ist einfach scheiße. Alles bricht auseinander. Niemand weiß, wie man mit dieser Situation umgehen soll, also murmeln alle denselben abgenudelten Mist, und laden ihre eigenen Emotionen noch auf einem ab. Aber das Schlimmste ist, dass alle denken zu wissen, wie du dich fühlst, obwohl sie nicht die geringste Ahnung haben.«

Sie klingt nicht wirklich anders als sonst, aber ihre Miene ist starr und wütend, und ich kann sehen, dass sie krampfhaft versucht, ihre Gefühle im Griff zu halten. Ich bin kein Experte, aber ich war schon bei ein paar Psychologen, und ich bin mir ziemlich sicher, dass Nia den Tod ihres Bruders nicht so gut verarbeitet hat, wie sie vorgibt. Das kann ich ihr gegenüber allerdings nicht erwähnen, ohne zu viel von mir preiszugeben, also mache ich einen Scherz. »Und wenn man ihnen sagt, sie sollen sich verpissen, wären sie wohl beleidigt, was?«

Ihr Mund verzieht sich zu einem schmalen Lächeln. »Wahrscheinlich.«

Ich schnaufe verächtlich und denke an all die Male, wo ich die Ärzte und Pfleger nur noch anschreien wollte, sie sollten abhauen und mich in Ruhe lassen. Nia muss etwas in meinem Gesicht gelesen haben – einen Funken

Verständnis, vielleicht –, denn sie geht auf mich zu und ergreift meine Hand. »Komm, ich geb dir 'ne Führung.«

In der Küche ist noch mehr von Leo. Ein Foto klemmt am Kühlschrank, und als ich näher trete, sehe ich, dass da auch ein Fußballspielplan hängt, gehalten von einem Chelsea-Magneten.

Oben angekommen öffnet Nia eine geschlossene Tür.

»Leos Zimmer«, sagt sie. Die Wände sind voller Grunge-Band- und Chelsea-Poster. »So ordentlich, wie es jetzt aussieht, war er nicht. Mum hat seine dreckigen Boxershorts aufgesammelt und saugt hier einmal die Woche. Sie wechselt immer noch das Bettzeug, ob du's glaubst oder nicht. Als ob er eines Tages wieder nach Hause kommen würde.«

Ihre Stimme ist flach, emotionslos, aber ich lasse mich davon nicht täuschen. »Es ist okay, ihn zu vermissen«, sage ich behutsam.

Sie schaut weg, das Haar verdeckt ihr Gesicht. »Tue ich aber nicht.«

Ich weiß, dass sie lügt. Ich sehe es in ihrem ganzen Verhalten. Sie ist wie eine verletzte Katze, die sich zusammengerollt hat und vorgibt, es würde nichts wehtun, aber jeden anfaucht, der ihr nahe kommt. Und ich leide mit ihr, denn ich will nichts mehr, als ihr helfen, aber ich weiß nicht, ob ich derjenige bin, der das kann. Leo hat uns zusammengebracht, aber er steht auch zwischen uns. Oder zumindest tut es sein Herz.

Nia geht weiter bis zu einer Tür am Ende des Flurs.

Als sie sich zu mir umdreht, liegt ein anderer Ausdruck in ihren Augen, einer, den ich wiedererkenne, und er verjagt alle Gedanken an ihren Bruder aus meinem Kopf. »Das ist mein Zimmer. Willst du's dir ansehen?«

Die Einladung lässt mich innerlich jubeln und gleichzeitig bekomme ich es mit der Angst zu tun. Noch nie zuvor hat mich ein Mädchen in sein Zimmer gebeten. Will Nia es mir nur zeigen oder soll das etwas anderes heißen? Was ist, *wenn* es etwas anderes heißen soll? Nein, das kann sie nicht meinen, es ist zu früh.

Nia sieht mich an und wartet auf meine Antwort. »Ich müsste kurz erst auf die Toilette«, platzt es aus mir heraus, um mir Bedenkzeit zu verschaffen.

Falls sie auch nur ahnt, was für ein Chaos sie gerade in meinem Kopf angerichtet hat, lässt sie es sich zumindest nicht anmerken. Stattdessen zeigt sie auf eine Tür am anderen Ende des Flurs, hinter Leos Zimmer. »Da vorne. Und nicht danebenpinkeln.«

Sie geht in ihr Zimmer und lässt mich allein zurück. Meine Hände zittern so sehr, dass ich die Klobrille abwischen muss, als ich fertig bin. Fürs Händewaschen nehme ich mir extralange Zeit. Ich spüre das weiche Handtuch in meinen nervösen Fingern und zwinge mich, zu atmen. Tiefe, langsame Atemzüge, ein und aus. Als ich die Tür aufmachen will, summt es in meiner Tasche. Die Handyerinnerung an meine Pillen. Ich mache sie aus und nehme automatisch den Rucksack von der Schulter. Als ich meine Finger schon am Reißverschluss habe, halte ich inne. Wenn ich jetzt noch Zeit draufgehen lasse, mir den nächsten Medikamentenmix zusammenzusuchen, denkt Nia vielleicht, dass ich nicht an ihr interessiert bin. Und das will ich nicht noch einmal riskieren. Ich fange sowieso langsam an, die Pillen zu hassen. Sie machen mich fett und ich hab es satt, nach ihren Regeln leben zu müssen.

Ich verlasse das Badezimmer. Nias Tür ist angelehnt. Als ich an Leos Zimmer vorbeikomme, bleibe ich stehen. Das war er also. Er, dessen Herz gerade schneller, als es sollte, in meiner Brust schlägt. Dass das Grunge-Poster von *Nirvana* ist, überrascht mich nicht. Auf dem Regalbrett über dem Bett stehen noch mehr Pokale, eine Gitarre ist an die Chelsea-Tagesdecke gelehnt, als ob Leo gerade auf ihr herumgeklimpert hätte, kurz bevor er das Zimmer verlassen hat. Ich mache ein paar Schritte auf sie zu und will schon fast nach ihr greifen, um die Akkorde auszuprobieren, die ich bis jetzt gelernt habe, aber dann würde Nia wissen, dass ich hier bin. Also nehme ich stattdessen einen der schweren Pokale vom Regalbrett. *Goldener Schuh Hampstead Heath, Leo Brody* steht darauf. Mein Herz klopft ein kleines bisschen lauter, fast als würde es erkennen, dass ich etwas aus seiner Vergangenheit in der Hand halte, etwas von Leo.

Ich betrachte den Pokal und wiege ihn in meiner Hand, als ob er aus Gold wäre und nicht nur versilbert. Er ist ein Talisman, etwas, das mich so stark, selbstsicher und mutig macht, wie Leo es war – ein Held, ein Gewinner, vielleicht sogar ein Anführer. Nicht perfekt, aber eine Millionen Mal besser als ich. Und mein Verstand sagt mir natürlich, dass ich dem niemals gerecht werden würde, aber das hält mich nicht vom Träumen ab. Ich will, dass die Leute mich ansehen, wie sie Leo angesehen haben, voller Bewunderung, nicht voller Mitleid. Ich will, dass das Leben so einfach ist, wie es für ihn war. Ich will, dass ein Teil von seinem Glanz auf mich abstrahlt, damit auch ich ein bisschen glänzen kann.

Ein Geräusch von nebenan erinnert mich daran, dass ich nicht hier drin sein sollte. Nia wird sich schon fragen, wo ich bleibe, und jede Sekunde nach mir sehen kommen. Und wenn sie mich in Leos Zimmer findet, wird sie wissen wollen, was ich hier tue, und ich würde ihr die Wahrheit sagen müssen. Die ganze Wahrheit, wer ich bin.

Vielleicht wäre das keine so schlechte Idee, murmelt eine leise Stimme in mir. *Du musst es ihr sowieso irgendwann erzählen – warum nicht jetzt?*

Das macht auf seltsame Weise schon Sinn. Ich mag Nia wirklich. Will ich so etwas Wichtiges etwa vor ihr geheim halten?

Nur würden sich die Dinge dann ändern. Ich weiß, dass es so sein würde. Und vielleicht hat Em recht – vielleicht bin ich egoistisch –, aber es fühlt sich so an, als würde es mit Nia und mir endlich vorangehen. Jetzt ist nicht der Moment, reinen Tisch zu machen. Ich werde es ihr sagen. Nur nicht heute – nicht, wenn sie nebenan auf mich wartet. Ich stelle den Pokal zurück auf seinen Platz und gehe in Nias Zimmer.

43

Nia

Jonnys Gesicht ist ganz rot, als er in mein Zimmer kommt. Er sieht fast aus, als hätte er Fieber. Ich weiß, wie er sich fühlt. Ich sitze auf meinem Bett und bei seinem Anblick prickelt das Adrenalin in meinen Adern. Mum wird sich fragen, warum ich aufgeräumt habe, aber auf die Wahrheit wird sie nie kommen. Ich muss ein kleines Lächeln unterdrücken, als ich mir ihre Reaktion vorstelle. Sie würde komplett durchdrehen, wenn sie wüsste, dass ich einen Jungen in meinem Zimmer habe.

»Das ist mein Reich«, sage ich und winde mich innerlich. Er weiß, dass es mein Zimmer ist, ich habe es ihm schon gesagt und an der Tür hängt zudem noch ein Schild. Jonny lässt meine idiotische Bemerkung allerdings unkommentiert. Ein seltsamer Ausdruck liegt auf seinem Gesicht, während er sich umschaut. Wahrscheinlich fällt ihm auf, dass dies der einzige Raum im ganzen Haus ist, in dem es keine offensichtlichen Spuren von Leo gibt. Auch wenn sie da sind. Man muss nur wissen, wo man hinschauen muss: der zusammengeknüllte Pulli unter meinem Kopfkissen, der Stein mit dem Loch, den ich vom Strand mitgenommen habe und manchmal an einer Kette um den Hals trage, die beleidigende Karte, die er mir letztes Jahr zum Geburtstag geschenkt hat. Die Tabletten unter meinem Kopfkissen habe ich natürlich weggepackt. Sie sind vorübergehend im Schrank. Aber Jonny sieht nicht aus, als wären seine Gedanken bei Leo. Er sieht mich eindringlich an. Vor Nervosität schwitzt er. »Nia ...«

Ich stehe auf. Meine Beine sind ganz wackelig, weil ich selbst völlig aufgeregt bin, und er verstummt. Ich hatte nicht geplant, dieses Mal den ersten Schritt zu machen. Wenn er mich will, hatte ich entschieden, muss er mir das schon zeigen. Aber er sieht so unentspannt aus, dass ich mir nicht sicher bin, ob er es wagen wird. Also gehe ich auf ihn zu und nehme seine Hand in meine. »Ich fange langsam an zu glauben, dass wir doch nicht Black Widow und Hawkeye sind.«

Er schaut zu mir herunter und ich sehe in seinen Augen, wie er mit sich kämpft, als ob er mich wollte und doch wieder nicht. Dann murmelt er etwas Unverständliches und sein Rucksack fällt auf den Boden. Eine Sekunde später versinke ich in seinem Kuss. Ich muss nach Luft schnappen, so intensiv ist er.

Ich weiß nicht, wie lange es dauert, bis wir aufs Bett taumeln. Aber ich weiß, dass unsere Lippen sich dabei nicht voneinander trennen. Ihn wieder zu küssen, hungrig und drängend, fühlt sich unglaublich an, aber richtig. Alles in mir kribbelt, meine Nervenenden glühen. Während er eine Hand in meinen Haaren vergräbt, landet die andere auf meiner Taille.

»Nia«, murmelt er dicht an meiner Wange. »Oh Gott, Nia.«

Ich liege still da und staune über jede neue Empfindung. Ich fühle mich so frei, als wäre ich nicht mehr wirklich ich selbst. In Nia Brodys Zimmer gibt es keine Jungs. Und schon gar keine, die ihren Namen flüstern. Aber fast genau in der Sekunde, in der mir das klar wird, hört Jonny auf, mich zu küssen. Mit einem Stöhnen, das fast klingt, als hätte er Schmerzen, löst er sich von mir.

»Was ist los?«, frage ich voller Sorge, dass ich etwas falsch gemacht habe.

Er rollt sich rüber auf das Kopfkissen. Seine Augen sind geschlossen, seine Brust hebt und senkt sich. »Alles gut.« Auf seiner Stirn kräuseln sich winzige Falten und er stößt ein verlegenes Lachen aus. »Ich musste einfach aufhören, okay?«

Ich fühle, wie mein Gesicht knallrot anläuft. »Oh, sorry.«

»Nein, bitte nicht.« Er holt tief Luft und setzt sich auf. »Das war gut. Aber ich – na ja, ich will die Dinge nicht überstürzen.«

Er sieht so ernst aus, dass ich mich auf ihn werfen und ihn unter noch mehr Küssen vergraben will. Aber ich tue es nicht.

»Schon kapiert, alles ganz vernünftig. Du bist nicht gerade der typische Teenager, was?«

Er sieht mich mit einem stechenden Blick an. Aber als er merkt, dass ich ihn nur aufziehe, entspannt er sich. »Vermutlich nicht. Es ist nur so, dass ich nicht wirklich eine Ahnung von dem hier habe. Du bist ... ich bin ... ich habe das noch nie vorher gemacht.«

Ich glaube nicht, dass es möglich ist, ihn noch mehr zu mögen, als ich es genau in diesem Moment tue. »Ich auch nicht«, sage ich schüchtern. »Hättest du dir das nicht denken können?«

»Nein.« Er beugt sich zu mir rüber und küsst mich noch einmal. Aber dieses Mal ist es ein sanftes Küsschen nur mit den Lippen. »Für den Anfang war das ziemlich gut.«

»Ja.« Ich strecke meine Hand aus, um sein Gesicht zu streicheln, fahre sanft mit den Fingern über seine Lippen und sein Kinn. Dann gleiten meine Fingerspitzen seinen Hals hinunter, über seinen Adamsapfel und in den Ausschnitt seines T-Shirts. Ich fühle mich wild und wagemutig, als ich die weiche Haut um sein Schlüsselbein liebkose. Und dann stoßen meine Finger auf etwas, das ich nicht erwartet habe: die knotige Unebenheit faltiger Haut. Eine Narbe.

»Was ist das?«, frage ich und taste mich mit den Fingern voran, so weit es geht. Ich kann nun sehen, wo die Narbe anfängt, eine silbrig-rosa Linie, die aus dem Halsausschnitt seines T-Shirts schaut. Wie groß ist sie?

Jonny liegt einen Moment wie versteinert da. Dann zieht er meine Hand weg.

Ich starre ihn an. »Hattest du einen Unfall?«

Er sieht nun verängstigt aus, wie ein gefangenes Wildtier, und ich verstehe nicht, warum. »Ich … es ist nicht, was du denkst.«

Jetzt bin ich wirklich verwirrt. Es ist nicht, was ich denke? »Also war es kein Unfall?«

Er schließt die Augen. »Nein«, sagt er leise. »Es war eine Operation.«

Ich merke, wie ich nachdenklich die Stirn runzle. Ich habe keine wirkliche Ahnung von Narben. Aber ich weiß, dass sie mit der Zeit verblassen. Was auch immer er für eine Operation gehabt hat, sie ist noch nicht lange her. Warum hat er sie dann bis jetzt nicht erwähnt?

»Jonny?« Ich frage mich, was ich hier gerade nicht kapiere.

Er liegt mit geschlossenen Augen da, als ob er einen inneren Kampf ausfechten würde, den ich nicht verstehe. Ein paar lange Sekunden vergehen. Die Stille hängt schwer zwischen uns, fast spürbar.

Schließlich lässt er die Luft aus seinen Lungen strömen, langsam und zittrig, und schaut mich mit einem besorgten Blick an.

»Es gibt da etwas, das ich dir sagen muss.«

44

Jonny

Nias verständnisloser Blick ist fast nicht zu ertragen. Ich würde alles dafür geben, die letzten zwei Minuten zurückspulen zu können und ihre Finger davon abzuhalten, meine Narbe zu entdecken. Jetzt werde ich ihr alles erzählen müssen. Und wenn ich mir vorstelle, wie sie reagieren wird, kann ich kaum noch atmen. Es fühlt sich an, als wollte ich mit Benzin ein Inferno löschen. Gott, ich weiß nicht einmal, wo ich anfangen soll.

»Ich bin ganz Ohr«, sagt sie.

Ich schaue ihr in die Augen und atme langsam ein und aus. »Bevor ich es dir erzähle, möchte ich, dass du weißt, dass alles, was ich für dich fühle, echt ist. Du bist unglaublich, Nia. Das Beste, das mir je passiert ist.« Sie schaut mich weiter an, sichtlich durcheinander. »Dass ich dich kennengelernt habe, ist mehr Glück, als ich mir jemals erhoffen konnte. Das ist die Wahrheit.«

Fast lacht sie los. »Okay, Mr Süßholzraspler. Hör zu, was auch immer es ist, lass es einfach raus. Ich meine, im Ernst jetzt, wie schlimm kann es schon sein?«

Es ist schlimm, so viel schlimmer, als sie es sich überhaupt vorstellen kann. Wie soll ich das hier bloß anstellen? »Ich wollte dich nie anlügen. Em hatte mich auch gewarnt …«

Ihre Miene verändert sich. Sie schaut mich argwöhnisch an. »Em? Was hat sie damit zu tun?« Dann zählt sie eins und eins zusammen und kommt zu ihrer Antwort, die sie explodieren lässt wie ein Vulkan. »Oh mein Gott, ich *wusste*, dass da etwas zwischen euch läuft. Deshalb habt ihr euch auch gestritten.«

Ich fahre mir verzweifelt mit der Hand durchs Haar. »Es ist nicht Emily«, sage ich. »Ich wünschte, es wäre so einfach.«

Sie beruhigt sich einen Moment, aber ihre Augen glühen immer noch wie Lava. »Was ist es dann? Bei was hast du gelogen?«

Ich drehe mich von ihr weg und setze mich auf. Ich fühle mich, als müsste ich mich gleich auf den Fußboden in ihrem Zimmer übergeben. Aber ich kann den Augenblick der Wahrheit unmöglich noch länger hinauszögern. »Ich weiß, ich hätte es dir schon vor langer Zeit sagen sollen.«

Und dann sprudelt alles aus mir heraus: dass ich die meiste Zeit meines Lebens krank gewesen bin, dass ich den Großteil meiner Kindheit im Krankenhaus verbracht habe, und wie nahe ich dem Tod war, als schließlich ein Spenderherz verfügbar wurde. Ich kann den Moment sehen, in dem sie es begreift. Alle Farbe weicht aus ihrem Gesicht und ihre Augen füllen sich mit Entsetzen, während ich weiterstottere und versuche, es zu erklären. Ein erstickter Laut entfährt ihr, als sie sich auf mich wirft. Tränen strömen ihre Wangen hinunter. Ich wehre mich nicht, versuche nicht die Schläge aufzuhalten, die auf mich einprasseln, weil ich es verdiene, und so vieles mehr. Ich habe Nia vom ersten Moment an belogen, als sie am verletzlichsten war. Und dann habe ich Lüge auf Lüge getürmt, sodass ich mich schon gar nicht mehr wirklich erinnern kann, ob überhaupt etwas von dem, was ich ihr erzählt habe, wahr ist.

Erst als eine ihrer Fäuste mit einem geräuschvollen Schlag neben meinem Auge landet und ich vor Schmerz aufstöhne, reißt sie sich zusammen. Sie lässt von mir ab und vergräbt keuchend und schluchzend den Kopf in ihren Händen. Die ganze Zeit hat sie kein Wort gesagt, aber das braucht sie auch gar nicht.

Gefangen in meinem eigenen Elend und meinem Bedauern sehe ich ihr hilflos dabei zu, wie sie weint. Ich kann einfach nicht glauben, wie sehr ich das alles verbockt habe.

Sie hebt ihr tränenüberflutetes Gesicht und blinzelt mich an. »Du warst nie auch nur ein bisschen an mir interessiert, oder? Es ging dir immer nur um Leo, nie um mich.«

Der Schmerz in ihren Augen ist so schneidend, dass er sich anfühlt wie Messerstiche. »Nein. So hat es angefangen, aber glaub mir, es ging ganz schnell nur noch um dich.« Ich will ihre Hand nehmen, aber mir fehlt der

Mut dazu. Und dann trifft mich eine andere Erkenntnis wie ein Keulenschlag. »Ich mag dich wirklich, Nia. Ich ... Ich ... vielleicht liebe ich dich sogar.«

Sie starrt mich an, als würde sie darüber nachdenken müssen, ob sie mir glauben soll oder nicht, und eine Sekunde keimt in mir die Hoffnung auf, dass ich tatsächlich noch eine Chance haben könnte. Dass sie mich trotz allem vielleicht auch liebt.

Doch dann stößt sie ein hässliches, höhnisches Schnaufen aus. »Raus hier«, knurrt sie, und der bitterböse Hass in ihrem Gesicht lässt mich zusammenzucken. »Raus aus meinem Haus und wag es ja nicht, dich noch einmal zu melden.«

Ich verdiene es nicht anders. Trotzdem habe ich einen Kloß im Hals, als ich nicke. »Ich weiß, es bringt nichts, aber es tut mir leid«, krächze ich, stehe auf und greife nach meiner Tasche. »Ich wollte nie, dass das passiert.«

Sie bringt ein einzelnes, blaffendes Lachen zustande, bevor sie sich abwendet. »Geh.«

Mein Blick trübt sich, als ich den Flur entlanglaufe. Ich muss mich ans Treppengeländer klammern, um die Stufen hinunterzukommen. Erst an der Haustür sehe ich wieder klarer.

Während ich Richtung Hauptstraße stolpere, vibriert mein Handy. Es ist noch einmal die Erinnerung an meine Medizin. Ich muss vorhin die Schlummerfunktion eingeschaltet haben. Aber mir ist so hundeelend zumute, dass ich bezweifle, die Pillen bei mir behalten zu können. Alles was ich vor mir sehe, ist Nias Gesicht und den Schmerz, den ich ihr verursacht habe. Als ob sie nicht schon genug hätte, mit dem sie klarkommen muss.

Und das erste Mal, seitdem ich Leos Herz habe, wünschte ich mir, jemand anderes hätte es bekommen.

45

Nia

Die einzige Person, der ich es erzähle, ist Helen. Sie kommt sofort zu mir rüber und hört mit stillem Entsetzen zu, wie alles aus mir herausbricht. Dass Jonny sich überhaupt nie für mich interessiert hat, dass er mich nur benutzt hat, um an Informationen über Leo zu kommen, dass nichts von dem wahr ist, was er mir gesagt hat. Und das Schlimmste daran ist, während ich hier sitze und die ganze elende Geschichte erzähle, merke ich, dass er sich nicht nur Leos Herz genommen hat, sondern auch meins. Nur dass meines es scheinbar nicht wert war, es festzuhalten. Nein, meines hat er rausgerissen und ist darauf rumgetrampelt, und mich hat er mit einem Loch in der Brust zurückgelassen.

»Wow, Nia«, sagt Helen, als ich fertig bin. »Ich wusste, dass etwas mit ihm nicht stimmt, aber das? Das ist echt übel.«

Ich lasse mich zurück aufs Kissen plumpsen, kratze an der feuerroten Schuppenflechte an meinen Ellbogen und versuche nicht wieder zu heulen. »Mein Kopf tut so weh.«

Das ist keine Überraschung, wenn man bedenkt, dass

sich meine Augen anfühlen, als hätte man sie in Salzwasser gekocht, und meine Nase vom vielen Weinen komplett verstopft ist. Ich bin ziemlich sicher, dass mein Gesicht aussieht wie ein Flickenteppich aus roten Flecken, aber Helen ist eine zu gute Freundin, um das zu erwähnen. Wobei mir mein Aussehen gerade sowieso egal ist. So wie ich mich fühle, werde ich mein Zimmer eh nie wieder verlassen.

»Hier«, sagt sie, und reicht mir ein paar Tabletten. »Die helfen gegen die Kopfschmerzen.«

Ich schlucke zwei von ihnen mit ein bisschen Wasser hinunter und werfe die Schachtel auf meinen Nachttisch. Mit etwas Glück will Helen sie nicht wieder zurück, dann kann ich sie zu den Notfallvorräten an Pillen unter mein Kopfkissen legen.

Helen schüttelt den Kopf. »Das einzig Gute ist, dass du jetzt weißt, woran du bist. Stell dir mal vor, die Sache wäre noch weitergegangen. Du würdest dich tausendmal schlimmer fühlen.«

Sie hat vermutlich recht, aber das ist kein großer Trost.

»Allein der Gedanke daran ...« Sie zögert, weicht meinem Blick aus. »Das ist schon ein bisschen abartig, oder?«

Ich kapiere erst nicht, wovon sie spricht. Dann dämmert es mir jedoch, und ein Gefühl des Ekels steigt in mir auf. »Dass Jonny Leos Herz hat«, sage ich langsam. »Oder worauf willst du hinaus?«

Jetzt wird sie rot und wendet sich ab. »Ach nichts«, erwidert sie, auch wenn sie sich alles andere als überzeugt anhört. »Vergiss es. Es ist ja nicht so, dass ihr dadurch jetzt verwandt wärt …«

Ihre Stimme verklingt unbeholfen. Ich schließe die Augen, vor allem, damit das Zimmer aufhört, sich zu drehen. Als ob ich mich nicht schon schlimm genug fühlen würde. Ich rolle mich auf die Seite und starre die Wand an, während ich mich in die dunklen Tiefen meines Elends sinken lasse. »Kannst du bitte gehen? Ich schreibe dir später.«

»Bist du sicher? Vielleicht solltest du jetzt lieber nicht allein sein. Gibt es denn nichts, was ich tun kann?«

Sie klingt nervös, besorgt und mitfühlend zugleich. Aber es hat keinen Sinn, ihr zu antworten. Es gibt nichts, was irgendjemand tun könnte. Genauso wenig wie es etwas gab, das irgendwer nach Leos Tod hätte tun können. Deshalb gehe ich auch nicht mehr zu Teresa. All diese Wochen des Redens – und besser gefühlt habe ich mich dadurch nie.

Ich war Jonny nie wirklich wichtig, er hat mich nur benutzt, um an meinen Bruder heranzukommen. Und der Gedanke, dass er einzig und allein an Leo interessiert war, tut fast noch mehr weh als alles andere. Zwar kann Helen nicht ahnen, was ich fühle, aber sie weiß immerhin, wann es Zeit ist, zu gehen.

»Schreib mir später«, sagt sie nach ein paar Minuten quälender Stille.

Dann höre ich, wie die Tür leise ins Schloss fällt, gefolgt vom entfernten Zuschlagen der Haustür. Und noch eine

Träne presst sich durch meine fest geschlossenen Lider und rinnt auf das schon durchnässte Kissen.

Ich schreibe Helen später nicht. Ich spreche sogar bis Mittwochnachmittag nicht mit ihr, als sie mich besucht und sich ihren Weg durch das Trübsal und das Durcheinander aus Chipstüten und Schokoriegel-Verpackungen bahnt, die meinen Boden bedecken, und mich unsanft in den Rücken pikst.

»Warum warst du nicht in der Schule?«, will sie geradeheraus wissen.

Wenn sie irgendjemand anderes wäre, würde ich sie ignorieren, so wie ich es mit meiner Mutter gemacht habe, als sie gestern versucht hat, herauszufinden, was los ist. Ich habe sie ausgeblendet, habe bis tausend gezählt, habe alles getan, um ihre inständigen Bitten zu überhören, die Hühnersuppe zu essen, eine Tasse Tee zu trinken oder einfach nur mit ihr zu reden. Dad ist auch gekommen, hat sich eine Weile auf meine Bettkante gesetzt und unbeholfen davon gefaselt, dass er immer für mich da ist, wenn ich ihn brauche. Was natürlich ein Witz ist. Er ist ja kaum noch zu Hause, und ich müsste meinen Namen in Leo ändern, bevor er anfangen würde, sich überhaupt für mich zu interessieren.

Aber Helen ist anders. Sie weiß, welche Knöpfe sie bei mir drücken muss. Es ist fast unmöglich, sie zu ignorieren.

»Hatte keinen Bock«, sage ich mit dem Gesicht zur Wand.

Ich kann praktisch hören, wie sie nachdenklich die Stirn runzelt. »Das darfst du nicht machen. Ich weiß, dass du dich hundeelend fühlst, aber dich vom Rest der Welt so abzukapseln wird dir nicht helfen.«

Ich antworte nicht.

»Deine Mum liegt mir die ganze Zeit in den Ohren und fragt, was du hast«, fährt sie fort. »Sie weiß, dass irgendetwas passiert ist.«

Ich wende mich ihr abrupt zu. »Was hast du ihr gesagt?«

Helen sieht mich gekränkt an. »Nichts natürlich. Komm schon, lass uns rausgehen und etwas zusammen unternehmen. Bowlen gehen, einen Film ausleihen, was auch immer du willst.«

»Ich will nicht raus«, murmle ich und drehe mich wieder zur Wand.

»Dann bleib ich halt hier. Da ist diese neue Comedy-Show, von der du dauernd geredet hast, erinnerst du dich?«

Ich erinnere mich. Woran ich mich vor allem erinnere, ist, dass Jonny und ich geplant hatten, sie spät abends gleichzeitig zu schauen und währenddessen darüber zu chatten. »Nein.«

Sie schweigt eine Weile. »Was kann ich tun, um dir zu helfen, Nia? Ich versuche es wirklich, aber ich komme nicht weiter.«

Zu hören, wie sich ihre Stimme überschlägt, bricht

mein Herz erneut. Helen, meine Eltern, all diese Menschen sorgen sich um mich, obwohl ich die Mühe doch gar nicht wert bin. Es wäre so viel besser, wenn ich es gewesen wäre, die in diesem Sommer am Strand gestorben wäre. Dann hätte es zwar auch Tränen gegeben, aber sie hätten irgendwann wieder weitermachen können. Das, was ich gerade tue, ist, alle anderen mit mir herunterzuziehen.

Aber selbst Helens besorgter Appell kann daran nichts ändern. »Ich bin müde. Komm morgen wieder.«

»Wie kannst du denn müde sein?«, antwortet sie. Jetzt höre ich eine Spur Ungeduld in ihrer Stimme, genau wie bei meiner Mutter. »Deine Mum hat gesagt, du bist seit Montag nicht aus dem Bett gekommen, und dem Geruch hier drinnen nach zu urteilen hat sie scheinbar recht.«

Das ist eine weitere Taktik von Helen – mich so in Verlegenheit zu bringen, dass ich reagieren muss. Ich weiß nicht, warum ich so erschöpft bin, auch wenn ich tatsächlich nachts nicht viel schlafe. Vielleicht ist es die ganze Last von dem, was passiert ist. Ich liege unter diesem Berg aus Elend, klein und winzig, und tue alles, damit er mich nicht erdrückt, aber ich habe langsam keine Energie mehr dafür. Jonnys Vertrauensbruch war der Knall, der die Lawine ins Rollen gebracht hat. Ich bin es auch müde, mich so zu fühlen. Manchmal wünschte ich, ich könnte es einfach ausschalten. Und da kommen die Schachteln unter meinem Kopfkissen ins Spiel. Die Mutter aller Ausschalter.

Aber von alldem kann ich Helen nichts erzählen. Sie würde es nicht verstehen. Wie sollte sie auch? Die unversehrte Helen, die nie auch nur eine Oma oder einen Opa verloren hat. Es ist einfacher, wieder die Augen zu schließen und sie zu ignorieren. Still fange ich an zu zählen.

Ich mag Zahlen. Sie sind stabil und voraussagbar. Eine folgt auf die andere und es liegt etwas Beruhigendes in ihrer Zuverlässigkeit, ein Trost in dem Wissen, dass sie nie ausgehen werden. Ich weiß nicht, wie lange ich zähle, bis Helen geht. Vor allem, weil ich es nicht einmal merke.

Am Freitag reißt Mum der Geduldsfaden. Sie stampft in mein Zimmer, ohne vorzugeben Mitgefühl zu haben.

»Genug ist genug«, sagt sie und zerrt die Vorhänge auf. Das Deckenlicht funktioniert nicht. Ich habe am Dienstag die Glühbirne rausgenommen. Aber falls sie erwartet hat, dass sich der Raum nun mit Tageslicht füllt, muss ich sie enttäuschen. Ich habe die Fenster mit schwarzen Müllbeuteln zugeklebt, damit das Licht von draußen nicht hereindringen kann. Das war etwas, worauf ich mich konzentriert habe, vor allem in den Momenten, in denen ich nicht schlafen konnte. Das Ziel, selbst den winzigsten Schimmer Licht daran zu hindern, hereinzukommen, damit sich dann vielleicht mein Gehirn ausschalten und ich mich besser fühlen würde. Bisher hat es nicht funktioniert, aber ich bin wild entschlossen, es weiter zu versuchen.

Als sie die Müllbeutel sieht, herrscht kurz Stille. »Nia,

das kann so nicht weitergehen«, sagt sie. Ihre Stimme zittert. »Du brauchst Hilfe.«

Ich unterdrücke den Anflug eines Lächelns, denn sie hat ja keine Ahnung, was sich unter meinem Kopfkissen verbirgt. Mit Mums Antidepressiva und den diversen anderen Tabletten, die ich in den letzten Wochen abgegriffen habe, habe ich eine ganz ordentliche Sammlung zustande gebracht.

»Ich habe ein bisschen online recherchiert.« Mum klingt jetzt näher, als ob sie neben meinem Bett stehen würde. Sie holt tief Luft. »Ich glaube, du hast ein posttraumatisches Stresssyndrom. Das haben wir vermutlich alle, um ehrlich zu sein.«

Die Worte schweben über mir. *Posttraumatisches Stresssyndrom* – das ist etwas, was Soldaten haben, wenn sie aus Kriegsgebieten zurückkommen, oder Überlebende eines Terroranschlags, noch lange nachdem sie dem Blutbad entkommen sind. Ich habe nur meinen Bruder sterben sehen. Ein Familienmitglied zu verlieren, das macht jeder früher oder später mal durch. Deswegen bekommt man nicht gleich dieses Stresssyndrom.

»Nia?« Meine Mutter klingt verzweifelt. »Bitte rede mit mir, Liebling. Oder, wenn du nicht mit mir reden willst, rede wenigstens mit einem Arzt. Dein Verhalten macht mir Angst.«

Dann legt sie ihre Hand auf meine Schulter. Es ist das erste Mal seit Tagen, dass mich jemand berührt. Seitdem Jonny es getan hat, um genau zu sein. Ich fühle ihre Hand kalt auf meiner schwitzigen Haut. Aber so schwer es auch ist, sie zu ignorieren, ich reagiere nicht. Nichts, was sie sagt, kann helfen. Niemand kann das. Warum lassen mich nicht einfach alle in Ruhe?

»Nia.« Ihre Stimme ist plötzlich scharf und gereizt vor Frustration. »Um Himmels willen, bitte rede mit mir!«

Sie reißt an meinem Arm und zerrt ihn unter dem Kopfkissen hervor. Es passiert so unerwartet, dass ich die Schachtel in meiner Hand zu spät loslasse. Sie fliegt durchs Zimmer, prallt geräuschvoll gegen die Tür und fällt dort auf den Boden.

Ich schaue zu Mum. Die starrt stumm auf die Packung. »Was ist das?«, bringt sie schließlich heraus. Es ist kaum mehr als ein Flüstern. Sie hebt die Pillen vom Boden auf, liest das Etikett und hält mir die Schachtel mit zittrigen Fingern hin. »Das sind meine. Was machen die in deinem Bett?«

Ich antworte nicht sofort. »Nichts.« Ich gebe mir Mühe, so beiläufig wie möglich zu klingen.

»Nichts?«, wiederholt sie in ungläubigem Ton. Ihr Blick bleibt an meinem Kopfkissen hängen. Mit aller Kraft versuche ich ruhig zu bleiben, damit sie es gut sein lässt. Ich brauche ihre Einmischung nicht, ich will einfach nur meine Ruhe.

Da rastet sie wirklich aus, reißt mir das Kissen unter dem Kopf weg und mit ihm all die anderen Pillen. Sie fliegen durch die Luft und landen zu ihren Füßen. Blass und zitternd starrt sie sie an. Dann verzieht sich ihr Gesicht, als sie schließlich versteht. Sie lässt sich auf den Boden sinken, den Kopf in den Händen.

»Nia ... Haben wir nicht schon genug durchgemacht?«, schluchzt sie.

Dad kommt polternd die Treppe hoch. Er bleibt im Türrahmen stehen und wird bei unserem Anblick ganz fahl. »Was ist hier los?«

Meine Mutter nimmt eine Packung nach der anderen vom Boden, um nachzusehen, ob sie noch voll sind. »Ed, schau dir an, was sie unter ihrem Kopfkissen gehortet hat.«

Dad lässt lange den Blick auf ihren Händen ruhen, dann sieht er mich an. »Nia? Was hat es damit auf sich?«

Ich habe erwartet, dass er zornig ist, aber seine Stimme klingt sanft, sogar irgendwie neugierig. Er schaut mich an, als ob ich sein liebstes Spielzeug wäre und er Angst hätte, dass es kaputtgegangen wäre. Darauf bin ich nicht vorbereitet. »Nur, nur falls ... Du weißt schon ...«

Er setzt vorsichtig einen Fuß nach dem anderen zwischen die verteilten Tablettenschachteln, um sich neben mein Bett zu kauern. »Falls was?«

»Ist das nicht offensichtlich?«, jammert Mum. »Sie will eine Überdosis nehmen.«

Dad sagt nichts. Aber der Schmerz, der in seinen Augen glüht, gräbt sich unter meine Haut wie Nadelstiche. Schlimmer als das jedoch ist das stumme Verständnis zwischen uns. Kalter Schweiß bildet sich auf meiner Stirn. Wie kann er wissen, wie es sich anfühlt, keinen Weg zurück zu dem zu sehen, der man mal war? Es sei denn, er empfindet genau das Gleiche.

Ein Tosen macht sich in meinem Kopf breit. Dad ist der Stärkste von uns. Er ist zwar angeschlagen, verwundet, aber immer noch der, der Mum und mich stützt. Wenn er schwankt, welche Hoffnung gibt es dann für uns?

Meine Hände krallen sich in die Bettdecke, während ich in seinem Gesicht nach Anzeichen suche, dass ich falschliege. »Aber dir geht es gut«, sage ich zu ihm. »Ich höre, wie Mum nachts wachliegt und weint, aber du ...? Du kommst doch klar.«

Seine Miene versteift sich. »Das hörst du?«

Mum starrt ihn an. Vollkommene Verwirrung steht ihr in das glänzende Gesicht geschrieben. »Hörst was? Ich liege nachts nicht wach und weine. Nicht mehr.«

»Mum, du musst dich nicht verstellen.« Ich presse meine Handballen gegen die Augen. »Ich weiß, dass du dich in Leos Zimmer schleichst, wenn du denkst, dass wir schlafen.«

»Aber ich gehe nie in Leos Zimmer.« Mum schüttelt den Kopf. »Ich kann nicht.«

Wovon redet sie? Natürlich geht sie da rein. Wie sollte es sonst der sauberste Raum im ganzen Haus sein? Aber ich sehe kein Anzeichen einer Lüge in ihrem Gesicht. Sie scheint ehrlich verwirrt. Wenn sie es jedoch nicht ist, die nachts weint ... Dad weicht meinem fragenden Blick aus.

»Mir war nicht klar, dass man es hören kann«, wispert er. »Es tut mir leid.«

Jetzt hat auch Mum es verstanden. Sie schaut Dad an und ihre Augen füllen sich mit Tränen. »Du, Ed?«

Alle Puzzleteilchen fügen sich langsam zusammen. Die vielen Stunden, die er bei der Arbeit war, die Art, wie er manchmal vermeidet, mich anzusehen. Seine Abneigung, sich auch nur von irgendetwas zu trennen, das Leo gehört hat. Ich dachte, das wären alles Zeichen dafür, dass er mit Leos Tod auf seine eigene Weise zurechtkommt. Ich dachte, Mum wäre diejenige, die damit zu kämpfen hat, sich zusammenzureißen, aber es war die ganze Zeit Dad. *Er* macht Leos Zimmer sauber und wechselt die Bettwäsche, vergräbt sich in der Vergangenheit und behält seine Trauer für sich.

Ich kralle meine Nägel in die Handflächen, um mich vom Weinen abzuhalten. »Warum tust du so, als wäre alles in Ordnung?«, frage ich.

»Ich kann nicht anders«, sagt Dad leise. »Ich muss so tun, als wäre er nur kurz von zu Hause weg, als würde er jeden Moment zurückkommen. Ich kann mich nicht damit abfinden, dass er nicht mehr wiederkommen wird, also rede ich mir selbst ein, dass er noch da ist. Jeden Morgen erzähle ich mir dieselbe Lüge, aber nachts verblasst sie.«

Mum starrt Dad an, als würde sie ihn zum ersten Mal sehen. »Aber ... du hast mir nie etwas davon erzählt ...«

»Wie sollte ich denn?«, fragt Dad mit hilflos ausgebreiteten Händen. »Ich muss stark sein für dich. Zu was bin ich denn nutze, wenn ich zusammenbreche?«

»Ach, Ed«, sagt Mum heiser. »Du brauchst mich nicht zu stützen. Ich komme schon klar.«

»Tust du nicht, Grace.« Er schüttelt den Kopf. Sein Blick bleibt an meinem hängen. »Keiner von uns tut das.«

Damit hat er recht. Seit Leos Tod ist alles aus den Fugen geraten. Und es ist nicht gerade hilfreich, dass ich eine lebende Erinnerung an Leo bin. Ein Schlag in die Magengrube, jedes Mal, wenn einer von beiden mich anschaut. Aber da ist mehr als nur das. Wir alle wissen es tief in uns, nur will es niemand aussprechen: Dad wünscht sich, dass ich an Leos Stelle gestorben wäre. Sie beide tun es. Und die Wahrheit ist, ich wünschte es mir auch.

Mum lässt sich in Dads ausgebreitete Arme sinken. Ein Gefühl der Schuld durchbohrt mich. Ich bin der Grund, warum sie nun weinen.

»Es tut mir leid«, murmle ich mit hängendem Kopf, sodass ich sie nicht mehr anschauen muss. »Es tut mir so leid ...«

»Was tut dir leid?«, fragt Dad und setzt sich zu mir. »Die Tabletten? Ich glaube nicht, dass du sie jemals genommen hättest.«

Ich weiche seinem Blick aus und antworte nicht.

Er nimmt eine meiner klammen Hände in seine. »Nia, warum sollte dir irgendetwas leidtun?«

Ich müsste nur meine Augen schließen, um sie auszublenden. Aber ganz hinten in meinem Kopf flackert etwas auf. Eine Erinnerung daran, als Jonny mir gesagt hat, wie schuldig er sich fühlt, dass er nur am Leben ist, weil Leo gestorben ist. Und ich weiß, dass ich eine Entscheidung treffen muss. Entweder ich lüge meine Eltern weiter an oder ich gestehe die Wahrheit ein. Sage ihnen das, was ich seit dem Tag am Strand für mich behalten habe. Ich hole stockend Luft.

»Es tut mir leid, dass wir auf die Felsen geklettert sind. Es tut mir leid, dass ich ihn nicht halten konnte.« Ich schaue sie an und eine Welle des Schmerzes überkommt mich. »Es tut mir leid, dass ich nicht gestorben bin anstelle von Leo.«

Mum keucht, in Dads Augen stehen Tränen. »Oh, Nia.«

Und ich weiß nicht, ob es die Tatsache ist, dass ich es laut ausgesprochen habe, oder die feste Umarmung, in die mich mein Vater hüllt, aber etwas zerbricht in mir und ich weine, wie ich noch nie in meinem Leben geweint habe. Die ganze Qual und der Schock, Leo sterben zu sehen, das Gefühl der Schuld, dass er nur wegen mir überhaupt erst auf die Felsen geklettert ist, meine Verbitterung darüber, dass ich diejenige bin, die am Leben geblieben ist, all das wird in einer riesigen Woge des Kummers hinausgespült. Und meine Eltern bemühen sich mit aller Kraft, dieser Welle standzuhalten. Aber sie sind selbst am Ende ihrer Kräfte.

Dad streichelt mir übers Haar und hört mit stillen Tränen zu. Mum klammert sich an uns. Die Mascara läuft ihr über das qualvoll verzogene Gesicht. Und irgendwann zwischen all der Reue, dem Leid und der Leere, verändert sich etwas. Nicht viel, aber es ist genug, um endlich einen Frieden in mir zu fühlen, den ich seit Monaten nicht mehr verspürt habe. Auf einmal kann ich kaum noch meine Augen offen halten. Ich protestiere nicht, als meine Eltern meinen Kopf auf das Kissen betten, noch rühre ich mich, als sie die Schachteln vom Boden aufsammeln und stillschweigend wegpacken. Ich nehme gerade noch wahr, wie sie in der Tür stehen bleiben.

»Es war nicht deine Schuld, Nia«, höre ich meinen Dad sagen. »Niemand hat Schuld daran.«

46

Jonny

Am Montagmorgen weigert sich Mum, mir die Medizin ins Zimmer zu bringen. Das ist das Erste, woran ich merke, dass meine Eltern krank sein müssen.

»Es ist nur eine Erkältung«, ruft sie durch die Tür, und klingt so verschnupft, dass ich sie kaum verstehe. »Ich lasse dir das Tablett draußen stehen. Vorsicht ist besser als Nachsicht.«

Ich muss immer noch wegen Infektionen aufpassen, aber eine Erkältung zu bekommen, ist nicht mehr so gefährlich, wie es das vor drei Monaten war. Trotzdem möchte Mum nichts riskieren, sodass ich mich nicht einmal im selben Raum mit ihr aufhalten soll. Dad lässt mich zum College laufen, damit ich nicht »mit den ganzen Bazillen« in einem Auto sitze. Und als ich nach Hause komme, stelle ich fest, dass er mittags von der Arbeit nach Hause gegangen ist, was noch nie passiert ist. Am Dienstagmorgen glühen beide vor Fieber. Ich ignoriere ihre Einwände und gehe nicht zum College.

»Bitte Tante Rosie, rüberzukommen«, sagt Mum, als ich ihnen ihr Grippemittel hochbringe, das ich in heißem

Wasser aufgelöst habe. »Du solltest nicht hier sein. Was ist, wenn du dich ansteckst?«

Ich lächle, schüttle die Kissen auf und reiche ihr die dampfende Tasse. All die Jahre hat sie sich um mich gekümmert und hält es nicht aus, dass ich mal dasselbe für sie tue. Außerdem kann Tante Rosie tagsüber sowieso nicht rüberkommen. Sie ist Lehrerin. »Mach dir um mich keine Sorgen, Mum. Konzentrier dich lieber darauf, wieder gesund zu werden.«

Dad schläft und schnarcht neben ihr mit weit offenem Mund, weil seine Nase verstopft ist. Er sieht verschwitzt aus, obwohl das Fenster offen ist und draußen Minusgrade herrschen.

»Du denkst an deine Medizin, ja?«, fragt Mum und folgt mir mit ihrem Blick, als ich Dad sein Grippemittel auf den Nachttisch stelle. »Notierst du auch alles?«

»Ja, Mum, natürlich tu ich das.« Ich bin dankbar, dass sie im Halbdunkeln des Zimmers nicht so gut sehen kann. Ab und an habe ich schon mal eine Dosis vergessen, aber in letzter Zeit lasse ich absichtlich welche aus.

Sie nickt und lässt sich wieder in ihr Kissen sinken. »Gut«, murmelt sie. »Braver Junge.«

Wieder unten suche ich in meiner College-Tasche nach einem Stift und mache mich daran, ihre sorgfältigen Notizen zu den Medikamenten von voriger Woche abzuschreiben. Seite um Seite hat sie von dem Tag an, als ich vor fast drei Monaten aus dem Krankenhaus gekommen bin, alles protokolliert. Nachdem ich die zwei Tage ohne

Medikamente nachgetragen habe, knöpfe ich mir die Pillenbox vor, nehme die raus, die ich nicht genommen habe, und sammle sie in einer kleinen braunen Flasche, die ich unter dem Kopfkissen in meinem Zimmer bunkere. Ich sehe einfach keinen Sinn darin, zwölf verschiedene Medikamente einzuschmeißen, durch die ich mich kein bisschen anders fühle. Was Mum nicht weiß, macht sie nicht heiß. Und körperlich habe ich mich noch nie besser gefühlt. Es ist nicht mein Körper, der gerade nicht in Ordnung ist, sondern mein Kopf.

Meine eigenen Entscheidungen zu treffen, fühlt sich gut an. Ich setze mich vor den Fernseher, mache eine verbotene Dose Cola auf und kritzle träge auf den Rändern des Medikamenten-Protokolls vor mich hin. Mein Handy leuchtet auf. Kurz flackert eine winzige Hoffnung in mir auf, dass es eine Nachricht von Nia sein könnte, aber natürlich ist es nicht so. Stattdessen bin ich überrascht, Ems Namen zu lesen. Sie hat jede Nachricht ignoriert, die ich ihr in letzter Zeit geschickt habe. Ehrlich gesagt, hatte ich wirklich schon angenommen, dass sie mich blockiert hat.

15. November,9:26

Hi, Jonny. Sorry, dass ich letztes Mal ausgerastet bin, als du da warst. Die neuen Medikamente haben mich zu einem kleinen Psycho gemacht. Ich darf keinen Besuch empfangen, aber die Ärzte sagen, dass sie mich bald entlassen werden. Wie auch immer, ich wollte nur, dass du weißt, dass ich nicht mehr sauer bin. Kuss ... Emily xxx

Ich muss fast lachen, weil ich früher schon erlebt habe, wie schlecht Emily auf ihre Medikamente reagiert, und psycho ist gar kein Ausdruck dafür. Lächelnd schüttle ich den Kopf und tippe eine Antwort.

9:37
Hey, Chemo-Girl. ENDLICH. Hat dir schon mal jemand gesagt, dass du einem ganz schön Angst einjagen kannst, wenn du sauer bist? Kein Wunder, dass dein Krebs aufgegeben hat ;-)

Sie braucht eine Weile für ihre Antwort und auch dann sind es nur zwei kleine Wörter.

10:22
Ha ha.

Ich vermute, die neuen Medikamente machen sie müde. Manchmal haben die Ärzte Schwierigkeiten, die richtige Dosierung zu finden. Aber ich bin froh, dass sie mir geschrieben hat, und noch froher, dass sie nicht mehr sauer auf mich ist. Vielleicht hab ich doch nicht alles verloren.

10:24
Heißt das, wir können wieder Facebook-Freunde sein?

Darauf antwortet sie nicht.

47

Nia

Ich habe noch nie im Gedenkgarten der Schule gesessen. Vor Leos Tod habe ich kaum registriert, dass es ihn überhaupt gibt. Er war für mich einfach nur eine Abkürzung, um zum Englischunterricht zu kommen. Aber unsere Familientherapeutin hat uns empfohlen, uns der Tatsache zu stellen, dass Leo nicht mehr da ist, und ein Teil davon ist, zum Friedhof zu gehen, oder eben für mich, hierher zu kommen. Deshalb verbringe ich meine erste Mittagspause in der Schule unter einem Regenschirm, um einen Fußballer aus Stein zu betrachten, der zu einem Freistoß ansetzt, den er niemals zu Ende bringen wird.

Es waren emotionale fünf Tage. Samstag und Sonntag haben wir nichts anderes gemacht, als uns alles von der Seele zu reden.

Noch nie in meinem Leben habe ich etwas Anstrengenderes getan. Wir haben verabredet, uns nur noch die Wahrheit zu sagen und uns nicht mehr davor zu verstecken, wie wir uns fühlen.

Die Sache mit Jonny halte ich so generell wie möglich. Ich glaube, noch niemand ist bereit für diese kleine Bombe. Und selbst wenn Helen anders darüber denkt, etwas nicht zu erwähnen ist nicht gleich lügen.

Am Montag hatte ich eine Notfallsitzung mit Teresa. Und jetzt, wo ich aufgehört habe, es wie eine Art Spiel zu betrachten, das ich gewinnen muss, fühlt es sich irgendwie einfacher an, mit ihr zu reden. Ich hoffe, die Familientherapie wird uns auch weiterhelfen, wenn wir erst mal die anfänglichen Hemmungen überwunden haben.

Also sitze ich nun hier an einem nassen Mittwoch in der Mittagspause, kaue nervös an meinen Fingernägeln und warte darauf, dass Helen auftaucht. Heute Morgen bin ich zu spät gekommen, also habe ich sie noch nicht gesehen. Ich würde es ihr nicht verübeln, wenn sie meine Nachricht von gestern Abend ignorieren würde, in der ich sie gebeten habe, mich hier zu treffen. Vor allem, weil es jetzt regnet.

Ich bin schon drauf und dran aufzugeben und zu gehen, als sie in der Eingangstür gegenüber erscheint. Sie bleibt einen Moment stehen und betrachtet mich und meinen tropfenden Regenschirm. Dann spannt sie ihren Schirm auf und sucht sich einen Weg durch die Pfützen, um sich neben mich auf die Bank zu hocken. »Du hast dir einen tollen Tag ausgesucht, um wiederzukommen.«

»Ich hatte keine große Wahl«, sage ich. »Es hat doch die ganze Woche Katzen gehagelt.«

»Na ja, könnte schlimmer sein«, sagt sie nach einem Moment. »Es könnte Haie regnen.«

Ich schaue sie zaghaft an und frage mich, ob die Anspielung auf unseren liebsten Trashfilm *Sharknado*, das bedeutet, was ich hoffe.

Einer ihrer Mundwinkel zieht sich leicht nach oben. Ein weiterer Hinweis darauf, dass sie mir vielleicht vergeben hat. »Stimmt«, gebe ich ihr recht und hole tief Luft. »Also, was gibt's Neues?«

»Nicht viel.« Sie zuckt mit den Schultern. »Es ist ja auch erst eine Woche vergangen, seit wir uns gesehen haben.«

Ich blicke sie stirnrunzelnd an. Eine Woche ist eine Ewigkeit unter besten Freundinnen. »Du hast doch bestimmt ein bisschen Klatsch und Tratsch für mich.«

Sie schüttelt den Kopf. »Nein. Meine Mutter hat beschlossen, dass ich mit Yoga anfangen soll, um dem Prüfungsstress entgegenzuwirken. Was ist mit dir?«

Wo soll ich anfangen? Ich plustere die Wangen auf. »Nächsten Monat werde ich von einem Haus springen. Du kannst mich sponsern, wenn du willst.«

Helen zieht skeptisch eine Augenbraue hoch. »Familien-Selbstmord? Guter Plan.«

Ich bin mir nicht sicher, ob ich darüber lachen soll. Helen ahnt noch nichts von den Tabletten und ich weiß nicht, ob ich schon bereit bin, es ihr zu erzählen. Irgendwann werde ich es natürlich tun. Wenn ich erst einmal selbst alles verstanden habe. Nicht nur dabei hilft die Therapie. Mum, Dad und ich sind auch wieder näher dran, eine Familie zu sein. Zwar keine perfekte – wir haben ein paar Narben –, aber wir sind uns wieder wesentlich näher, als wir es lange Zeit waren.

Ich habe einmal diesen Artikel über Ertrinkende gelesen. Sie sehen nicht so aus, als würden sie gerade untergehen. Sie rudern nicht mit den Armen oder spritzen mit Wasser, sie rufen oder kreischen nicht, weil sie einfach zu sehr damit beschäftigt sind, zu atmen. Selbst die Stärksten können ertrinken, leise, ohne großes Aufheben, während alle anderen denken, es würde ihnen gut gehen. Und jetzt weiß ich, dass mir genau das passiert ist. Ich habe all meine Energie darauf verwendet, meinen Kopf über Wasser zu halten, unfähig etwas von meinem Atem zu entbehren, um nach Hilfe zu rufen. Ich hatte Leos Tod nicht verarbeitet, war, anders als ich gedacht hatte, damit einfach nicht fertiggeworden. Ich ertrank unter seinem Verlust. Wir alle taten das.

Wenn Mum sich für die Spendensache im Januar vom Shard abseilt, werden Dad und ich mitmachen, zusammen mit Sophie, die ich lerne zu tolerieren, vielleicht sogar zu mögen.

»Ich glaube, eher das Gegenteil. Es soll lebensbejahend sein oder so, behauptet zumindest unsere neue Therapeutin.«

»Klingt ganz danach«, sagt Helen. »Du gehst zu einer neuen Therapeutin?«

»Ja. Als Familie.«

Sie verzieht das Gesicht. »Oh. Und wie läuft's?«

»Es ist ein bisschen gewöhnungsbedürftig«, gebe ich zu. »Wir dürfen nicht lügen.«

Helen sieht mich interessiert an. »Wie soll man das

denn herausfinden? Werdet ihr an einen Lügendetektor angeschlossen?«

»Nicht wirklich.«

Ich weiß nicht, wie ich es erklären soll. Ich könnte schon lügen, aber ich will es nicht. Es fühlt sich irgendwie an, wie zu betrügen. Ich wünschte, ich wüsste das Geheimnis unserer Therapeutin. Ich könnte es in Flaschen abfüllen und ein Vermögen damit verdienen.

Es herrscht wieder Stille zwischen uns, gefüllt vom unnachgiebigen Prasseln des Regens auf unsere Schirme. Ich habe Helen nicht hier raus in den Wolkenbruch gezerrt, damit wir über meine Familientherapie sprechen. Ich soll eine Brücke zurück zur Normalität schlagen. Das klingt zwar wie das größte Psychogelaber überhaupt, aber tatsächlich *will* ich mich das erste Mal seit Jahren einfach normal fühlen. Nicht wütend, nicht nachtragend, nicht allein, nicht verloren, einfach normal. Und um das zu schaffen, muss ich mich mit Helen vertragen. »Es tut mir leid«, sage ich schnell. »Ich habe mich wie eine blöde Kuh verhalten. Das war ungerecht.«

»Stimmt«, erwidert sie. Ihr Blick ruht auf Leos Statue. »Aber du hattest einen guten Grund.«

Ich zögere. Meint sie damit Leo oder Jonny?

»Hast du was von ihm gehört?«, fragt sie.

Sie meint wohl Jonny. Hoffe ich jedenfalls. »Nein.«

Sie wirft mir einen neugierigen Blick zu. »Wie fühlst du dich wegen ihm?«

»Okay«, sage ich zögerlich, denn von all den Dingen,

über die ich in meinen Einzelsitzungen gesprochen habe, ist Jonny das Thema, das noch am wenigsten geklärt ist.

»Zumindest nicht schlecht. Ich denke, ich bin über ihn hinweg.«

»Gut.« Sie nickt. »Das ist gut. Es hätte nicht funktionieren können, das weißt du, oder?«

»Schon.« Ich versuche nicht wehmütig zu klingen. Ich will Jonny nicht vermissen, aber ein Teil von mir tut es einfach. Jeden Tag muss ich mir wieder in Erinnerung rufen, dass er mich bei allem angelogen hat. Niemals werde ich erfahren, wie viel von dem, was er gesagt und getan hat, echt war und wie viel nur Mittel zum Zweck, um an mehr Informationen über Leo zu kommen.

Teresa sagt, dass Jonnys Verhalten letztendlich nicht viel mit mir zu tun hatte. Sie meint das nicht beleidigend, sie will damit auch nicht sagen, dass er gar nicht an mir interessiert war, sondern eher, dass sein mieses Verhalten auf seine eigenen Probleme zurückzuführen ist. Nach so vielen Jahren der Krankheit ein neues Herz zu bekommen, muss ziemlich krass sein. Ich kann nachvollziehen, dass es schwer ist, sich daran zu gewöhnen. Das heißt nicht, dass es richtig war, was er getan hat. Aber irgendwie verstehe ich ihn jetzt besser.

Vor Helen kann ich allerdings nichts davon zugeben. Das Urteil ist nun gefällt. Was sie angeht, spricht rein gar nichts für Jonny. Und auf Basis der momentanen Beweislage habe ich nicht wirklich das Gefühl, als könnte ich dagegenargumentieren.

48

Jonny

Samstagmorgen kommt Mums Schwester Rose wieder rüber und schmeißt mich förmlich aus dem Haus.

»Raus mit dir und schnapp ein bisschen frische Luft«, beharrt sie, als ich protestieren will. »Du siehst aus wie eine wandelnde Leiche.«

Ich bin nicht wirklich überrascht. Seit Dienstag bin ich tatsächlich nicht viel aus dem Haus gekommen. Aber ich habe eine Menge gezeichnet. Es fühlt sich gut an, wieder Stift und Papier in der Hand zu halten. Ich habe herausgefunden, dass es mir hilft, mich abzulenken.

Ich überlege, ob ich den Zug nehmen soll, um zu Nia zu fahren und einfach vor ihrem Haus zu stehen, aber das ist kein neuer Gedanke. Jeden Tag in der letzten Woche habe ich darüber nachgedacht. Seitdem sie mich aus ihrem Leben geschmissen hat. Und dann überlege ich auch, ob ich zu Em ins Krankenhaus gehen soll, aber sie hat mir noch kein grünes Licht für einen Besuch gegeben. Ich freue mich schon aufs Rumblödeln mit ihr, wenn wir uns wiedersehen.

Eine Weile laufe ich ziellos herum. Dann fällt mir ein,

dass die Jungs am Samstag im Park immer kicken. Marco löchert mich schon seit Wochen, dass ich mal wieder mitspielen soll.

Sie stehen herum und reden, als Marco mich über den vereisten Rasen laufen sieht und zu mir herüberjoggt. Er fragt mich als Erstes, ob alles okay bei mir ist. »Jackson hatte schon gehofft, du wärst tot.«

»Tut mir leid, ihn enttäuschen zu müssen«, sage ich und werfe einen Blick zu Jackson und Eavis, die mich missmutig anstarren. »Ich bin gesund und munter. Meine Eltern waren krank, musste da meine Pflicht tun.« Ich verdrehe die Augen nach dem Motto *Was soll man machen*.

Marco grinst. »Sag mal, was ist eigentlich aus dem Mädel geworden? Hast du jetzt die Eier gehabt, dich ranzumachen oder nicht?«

Ich blinzle und schaue weg. »Wir haben Schluss gemacht.«

»Oh, tut mir leid, Mann. Ich hätte die Klappe gehalten, wenn ich das gewusst hätte.« Marco sieht ehrlich zerknirscht aus.

»Warum interessiert es dich überhaupt?«, frage ich und verschränke meine Arme. Vielleicht sucht er nur nach Munition, die er bei den anderen verpulvern kann.

Aber er überrascht mich. »Na, weil du sie wirklich gemocht hast. Und weil wir Kumpel sind«, sagt er und legt eine Hand auf meine Schulter. »Ich pass auf meine Kumpels auf.«

Er hält meinem Blick gerade so lange stand, dass ich

ihm glaube, mich nicht verarscht zu haben, dann zeigt er mit dem Daumen auf die anderen. »Also, Lust auf ein Spiel? Uns fehlt ein Mann.«

Es ist ein kalter Morgen, unser Atem verwandelt sich in der eisigen Luft zu Wolken, aber mir ist trotzdem heiß. Gleichzeitig fröstle ich ein wenig. Ich habe mir wohl die Erkältung von meinen Eltern eingefangen und überlege, ob ich nicht besser nach Hause gehen, eine heiße Zitrone mit Honig trinken und mich wieder ins Bett legen soll. Aber jetzt bin ich schon draußen und den Jungs fehlt ein Spieler. Vielleicht ist ein bisschen frische Luft und Anstrengung genau das Richtige, um die Keime loszuwerden.

Während ich mir die Jacke ausziehe, muss ich an den blöden Kommentar denken, den Jackson letzte Woche über mein Gewicht losgelassen hat, als er gefragt hat, ob ich mich jeden Morgen mit einer Pumpe aufblasen würde. Der Spruch hat mir einen Stich versetzt und ich will ihm keine weitere Angriffsfläche bieten. »Okay, ich gehe aber nicht ins Tor.«

Marco zuckt mit den Schultern. »Charlie kann ins Tor.«

Die anderen schauen hoch, als wir dazustoßen. Die meisten von ihnen kenne ich schon – Charlie, Billy, Jackson und Eavis vom College. Aber es sind auch ein paar neue Gesichter dabei. Marco stellt uns vor und ich nicke ihnen grüßend zu.

Jackson grinst mich an. Ich zähle die Sekunden, bis die vorprogrammierte billige Drohung kommt, und er enttäuscht mich natürlich nicht. »Ich werd's dir zeigen, Fetti.«

Ich hebe cool eine Augenbraue. »Sagt das Mrs Walsh zu dir, wenn du von ihr träumst?«

Charlie bricht in schallendes Gelächter aus und alle anderen stimmen sofort mit ein. Ein hässliches Dunkelrot breitet sich auf Jacksons Hals aus, als er den Ball wegschießt. Er antwortet aber nicht, und ich schätze, ich muss mich auf ein paar schmutzige Fouls gefasst machen.

Auch mit zehn Leuten ist das Spiel echt anstrengend. Es wird viel gelaufen, verfolgt und verteidigt. Zuerst geht es mir gut. Meine Kondition hat sich ziemlich verbessert, aber nachdem ich eine Viertelstunde gespielt habe, merke ich, dass ich mehr außer Atem bin, als ich sein sollte. Ich schwitze auch. Ich spüre, wie der Schweiß meinen Rücken runterläuft und an meiner Kleidung kalt wird. Als mich ein plötzlicher Husten überfällt, werde ich langsamer und stütze meine Hände auf den Knien ab.

»Jonny, aufgepasst!«

Ich schaue hoch und sehe den Ball in meine Richtung fliegen. Zur gleichen Zeit merke ich, wie Jackson auf mich zuhält, ein gehässiges, höhnisches Grinsen im Gesicht. Ich richte mich wieder auf, nehme den Ball aus der Luft an, tänzle um Jackson herum und sprinte Richtung Tor. Ein stumpfer Schmerz macht sich in meiner Brust bemerkbar, während ich renne. Aber ich kann einen Weg durch die Verteidigungslinie sehen, genau zu der Stelle, wo der Torwart den Ball nicht erwischen wird. Ich ignoriere den Schmerz, um mich hindurchzuschlängeln. Ein letztes Mal schaue ich auf, hole aus und treffe den Ball schön mittig. Während ich ihm nachsehe, wie er hoch Richtung Tor fliegt, halte ich den Atem an. Wenn der jetzt reingeht, ist es, als wäre ich Leos Herz endlich gerecht geworden.

Der Torwart streckt sich und verfehlt den Ball, der geradewegs im Netz landet. Meine vier Mannschaftskameraden begraben mich grölend unter sich, als hätten wir soeben die Weltmeisterschaft gewonnen.

Auf einmal ist der Schmerz so stark, dass mir die Luft wegbleibt. Eine Sekunde denke ich, dass es das Gewicht der Jungs ist, das auf mir lastet und mich in den eisigen Boden drückt. Aber dann rappeln sie sich wieder auf und der Druck geht nicht weg. Wenn überhaupt, dann wird er schlimmer. Ich versuche, wertvollen Sauerstoff einzusaugen, aber meine Lungen haben angefangen, sich zu verkrampfen, und stattdessen kann ich nur husten. Kleine dunkle Nadelstiche tanzen vor meinen Augen und mein Kopf fühlt sich an wie ein Helium-Ballon, der sich von meinem Körper gelöst hat. Ein seltsames Pfeifen ist zu hören, das wie eine kaputte Dampflok klingt. In Wirklichkeit kommt es aus mir. Undeutlich nehme ich rufende Stimmen wahr, von ganz weit weg. Ich sollte zu ihnen zurückkehren, doch ich kann spüren, wie mir mein Bewusstsein entgleitet. Schatten drängen sich am Rand meines Sichtfelds. Ich gleite in ihre wartenden Arme und alles wird schwarz.

Das Erste, was ich sehe, als ich aufwache, sind die Quadrate. Große weiße Quadrate, die über meinem Kopf schweben, wie einfallslose kubistische Wolken. Wenn ich blinzle, werden sie scharf und wieder unscharf. Ich habe diese Quadrate schon einmal gesehen, denke ich benebelt. Schon oft.

»Du bist wach«, sagt eine Stimme. »Willkommen zurück.«

Meinen Kopf so weit zu drehen, um zu sehen, wer mit mir gesprochen hat, ist wahnsinnig anstrengend. Ich bin müde, schwerfällig und meine Muskeln reagieren nur im Schneckentempo. Als ich es geschafft habe, erkenne ich ein vertrautes Gesicht: Mr Bartosinski. Er steht am Fußende des Metallbetts, ein Klemmbrett in seiner Hand. Deswegen also kommen mir dic Quadrate so bekannt vor. Ich bin wieder im Krankenhaus.

Ich runzle die Stirn, oder versuche es zumindest, aber selbst das ist anstrengend. Es fühlt sich an, als wäre ich den Great-Wall-Marathon gelaufen. »Was ist passiert?«, bringe ich mühsam heraus.

Mr Bartosinski lächelt nicht. »Du hattest ein paar Komplikationen mit deinem Herzen. Es stand eine Weile ganz schön auf der Kippe, aber wir glauben, ein Abstoßen verhindert zu haben. Du bist auf dem Weg der Besserung.«

Was er mir sagt, ergibt keinen Sinn. Mir ging es super, alles lief bestens, die Werte waren gut. Warum sollte mein Immunsystem ein Herz abstoßen, das es monatelang ignoriert hat? Ich starre Mr Bartosinski verwirrt an.

»Du hast aufgehört, deine Medikamente zu nehmen«,

sagt er sanft, ohne eine Spur von Vorwurf oder Ärger. »Ohne die ausreichende Menge an Immunsuppressiva greift dein Körper das Herz an. Zum Glück war der Schaden minimal und die Herzfunktion konnte wiederhergestellt werden. Denn ich kann mir nicht vorstellen, dass du noch einmal so eine Chance bekommen würdest.«

Ich weiß, was er meint. Es würde kein Herz mehr geben, das so perfekt passen würde wie Leos. Es ist schon ein Wunder, dass ich seines überhaupt erhalten habe. Scham überkommt mich, als ich daran denke. Ich habe wirklich aufgehört, einige der Pillen zu nehmen. Ich hatte beschlossen, dass ich sie nicht bräuchte. »Aber mir ging es gut ...«

Mr Bartosinski nickt. »Das ist so, für eine kurze Zeit.« In seinem Lächeln liegt ein Hauch Resignation. »Du bist nicht der erste Organempfänger, der aufhört, seine Medikamente zu nehmen, und du wirst nicht der letzte sein. Besonders Teenager scheinen sich mit den Anforderungen an ein Leben nach einer Transplantation schwerzutun, vor allem, wenn sie erst einmal angefangen haben, sich besser zu fühlen. Sie denken, sie wären unbesiegbar und könnten es ohne die Medizin schaffen.«

Ein Bild von Iron Man blitzt in meinem Kopf auf und ich schiebe es schuldbewusst beiseite. Dass ich nicht die erste Person bin, die ignoriert, was die Ärzte sagen, macht es für mich nicht besser. Andere Menschen sterben, während sie auf ein neues Herz warten und ich stoße meines einfach weg.

»Aber das ist leider eine Illusion«, fährt er fort. »Dein guter Gesundheitszustand ist den verschriebenen Medikamenten zu verdanken, ohne sie verschlechtert er sich rapide, wie du ja selbst herausgefunden hast.«

Bei seinen Worten fühle ich mich klein wie eine Ameise.

Schlagartig fallen mir meine Eltern ein. Nach Jahren voller Angst und Unsicherheit müssen sie gedacht haben, sie hätten das Schlimmste überstanden. Dann passiert das und plötzlich sind sie wieder fast genau da, wo sie angefangen haben. Sie müssen mich hassen.

Mr Bartosinski bemerkt, wie mein Blick suchend umherwandert.

»Deine Eltern waren fast die ganze Zeit hier, während es ernst um dich stand, aber als du angefangen hast, positiv auf die Medikamente zu reagieren, konnten sie sich ein bisschen entspannen. Ich glaube, sie sind vor einer Weile frühstücken gegangen.«

Erleichterung durchspült mich wie ein Monsun. Ich muss mich bei ihnen entschuldigen – und zwar mächtig. »Wie lange bin ich schon hier?«

»Achtundvierzig Stunden. Wir haben dir einige hochkonzentrierte Medikamente verabreicht, um die Abstoßreaktion zu verhindern, deswegen wirst du dich vielleicht nicht an viel aus den letzten zwei Tagen erinnern. Die Medikamente haben auch ein paar recht starke Nebenwirkungen, daher die Erschöpfung und das grippeartige Gefühl.«

Das ist eine ziemlich treffende Beschreibung. Es fühlt sich wirklich an, als hätte ich die Grippe. Und er hat recht, ich erinnere mich nicht mehr, dass ich ins Krankenhaus gekommen bin. Das Letzte, woran ich mich entsinne, ist, dass ich im Park Fußball gespielt habe. Von da an ist alles schwarz. Ich habe keine Ahnung, wie ich hierhergekommen bin. Aber ich kann es mir vorstellen. Plötzlich habe ich einen Kloß im Hals und ich muss meinen Blick abwenden. Ich bin mir nicht sicher, ob ich diese zweite Chance überhaupt verdiene.

Mr Bartosinski notiert etwas auf meinem Krankenblatt und klemmt es wieder ans Bettende. »Quäl dich nicht zu sehr damit. Das Schwierigste an jeder Art von Organtransplantation ist zu lernen, wie man danach mit ihr lebt. Wir tun, was in unserer Macht steht, aber letztendlich kannst nur du selbst auf dich achtgeben.« Er schaut mich mitfühlend an. »Versuch, dich ein bisschen auszuruhen.«

Noch lange nachdem er gegangen ist, liege ich da, starre an die Decke und lausche den Stimmen und dem Geklapper vor meinem Zimmer. Ich hatte vergessen, wie laut Krankenhäuser mit ihrem ständigen Geräuschpegel sind. Nur auf den Intensiv- und Überwachungsstationen herrscht Ruhe, und dies ist die Kardiologie, die emsig ihrem Alltagsgeschäft nachgeht. Das hatte ich immer ausgeblendet. Aber jetzt zerrt es an meinen Nerven und es macht mich nur noch gereizter, wenn ich darüber nachdenke, wie schlimm ich es verbockt habe. Erst mit Em, dann mit Nia und jetzt diese Sache hier, die eigentlich mein Neuanfang sein sollte. Wenigstens haben die Ärzte mein Herz wieder hinbekommen. Schade nur, dass sie nicht auch den Rest von mir in Ordnung bringen können.

49

Nia

Helen ist ungewöhnlich still am Mittwochmorgen. Sie will mir nicht sagen, was los ist, und wenn ich ihren Blick suche, schaut sie weg. Erst in der Mittagspause, als wir draußen vor dem Schulgebäude sitzen, gibt sie nach und stößt einen tiefen Seufzer aus. »Ich weiß, ich werde es bereuen, aber ich vermute, du solltest es wissen.«

»Was?«, frage ich stirnrunzelnd. »Was sollte ich wissen?«

Sie spielt am Reißverschluss ihres Mantels herum und kämpft offensichtlich damit, es mir zu sagen. Und gerade als ich sie schon packen und schütteln will, seufzt sie wieder. »Okay. Rein hypothetisch: Was würdest du tun, wenn du wüsstest, dass Jonny im Krankenhaus liegt?«

Ich starre sie an. »Was meinst du mit hypothetisch?« Mir zieht sich der Magen zusammen. »Ist etwas mit seinem Herz?«

Mit Leos Herz.

»Ja, ich glaube schon«, sagt Helen. »Ich habe seinen Facebook-Account im Auge behalten, nur für den Fall, dass er Mist über dich schreiben sollte.«

»Und?«, frage ich nachdrücklich.

Sie zuckt die Schultern. »Ehrlich gesagt hat er dich nicht mal erwähnt.«

»Nicht das, du Dummi«, kreische ich. Ich denke an all die Artikel über Transplantationen, die ich gelesen habe, seit ich die Wahrheit erfahren habe. »Warum ist Jonny wieder im Krankenhaus? Ist alles in Ordnung mit ihm?«

»Ich weiß es nicht«, gibt sie zu. »Auf seiner Facebook-Pinnwand sind ein paar Posts mit *Gute Besserung* und Ankündigungen, dass sie ihn besuchen kommen. Er hat auf nichts reagiert, also habe ich mich gefragt, ob er vielleicht ...«

Ich lasse sie nicht ausreden. »Zeig her«, fordere ich mit einer Geste auf ihr Handy.

Sie reicht es mir und sieht mich mit zusammengekniffenen Augen an. »Du hast mich angelogen, Nia Brody.«

»Hmm?« Ich höre nicht wirklich zu, bin zu beschäftigt damit, nach Hinweisen darauf zu suchen, dass es Jonny gut geht. Die Genesungswünsche fangen vor fünf Tagen an. Am Samstag.

»Du hast mich angelogen, als du mir gesagt hast, dass du über ihn hinweg bist«, sagt Helen und betrachtet mich. »Du bist nicht über ihn hinweg. Nicht einmal ansatzweise.«

Endlich entdecke ich einen Namen, den ich wiedererkenne, und scrolle durch das, was er geschrieben hat. Ich würde Helen gerne klarmachen, dass sie falschliegt, dass ich mir nur Sorgen um Leos Herz mache und das alles ist.

Ich muss um meiner Eltern willen wissen, dass es noch schlägt. Aber tief im Inneren weiß ich, dass sie recht hat.

Und ich habe wirklich keine Ahnung, was ich dagegen tun soll.

Ich stehe Ewigkeiten vor dem Krankenhaus, bevor die Besuchszeit am Abend anfängt, und versuche mich innerlich darauf vorzubereiten reinzugehen. Es ist nicht so, dass ich Jonny nicht sehen will – okay, irgendwie will ich ihn wirklich nicht sehen –, aber vor allem ist es deshalb, weil ich keine Ahnung habe, was ich ihm sagen soll. Ich weiß immer noch nicht, wer er ist. Mit aller Kraft habe ich versucht, ihn aus dem Kopf zu bekommen, aber ich schaffe es nicht. Deshalb muss ich zu ihm. Egal wie sehr er mich verletzt hat, ich muss mich vergewissern, dass er okay ist. Und wenn ich auch nur etwas daraus gelernt habe, Leo als Bruder zu haben, dann, dass man Liebe nicht einfach abdrehen kann wie einen Wasserhahn. Sie sickert in deine Seele, bahnt sich einen Weg zu deinem Herzen und lässt eine unerträgliche Leere zurück, wenn sie nicht mehr da ist. Und was ich für Jonny empfinde, ist tatsächlich Liebe.

Also stehe ich hier, bereit, ihm eine letzte Chance zu geben. Wenn er sie will.

Jonnys Gesicht ist ein Foto wert, als er mich ein paar Meter von seinem Bett entfernt bemerkt. Er ist nicht allein. Ein Mann und eine Frau sind bei ihm, vermutlich seine Eltern. Als sich seine Augen vor Überraschung weiten, drehen sie sich zu mir um. Am liebsten würde ich auf dem Absatz kehrtmachen und wieder durch die Tür verschwinden, durch die ich gerade gekommen bin.

»Nia!«, sagt er mit einer Mischung aus Überraschung und Freude. »Ich ... wie ...?«

Er starrt mich an und verstummt, als wäre ich eine Fata Morgana. Und auch wenn es ein Schock ist, ihn tatsächlich im Krankenhaus anzutreffen, sieht er besser aus, als ich erwartet habe. Abgesehen davon, dass sein Gesicht um die Augen ein bisschen aufgedunsen ist, wirkt er genauso wie der Jonny, den ich kenne. Oder dachte zu kennen.

Ich mache einen Schritt auf ihn zu. »Hi.«

Seine Eltern schauen mich an. Aber mein Name scheint ihnen nichts zu sagen, was hoffentlich heißt, dass er ihnen nicht gebeichtet hat, die Identität seines Spenders herausgefunden zu haben. Jetzt, da ich näher bin, kann ich die Ähnlichkeit zwischen ihnen und Jonny erkennen. Seine grauen Augen mit den faszinierenden goldenen Sprenkeln hat er von seinem Vater. Die langen Wimpern und die vollen Lippen von seiner Mutter. Sie sind beide groß und schlank, was mich nicht überrascht. Als ich mich über Herztransplantationen informiert habe, habe ich herausgefunden, dass Patienten im ersten Jahr wegen all der Medikamente oft an Gewicht zunehmen. Die Medikamente erklären auch das flaumige Haar in seinem Nacken, das ich bei unserem ersten Kuss gespürt habe. Steroide fördern offensichtlich das Haarwachstum. Nichts von dem hat mich je gestört. Mir ging es immer darum, wie Jonny in seinem Innersten ist. In den Jonny habe ich mich verliebt. Aber es ist erstaunlich, wie vieles Sinn ergeben hat, als ich erst mal von seinem Herz wusste.

Jonnys Mutter macht einen Schritt auf mich zu. Ihre strahlenden Augen blicken mich neugierig an. »Wie schön, dich kennenzulernen, Nia«, sagt sie, streckt mir die Hand entgegen und mustert mich diskret von oben bis unten. »Ich weiß auch nicht. Da wartet man jahrelang darauf, Jonnys Freunde zu treffen, und dann kommen gleich zwei in einer Woche vorbei.«

Ich sehe, wie Jonny hinter ihr rot wird, und ein Blick gegenseitigen Verständnisses geht zwischen uns hin und her. *Eltern, immer schön peinlich.*

Ich ergreife die Hand seiner Mutter und schüttle sie. Ebenso die seines Dads. Dann schauen wir uns an und eine unangenehme Stille entsteht, bis sich Jonnys Mum schließlich räuspert und vielsagend in die Runde blickt. »Wir wollten gerade einen Kaffee holen gehen, nicht wahr, Steve?«

Jonnys Dad runzelt die Stirn. »Wollten wir?«

»Ja«, sagt seine Mum fröhlich. »Also lassen wir euch beide mal allein, damit ihr euch das Neueste erzählen könnt.« Sie strahlt mich an und ich sehe, dass Jonny auch das Lächeln von ihr hat.

Dann gehen sie, und Jonny und ich bleiben allein zurück. Eine weitere peinliche Stille hängt in der Luft. »Wie hast du es herausgefunden?«, fragt Jonny schließlich. »Dass ich hier bin, meine ich.«

Er deutet auf einen der Stühle neben dem Bett. Ich setze mich und versuche, nicht die ganzen Schläuche und Kabel anzustarren, die an ihm hängen. »Helen hat auf deinem Facebook-Profil nachgeschaut und eine Menge Genesungswünsche gesehen.« Dann schaue ich ihn an. »Also habe ich Marco gefragt, was los ist.«

Jonny stöhnt. »Oh mein Gott, was hat er dir gesagt? War er ein Idiot?«

Ein kleines Lächeln huscht über mein Gesicht. »Nein, er war eigentlich echt in Ordnung. Er schien ernsthaft um dich besorgt zu sein. Hat er dich schon besucht?«

»Ja«, sagt er. »Marco ist der andere Freund, von dem meine Mum gesprochen hat. Sie ist fast in Ohnmacht gefallen, als sie ihn gesehen hat, aber er hat sie um den Finger gewickelt, vor allem als sie erfahren hat, dass er derjenige ist, der den Notarzt gerufen hat.«

Kein Besuch von Emily also. »Du musst doch mehr als nur zwei Freunde haben.«

Seine Miene hellt sich auf. »Habe ich tatsächlich, wie sich herausgestellt hat. Ziemlich viele vom College sind vorbeigekommen. Da waren meine Eltern grad nicht da. Selbst Jackson hat mich besucht und der hasst mich eigentlich.« Jonny schaut mich mit einem winzigen Stirnrunzeln an. »Aber ich bin echt erstaunt, dass du hergekommen bist. Und noch erstaunter, dass Helen es zugelassen hat.«

Ich zucke die Achseln. »Sie denkt, dass ich dann mit dir abschließen kann.«

Seine Miene ändert sich in dem Moment, in dem ich es sage. »Abschließen«, wiederholt er leise. »Richtig.«

Ich könnte es dabei belassen, wenn ich wollte. Ein bisschen Small Talk mit ihm machen und mich dann mit dem Wissen davonmachen, dass es ihm gut geht. Er hat keine Erwartungen, keine Hoffnung, dass ich mehr will als eine Entschuldigung und einen ordentlichen Abschied, einen bei dem ich ihn nicht anschreie. Und wenn ich ehrlich bin, war ich mir nicht hundert Prozent sicher, was ich eigentlich wollte, bis ich ihn gesehen habe. Jetzt bin ich es.

Ich schaue ihm unverwandt in die Augen. »Warum, Jonny? Jeden Tag werden Organe transplantiert und die meisten Leute respektieren, dass Anonymität notwendig ist. Warum musstest du so unbedingt über Leo Bescheid wissen?«

Er macht kurz die Augen zu und seufzt tief. »Es ist so kompliziert. Ich weiß nicht einmal, ob ich mich selbst verstehe.« Ich warte, dass er weiterspricht, und beobachte ihn, während er sich sammelt, um mir alles zu erklären. Mein Verhalten ihm gegenüber wird davon abhängen, was er jetzt sagt. Also sollte ich ihm wenigstens die Zeit geben, es richtig zu formulieren.

Er schaut mir in die Augen. »Ich glaube, ich wollte er sein«, sagt er schlicht. »Ich war so lange krank, dass ich keine Ahnung hatte, wer ich wirklich war und ... und ich hatte Angst zu entdecken, dass ich es nicht wert war, eine zweite Chance auf Leben zu bekommen. Also habe ich mich hinter Leo versteckt.«

Ich merke, dass ich ihn verblüfft anschaue. Was auch immer ich erwartet habe, das war es nicht.

»Ich war nie zu viel fähig«, fährt er fort. »Ich habe keinen Sport gemacht oder mit anderen Kindern spielen können. Wie meine Mutter netterweise noch mal betont hat, hatte ich auch nie viele Freunde. Krank zu sein macht dich anders.« Er schüttelt den Kopf. »Und ich war nie klug genug oder beliebt genug, um das auszugleichen. Als ich dann im Krankenhaus war, hat das alles keine große Rolle mehr gespielt, teilweise, weil ich so krank war, teilweise, weil die anderen im Krankenhaus dich verstehen. Das erste Mal in meinem ganzen Leben hatte ich Freunde.« Er hält inne und lächelt mich schief an. »Daher kennen Em und ich uns.«

Jetzt wo er es sagt, entsinne ich mich, dass ich, als sie mir zum ersten Mal geschrieben hat, ein paar Fotos von ihr im Krankenhaus gesehen habe. Mir wird buchstäblich übel bei dem Gedanken. All die Male, die ich eifersüchtig auf Em gewesen bin, all die Male, wo ich am liebsten Nadeln in eine Voodoo-Puppe von ihr hatte stecken wollen und mir gewünscht habe, sie würde nicht existieren ... während sie nur sein Kumpel aus der Krankenhauszeit war?

Oh mein Gott, mir wird schlecht, so schuldig fühle ich mich.

»Ich hatte schon fast die Hoffnung aufgegeben, als man mir mitgeteilt hat, dass es ein Herz geben würde. Und danach konnte ich nicht aufhören, über den Spender nachzudenken, über die Person, die gestorben war und mir mein Leben zurückgegeben hat. Ich wusste, dass es ein Junge in meinem Alter war. Und egal, wie viele Male ich mir selbst gesagt hab, dass es nicht wichtig wäre, wem das Herz vorher gehört hatte, es hat weiter an mir genagt. Ich musste etwas unternehmen. Als ich ihn dann gefunden hatte, wollte ich alles über ihn wissen.« Er lehnt sich zurück ins Kissen und lässt seinen Blick über mein Gesicht gleiten. »Und da bist du ins Spiel gekommen.«

Es ist fast zu viel für mich, was ich da gerade verarbeiten muss. Mein Mund ist ganz trocken. Aufgewühlt trinke ich einen großen Schluck aus meiner Wasserflasche. »Was hat Emily?«

Seine Anspannung lässt ein wenig nach. »Akute myeloische Leukämie«, sagt er. »Eine der schlimmsten, die es gibt. Aber sie wehrt sich erfolgreich.«

Er sieht stolz aus, als er das sagt, und ein kurzer Anflug von Eifersucht packt mich. Aber ich verdränge ihn. Ich weigere mich, eifersüchtig auf ein Mädchen zu sein, das Krebs hat, selbst wenn sich herausstellen würde, dass Jonny eigentlich in sie verliebt ist und nicht in mich. »Ist sie noch hier?«

»Sie muss gerade auf einem Isolierzimmer liegen, hat was mit einem neuen Medikament zu tun. Aber sie meint, dass sie bald nach Hause darf«, erwidert er. Er lächelt. »Du würdest sie mögen, denke ich.«

Insgeheim stoße ich einen kleinen Erleichterungsseufzer aus. Egal wie nett sie ist, ich glaube nicht, dass ich schon damit umgehen könnte, sie jetzt zu treffen. »Ich bin sicher, das würde ich.«

»Das war also die ganze scheußliche Geschichte«, sagt er. »Im Grunde war ich wie ein Schwamm, der Leos Coolness aufsaugen wollte. Und das Einzige, was ich tatsächlich geschafft habe, ist, dich zu verletzen. Es tut mir wirklich so leid.«

Er sieht aus, als würde er es aufrichtig bereuen. Seine grauen Augen, die mich an Sturmwolken erinnern, durch die die Sonne dringt, sind ernst und traurig. »Wer bist du also dann?«, frage ich und habe fast Angst vor der Antwort. »Wer bist du wirklich, wenn du nicht gerade versuchst, Leo zu sein?«

Jonny schaut mich einen Moment schweigend an, dann zeigt er auf einen Schrank neben dem Bett. »Schau mal da rein.«

Ich stehe auf und gehe langsam zu dem Schrank. Was werde ich darin finden? Wenn es ein Chelsea-Trikot ist, bin ich weg. Aber es ist nichts dergleichen. Es ist ein Zeichenblock. Ich werfe ihm einen fragenden Blick zu. »Mach ihn auf.« Er schließt die Augen. »Das ist mein wahres Ich.«

Ich schlage das Deckblatt zurück und muss nach Luft schnappen. Das Bild auf der ersten Seite ist unglaublich. Es ist eine Manga-Zeichnung von einem Mädchen mit einer Mähne aus knallblauen Haaren und riesigen glänzenden Augen. Sie hat Grübchen in den Wangen, ein süßes kleines Lächeln und tritt einem fetten pinken

Monsterklecks in etwas, das vermutlich dessen Eier sind. Aber nicht, was auf dem Bild zu sehen ist, lässt mich nach Luft schnappen, sondern die künstlerische Begabung. Gierig blättere ich zur nächsten Seite, und weiter zur nächsten. Ein Bild ist besser als das andere. Nicht alle sind Mangas. Einige sind mit Bleistift gezeichnet, andere mit Pastellfarben und sie variieren von Mensch und Tier über Bäume und Gebäude bis hin zu pfirsichfarbenen Sonnenaufgängen und umwerfend gelbroten Sonnenuntergängen. Das Mädchen mit den blauen Haaren taucht oft auf, immer in verschiedenen Posen. *Emily*, denke ich bei mir. *Das ist Emily*. Und ich weiß, dass ich recht habe. Als ich sehe, wie viele Bilder es von ihr gibt, habe ich das Gefühl, dass etwas in mir zerbricht. Er muss sie lieben, wenn er sie so oft gezeichnet hat. Wie nennen Künstler noch mal diejenigen, die sie inspirieren – ihre Musen?

Ich bin so vertieft in die Zeichnungen, dass ich fast vergesse, wo ich mich befinde. Und dann komme ich zur letzten Seite und werde augenblicklich ins Hier und Jetzt zurückbefördert. Denn auf der letzten Seite ist nicht nur eine einzige Zeichnung, es sind Tausende. Immer wieder hat er dasselbe Gesicht gemalt, wie Rosen, die über eine Gartenmauer ranken. In der Mitte ist ein großes Porträt, das mit kräftigen Bleistiftstrichen und federleichten Schatten angefertigt ist. Das Gesicht scheint lebendig zu sein, so atemberaubend sind die Details. Es ist unglaublich schön.

Und gleichzeitig ist es auch ... meins.

Ich bin verunsichert und zu verwirrt, um in diesem Moment die Zeichnungen zu zählen, aber ich schätze, es sind mehr als dreißig. Wenn die vielen Bilder von Emily vermuten ließen, dass er in sie verliebt war, was sagt das hier dann über seine Gefühle für mich aus?

»Jetzt wo du hier bist, bin ich mir nicht so sicher, ob ich deine Nase richtig getroffen habe«, kommentiert Jonny mit trockener Stimme. In seinen Worten kann ich die Nervosität hören. Er hat Angst, ich könnte es hassen. Aber ich hasse es nicht. Ich liebe es. Ich liebe *ihn*.

»Sie sind wundervoll«, bringe ich heiser hervor und blinzle kräftig die Tränen weg, die in mir aufsteigen wollen. »Du bist wundervoll. Warum um Himmels willen hast du probiert so zu sein wie Leo, wenn du das hier sein kannst? Er hätte für dieses Talent getötet.«

Jonny zuckt mit den Schultern. »Es kommt mir ein bisschen langweilig vor. Wie etwas, das ich nur gemacht habe, weil ich zu krank für alles andere war.«

Ich schaue wieder auf den Skizzenblock und mir wird ganz schwindelig bei den vielen Zeichnungen von mir. Ich blättere zurück durch die Seiten. »Sie sind der Hammer«, wiederhole ich. »Und das sage ich nicht nur, weil da einige von mir dabei sind.«

Er schweigt einen winzigen Moment. »Weißt du, in meinem Kopf bist nur du«, sagt er dann.

Ich schaue abrupt auf und mir stockt der Atem. »Was?«

Seine Wangen werden knallrosa, aber er wendet seinen Blick nicht ab. »Vom ersten Moment an, in dem ich dich auf der Spendenveranstaltung gesehen habe, bist du mir nicht mehr aus dem Kopf gegangen. Ich habe seitdem nichts anderes mehr zeichnen können als dich. Und auch das hat sich nicht richtig angefühlt.«

Der Skizzenblock gleitet mir aus den Fingern und fällt aufs Bett. »Aber ... warum?«

»Na ja, wie gesagt«, die Röte in seinem Gesicht nimmt immer mehr zu. »Nachdem ich dich getroffen hatte, warst du das Einzige, woran ich denken konnte. Meine Black Widow. Aber ich wusste nicht, ob ich dich jemals haben könnte.«

»Wie meinst du das?«

Jonny schaut betreten nach unten. »Es klingt vielleicht dumm, aber ich war davon überzeugt, Leos Herz zu haben, daher wusste ich, dass es bedeuten würde, nicht mit dir zusammen sein zu können. Und dann hast du mich geküsst und ich habe gemerkt, dass ich auch nicht ohne dich sein konnte.«

Seine Worte brauchen eine Weile, um bei mir anzukommen. Dann hört der Raum auf, sich um mich zu drehen, und alles wird ruhig, auch wenn sich nichts mehr anfühlt wie vorher. Mit Teresa habe ich über die Verbindung zwischen Jonny und Leo gesprochen. Also habe ich wenigstens auf diese Bedenken eine Antwort, wenn schon auf nichts anderes.

»Ich habe auch darüber nachgedacht. Und es hat mich zuerst wahnsinnig gemacht.« Ich strecke die Hand aus, lege meine Finger um seine und hole tief Luft. »Aber Leo ist tot. Es ist nichts mehr von ihm geblieben außer unseren Erinnerungen. Das Herz hat aufgehört seins zu sein in dem Moment, in dem es angefangen hat für dich zu schlagen.«

Jonny presst seine Lippen zusammen und nickt. Seine Augen sind voller Schmerz, dunkler und besorgter, als ich sie kenne. »Ich weiß, dass ich es vermasselt habe. Ich weiß, dass ich alles kaputt gemacht habe. Aber es ändert nichts an dem, was ich für dich fühle. Also sag mir bitte einfach. Meinst du, zwischen uns beiden könnte jemals ... Ich meine, sollte ich die Hoffnung aufgeben?«

Jetzt ist er also da – der Augenblick der Entscheidung. Ich betrachte unsere ineinander verflochtenen Finger zwischen all den Kabeln und Schläuchen. Kann ich ihm die Lügen vergeben, den Schmerz, den er mir zugefügt hat, oder wird immer etwas davon zurückbleiben? Eine kleine Stimme ganz hinten in meinem Kopf, die alles hinterfragt, was er mir sagt? Und mir wird klar, dass ich es nicht weiß.

Aber was ich weiß, ist, dass ich nicht zurück zu den dunklen Tagen möchte, als er noch nicht Teil meines Lebens war. Am Anfang wird es vielleicht nicht einfach sein – weil wir beide unsere Probleme haben –, aber mit der Zeit könnte es sich wirklich zu etwas Tollem entwickeln. Es ist ein Risiko. Aber das ist die Sache mit Risiken: Ohne sie ist man nur halb am Leben.

Mein Blick wandert zurück zum Zeichenblock. Es ist, als ob er alles Gute an mir eingefangen hätte, all die Dinge, die ich selbst nicht sehen konnte, und sie auf Papier gebracht hat. Ich erinnere mich an den Tag in Brighton, als wir inmitten des Gartens standen und ich ihn so sehr küssen wollte, dass es wehtat.

»Nein«, sage ich und schlucke schwer. »Du solltest die Hoffnung nicht aufgeben.«

50

Jonny

Selbst nachdem meine Eltern reingeplatzt sind, als Nia und ich uns gerade geküsst haben, kann ich kaum glauben, was für ein Glückspilz ich bin. Nach all dem, was ich getan habe, sollte sie mich hassen. Aber sie tut es nicht. Das und die Neuigkeit von Mr Bartosinski, dass ich in ein paar Tagen nach Hause gehen kann, lassen mich ziemlich optimistisch in die Zukunft blicken. Alles, was ich jetzt noch tun muss, damit das Leben richtig gut wird, ist, die Sache mit Emily zu klären.

Ich liege gerade in meinem Bett und frage mich, ob sie wohl schon aus der Isolierstation entlassen wurde, als ein vertrautes Gesicht hinter dem Vorhang auftaucht.

»Femi!«, rufe ich mit einem breiten Grinsen. Es ist Monate her, dass ich ihn gesehen habe. Ich hatte sogar schon angenommen, dass er in einem anderen Krankenhaus angefangen hätte oder zurück nach Nigeria gegangen wäre, und wir unseren Plan, auf der London Comic Con einzufallen, vergessen müssten. Aber er trägt sein Pfleger-Outfit, das heißt, er arbeitet noch hier. »Wo bist du gewesen, Fremder?«

»Wo ich gewesen bin?«, fragt er, kommt durch die Tür und stellt sich an mein Bett. »Ich war hier, wie immer. Die Frage ist eher, was tust *du* hier?«

Er greift nach meiner Patienten-Akte und blättert stirnrunzelnd durch die Seiten.

Ich verziehe verschämt das Gesicht. »Leichte Fehlkalkulation mit meinen Medikamenten«, sage ich. Ich hoffe, dass er in den Aufzeichnungen nicht zu weit zurückblättert. »Jetzt geht's mir wieder besser. Aber egal, wie ist es bei dir?«

Femi lässt das Klemmbrett sinken und breitet die Arme aus. »Gut. Ich war im Urlaub. Sieht man das nicht?«

Ich grinse. Femis Haut ist so tiefschwarz wie die Nacht. »Nein.«

»Tja, war ich aber. Zwei Wochen Abschalten und Erholung.« Sein Lächeln lässt ein bisschen nach. »Ich freue mich, dich zu sehen, auch wenn ich mich nicht freue, dass es dir nicht gut geht.«

Wir verfallen sofort wieder in unser altes Rumgescherze. Als ich noch auf der Kardiologie lag, war Femi bei Weitem mein Lieblingspfleger, und ich weiß, dass Em ihn auch super findet. Er ist von meinem neuen Fußballwissen beeindruckt, weniger begeistert ist er allerdings, als ich zugebe, dass ich das Zeichnen ein bisschen vernachlässigt habe. Er nimmt den Skizzenblock auf meinem Bett in die Hand und blättert ihn durch, wobei er anerkennende Laute von sich gibt. »Und wer ist diese reizende Dame?«, fragt er, als er auf der letzten Seite angekommen ist.

Hitze steigt mir in die Wangen. »Nur jemand, den ich kennengelernt habe.«

Seine Augen funkeln, als er mich ansieht. »Als Nächstes wirst du mir vorgaukeln wollen, es sei niemand Wichtiges. Aber dein Bleistift erzählt eine andere Geschichte.«

Und bevor ich michs versehe, sprudelt alles aus mir heraus. Ich kann nicht aufhören. Nicht einmal, als Femis Miene sich in Enttäuschung verwandelt und ich mich eingeschüchtert in mein Kissen drücke.

Als ich fertig bin, sagt er lange nichts. Dann seufzt er und schüttelt den Kopf. »Du hast dir deine Genesung echt nicht leicht gemacht. Wie geht es diesem armen Mädchen jetzt?«

Ich denke daran, wie Nia mir zum Abschied zugewunken und versprochen hat, dass wir uns sehen, sobald es mir wieder gut genug geht. »Ich denke, ganz okay. Auf jeden Fall ist sie auf dem Weg der Besserung. Wir werden die Dinge langsam angehen.«

»Dann hast du mehr Glück, als du verdienst«, urteilt Femi. »Andererseits erwarten wir vielleicht zu viel von dir. So schwer krank zu sein, hinterlässt nicht nur Narben am Körper, sondern auch in der Seele.«

»Ich weiß, dass ich Schwein hatte«, beteure ich. »Ich habe meine Lektion gelernt. Jetzt muss ich nur noch Em sehen, um mein Glück vollkommen zu machen. Weißt du, wie es ihr geht?«

Femis Miene erstarrt. »Emily?«, sagt er. »Was meinst du?«

»Ist sie noch auf der Isolierstation?«, frage ich. »Ich bin an ihrem alten Zimmer vorbeigegangen, aber sie war nicht da. Sie hat mir gesagt, dass sie mit der Chemo jetzt fertig ist.«

Femi wirft einen Blick über die Schulter zur Tür, als ob er Hilfe suchen würde. Als er sich wieder zu mir dreht, steht in seinen Augen tiefe Trauer. »Es stimmt. Wir haben aufgehört, Emily zu behandeln. Jedoch nicht, weil es ihr besser ging.«

Ein eisiger Schauer läuft mir über den Rücken. »Was sagst du da? Sie hat gemeint, dass sie auf der Isolierstation läge, aber bald nach Hause gehen dürfe.«

»Sie durfte gehen«, sagt Femi mit sanfter Stimme. »Aber nicht so, wie du denkst. Es tut mir leid, Jonny, ich dachte, du wüsstest es. Emily ist letzten Samstag gestorben.«

Ich verstehe seine Worte, aber sie ergeben keinen Sinn. Nicht sofort. »Gestorben?«, frage ich ungläubig. »Das kann nicht sein, sie hat mir letzte Woche noch geschrieben. Sie kann nicht tot sein.«

Aber schon während ich es sage, muss ich daran denken, wie krank sie letztes Mal ausgesehen hat, als ich sie besucht habe. Dünn, mit fiebrig glänzenden Augen. War ich zu sehr mit mir selbst beschäftigt, um genauer hinzusehen? Habe ich deswegen die Lüge mit der Infektion einfach geschluckt? Und die Nachrichten von letzter Woche, auf die sie nicht geantwortet hat, die laut meinem Handy niemals gelesen wurden – ich hatte angenommen, es sei wegen der neuen Medikamente gewesen. Samstag? Das war, als ich wieder eingeliefert wurde.

Oh mein Gott, während die Leute im Krankenhaus um meine Rettung gekämpft haben, haben sie bei ihr nur zuschauen können, wie sie ihnen entglitten ist. Ich lasse den Kopf in meine Hände sinken und versuche zu atmen. Ich kann nicht glauben, dass dies gerade wirklich wahr sein soll.

»Hast du denn den Brief nicht bekommen, den sie dir hinterlassen hat?«, fragt Femi. »Er sollte dir zugeschickt oder in deine Patienten-Akte gelegt werden, damit du ihn bei der nächsten Kontrolluntersuchung bekommst.«

Ich hebe benommen den Kopf. Einen Brief? »Ich habe es nicht bis zur nächsten Kontrolluntersuchung geschafft. Ich bin vorher hier gelandet.«

Femi presst die Lippen aufeinander. Dann geht er zur Tür.

»Warte kurz. Bin gleich wieder da.«

Während er weg ist, gehe ich wieder und wieder in Gedanken das letzte Mal durch, als ich Em gesehen habe. Ich frage mich, ob sie mir irgendeinen versteckten Hilferuf zukommen lassen wollte, den ich übersehen habe. Wenn ja, dann muss er so schwer zu fassen gewesen sein wie diese Situation gerade.

Ich habe keine Ahnung, warum sie mir nichts über ihren wahren Zustand gesagt hat. Das war doch immer unser Deal: totale, schonungslose Ehrlichkeit. Ja, es stimmt, ich habe ihr nicht alles von mir und Nia erzählt, aber das war doch eine Nebensache im Vergleich hierzu. Vielleicht kann ihr Brief es mir erklären. Ich kann es weiß Gott nicht.

Als Femi zurückkommt, hält er einen Umschlag in der Hand. Er reicht ihn mir mit trauriger Miene und sagt, dass er mich allein lässt, und ich ihn rufen soll, wenn ich ihn brauche. Dann geht er wieder auf den Flur, und während ich den zugeklebten weißen Briefumschlag in den Händen drehe, kann ich seine Stimme hören, als er mit dem Rest des Pflegepersonals redet. Wahrscheinlich ermahnt er sie, mich im Blick zu behalten, falls ich etwas Dummes anstellen sollte. Denn etwas Dummes anzustellen, scheint gerade meine Spezialität zu werden, denke ich bitter.

Das Erste, was mir in die Finger fällt, ist das Freundschaftsarmband mit dem silbernen Herzen, das ich Em von der Spendenveranstaltung für Leo mitgebracht habe. Ich starre es einen Augenblick an und bekomme einen Kloß im Hals vor lauter Elend. Dann ziehe ich den Brief heraus. Es ist ein zerknittertes Blatt Papier. Zuerst denke ich, dass es eine Verwechslung sein muss. Das ist kein Brief, es ist die Zeichnung von Chemo-Girl, die ich für Em gemacht habe. Die Zeichnung, von der Em behauptet hat, man hätte vergessen, sie wieder aufzuhängen, nachdem sie auf die Isolierstation verlegt worden war. Aber dann wende ich sie und entdecke ihre krakelige Handschrift auf der Rückseite.

Hey, Jonny,

es sieht wohl so aus, als hättest du gewonnen und ich verloren. Wie komisch. Erinnerst du dich an all die Pläne, die wir für unsere Liste gemacht haben? Wie wir intensiver als alle anderen leben wollten? Mehr lachen wollten, als wir geweint haben, und alles einmal ausprobieren wollten – was auch immer es kosten würde? Wir haben nicht eine Sekunde darüber nachgedacht, was passieren würde, wenn nur einer von uns es schaffen würde und der andere nicht. Es war alles oder nichts. Entweder beide am Leben oder beide tot. Da habe ich wohl mal wieder falschgelegen.

Ich weiß, dass du dich fragst, warum ich dir nichts davon gesagt habe, dass der Krebs wiedergekommen ist. Die Wahrheit ist, dass ich mir selbst weiter vorgemacht habe, es wäre nicht so. In meinem Kopf hatte es eine Verwechslung mit den Ergebnissen gegeben. Sie hatten sich einfach die falsche Biopsie angeschaut. Denn ich konnte das alles doch nicht umsonst durchgemacht haben, oder? Wenn Chemo-Girl dem Krebs nicht zeigen konnte, wo es langging, wer dann?

Es tut mir leid, dass ich die letzten Male, wenn du zu Besuch warst, so eine blöde Zicke war. Falls du es noch nicht kapiert hast, ich war eifersüchtig; furchtbar, erbärmlich, bodenlos eifersüchtig. Darauf, dass du wieder gesund geworden bist und ich nicht. Ich war keine gute

Freundin für dich, Jonny, und auch das tut mir leid. Es ist nicht deine Schuld, dass du Glück hattest, genauso wie es nicht meine Schuld ist, dass ich keines hatte. Ich wünschte, unsere letzte Begegnung wäre eine von denen gewesen, bei denen wir so viel gelacht haben, dass ich Schluckauf bekommen habe und du ganz blau angelaufen bist. Ich wünschte, ich hätte dich nicht rausgeschmissen.

Aber du darfst nicht eine Sekunde damit vergeuden, etwas zu bereuen oder dich zu fragen, was gewesen wäre, wenn. Lass hinter dir, was passiert ist, und schau nach vorne.

Folge diesen Anweisungen: Lass dich nie durch deine Angst davon abhalten, irgendetwas zu riskieren. Mach all die Sachen auf unserer Liste – ich weiß, du willst nicht, aber du musst. Und das Wichtigste: Lerne, wie man lebt.

Du hast dein ganzes Leben lang auf ein Herz gewartet, Jonny. Ich hoffe, du weißt, dass du meines immer hattest.

Em

Als ich aufwache, ist es spät. Jemand hat meinen Zeichenblock weggeräumt, und Ems Freundschaftsarmband liegt auf meinem Nachttisch. Das silberne Herz ruft mir erneut in Erinnerung, was für ein Idiot ich bin. Meine Augen scheuern und tun weh. Aber das ist nichts im Vergleich zu dem Schmerz, den ich in mir spüre. Ich wünschte, ich hätte mehr dafür gekämpft, die Dinge mit Em wieder in Ordnung zu bringen, als ich noch eine Chance dazu hatte. Ich wünschte, ich wäre nicht so blind gewesen, nur Chemo-Girl vor mir zu sehen, während meine wirkliche Freundin sich hinter diesem Bild langsam auflöste. Ich wünschte, sie hätte nicht diesen letzten Satz geschrieben. Noch etwas, das ich einfach nicht gesehen habe. Aber vor allem wünschte ich, sie wäre hier, sodass ich ihr in die Augen schauen und ihr sagen könnte, wie leid es mir tut. Ich würde fast alles dafür geben.

Die Sache mit Krankenhäusern ist, dass man Unmengen an Zeit hat, um nachzudenken. Und eines ist mir in den Tagen, seit ich erfahren habe, dass Em tot ist, klar geworden: Ich will keine weiteren Fehler mehr machen. Wenn ich es richtig anstelle, kann ich ein gutes Leben führen, sodass meine Eltern stolz auf mich sind und ich es auch sein kann. Und ich schulde es Em und Leo, es zumindest zu versuchen. Em, weil ich eine Zukunft habe, für die sie alles getan hätte, und Leo, weil er mir mehr gegeben hat, als er ahnen konnte.

Es klingt furchtbar kitschig, aber wenn heute der erste Tag vom Rest meines Lebens ist, dann gibt es etwas, das ich unbedingt tun muss. Ich hätte es vermutlich schon vor Monaten machen sollen.

Aus meinem Skizzenblock reiße ich ein Blatt Papier und greife nach meinem Stift. Ich kaue auf ihm herum, während ich nach den richtigen Worten suche.

Hallo,
Sie kennen mich nicht, aber diesen Sommer haben Sie mein Leben gerettet. Sie haben das Herz Ihres Sohnes zur Organtransplantation freigegeben, und es hat seinen Weg zu mir gefunden. Ich wünschte, ich könnte Ihnen zeigen, was es bewirkt hat, wie es für mich alles geändert hat. Stattdessen kann ich Ihnen nur ein Versprechen geben. Ich werde immer darauf aufpassen und nicht nur dankbar sein für seine Stärke, sondern auch für Ihre Opferbereitschaft. Nie in meinem Leben werde ich vergessen, welchen Weg es genommen hat, um zu mir zu gelangen – aus den Tiefen Ihres eigenen Verlustes und Ihres unendlichen Leids in die Zukunft eines anderen Menschen. Ich schulde Ihnen so viel. Mein / Unser Herz wird in Gedanken immer bei Ihnen sein.

Morgen werde ich den Brief Femi geben, damit er ihn an meinen Transplantationskoordinator weiterleitet. Der wird dann wissen, was er damit machen soll.

Und eines Tages, wenn Nia und ich meine Dummheit überwunden haben, werden wir ihren Eltern vielleicht sagen, wer ich wirklich bin.

Vielleicht.

51

Nia

»Bist du dir sicher, dass du das tun willst?«

Jonny sieht nervös aus. Ich weiß nicht, warum. Für mich ist es ja nicht das erste Mal, dass ich auf einem Friedhof bin. Aber es fühlt sich, wenn ich ehrlich bin, schon ein bisschen seltsam an, mit ihm hier zu sein. Definitiv ist es keins dieser normalen Pärchen-Dinge, die Teenager so machen. Aber ich konnte ihn nicht alleine hier hergehen lassen. Nicht beim ersten Mal nach der Beerdigung. »Ja, ich bin mir sicher.«

Emilys Grab sticht aus allen anderen hervor. Es ist neu. Eines von vielen in einer traurigen kleinen Reihe von Gräbern. Jedes davon eine nackte Mahnung, dass das Leben nicht ewig währt. Auf einigen der Gräber ragen verblichene Plastikblumen aus den eingelassenen Vasen, in anderen stecken verdorrte Stängel, als ob die Leute, denen es wichtig war, sie herzubringen, nun selbst schon nicht mehr da wären. Aber nicht so auf Emilys Grab. Hier ist die Erinnerung spürbar. Es bordet über vor Aufmerksamkeiten – mit Blumen im Überfluss, so wie es auf Leos Grab in den ersten Monaten gewesen ist. Irgendwann wird dieses hier werden wie seines jetzt ist. Gepflegt mit derselben Liebe und demselben Kummer, aber überschaubarer. Für den Moment jedoch bildet es für alle den Mittelpunkt des Verlustes. Eine Kette von Freundschaftsarmbändern ist um den Grabstein geschlungen.

Jonny ist still, während wir an Emilys Grab stehen. Manchmal stehe ich auch an Leos Grab einfach nur schweigend da, ohne wirklich zu wissen, warum ich gekommen bin, aber mit dem dringenden Bedürfnis, da zu sein. Doch Jonny weiß, warum er hier ist. Er ist gekommen, um sich zu verabschieden.

Das Gras ist nass. Feuchtigkeit sickert in meine Stiefel, die nicht so wasserfest sind, wie ich dachte. Die späte Novembersonne versucht sich einen Weg durch die Wolken zu bahnen, taucht uns in Licht und Schatten. Es sind viele Leute da. Sonntagnachmittags scheint Besuchszeit auf dem Friedhof zu sein. Einige murmeln sich Grüße zu, aber niemand richtet ein Wort an uns, wahrscheinlich aus Respekt unserem Schweigen gegenüber.

Ich warte, ein wenig hinter Jonny, während er auf Emilys Namen blickt. Nach einer Weile kauert er sich nieder und liest ein paar von den plastikbeschichteten Karten. Die meisten haben Wasserflecke, einige sind unlesbar. Und dann greift er in seine Tasche, holt eine durchsichtige Plastikhülle heraus und platziert sie behutsam zwischen den Blumen. Es ist eine Zeichnung von Emily mit einem breiten Lächeln, wilden dunklen Locken und tanzenden Augen.

Es ist nicht Chemo-Girl. Diese Zeichnung hat etwas Innigeres, Vertrauteres. Sie ist perfekt.

»Du weißt, dass das Bild hier draußen kaputtgehen wird«, sage ich behutsam.

»Dann werde ich ein neues machen«, erwidert er ohne aufzuschauen. »Ich kann im Moment eh nicht aufhören zu zeichnen.«

Er schweigt wieder. Die Sonne gibt den Wolken nach und ein feiner Nieselregen beginnt zu fallen, der uns langsam mit silbernen Tröpfchen bedeckt.

»Es ist in Ordnung, sie zu vermissen«, sage ich.

»Ich weiß. Es ist nur ...«, er bricht ab und starrt ins Leere. »Das letzte Mal, als wir uns gesehen haben, haben wir uns gestritten. Ich dachte, es wäre wegen einer dummen Kleinigkeit gewesen. Aber dann hat sie mir einen Brief geschrieben und jetzt weiß ich nicht mehr, was ich denken soll.«

»Was hat sie denn geschrieben?«, frage ich, auch wenn ich nicht sicher bin, ob ich es wissen will.

»Sie hat mir ein paar Anweisungen gegeben. Dass ich keine Angst haben soll, etwas zu riskieren, dass ich die To-do-Liste, die wir zusammen geschrieben haben, abarbeiten und mein Leben wirklich leben soll.« Er zögert einen Moment. Eine Sekunde, in der alles, was ich hören kann, nur das fast lautlose Prasseln des Regens ist. Dann seufzt er und steht auf. Er stellt sich zu mir. »Und sie hat mir geschrieben, dass ich immer ihr Herz hatte.«

Bei diesem letzten Satz zieht sich mein Magen zusammen. Will er damit etwa sagen, dass Emily ihn geliebt hat? Heißt das, er hätte alles anders gemacht, wenn er es gewusst hätte? »Oh.«

Er fährt sich mit der Hand durchs Haar, verwandelt die schimmernden Tröpfchen in einen nassen Film. »Warum hat sie mir das nicht gesagt, bevor sie gestorben ist? Warum musste sie so lange warten, bis ich sie nicht mehr fragen konnte, wie sie das meint?«

Ich versuche mir vorzustellen, wie ich mich an ihrer Stelle gefühlt hätte, verliebt in Jonny, aber mit dem Wissen, dass sie sterben würde. Und ich denke, ich verstehe sie.

»Weil ihr keine Zukunft zusammen hattet. Weil sie dir nichts versprechen konnte außer Schmerz. Weil ihr einfach keine Zeit blieb.«

Jonny nickt, dann schaut er mir tief in die Augen. »Oder vielleicht, weil sie wusste, dass ich ihre Gefühle nicht erwidern konnte. Ich denke, sie hat gesehen, dass ich dich liebe.«

In seiner Miene liegt so eine ergreifende Mischung aus Kummer und Hoffnung, dass ich ihn am liebsten auf der Stelle in die Arme schließen würde. Und mit einem Mal ist die Anspannung in meinem Magen wie weggeblasen.

Er hält mir seine Hand hin. »Also, was denkst du – willst du mir dabei helfen, Ems Anweisungen zu befolgen?«

Ich blicke auf die Zeichnung, die er von ihr gemacht hat, und stelle mir vor, wie sie mir die Nachricht geschrieben hat, in der sie mich bittet, Jonny eine Chance zu geben. Ich habe ihm nie davon erzählt. Wusste sie da bereits, was er fühlte? Hat sie es trotzdem riskiert? Und ungebeten taucht ein Bild von Leo in meinem Kopf auf, wie er am Strand in Devon steht, sein blondes Haar vom Wind gepeitscht, eine spielerische Herausforderung in seinem golden schimmernden Gesicht. *Na mach schon*, scheint er zu sagen, *traust du dich etwa nicht*?

Ich blinzle die Tropfen weg, eine Mischung aus Tränen und Regen, und lenke meine Gedanken zurück zu Jonny, der auf meine Antwort wartet. »Ja«, sage ich und greife langsam nach seiner Hand. »Ich denke, das will ich.«

Er presst meine Finger an seine Lippen. Die Wärme scheint in jeden Teil meines Körpers zu dringen. »Gut«, erwidert er. »Denn ich will es nicht ohne dich machen.«

Und vor mir sehe ich Leo, wie er lächelt.

Lies weiter, um zu erfahren, was die Autorin Tamsyn Murray über die Entstehung dieses Buchs zu erzählen hat.

Anmerkung der Autorin

Bevor ich anfange, muss ich zum September 2012 zurückgehen. Eine Schriftstellerkollegin teilte damals einen Link über einen Teenager, der während der Ferien bei einem tragischen Unfall ums Leben gekommen war und dessen Organe gespendet worden waren. Mein eigener Sohn war zu dem Zeitpunkt noch nicht ganz ein Jahr alt, und etwas an der Geschichte berührte mich. Ich konnte nicht aufhören, über die Familie des toten Jungen nachzudenken, und wie sie vielleicht Trost aus der Tatsache zog, dass sein Tod andere Menschen retten konnte. Das ließ mich wiederum über diejenigen nachdenken, denen er vielleicht geholfen hat. Bevor es mir bewusst wurde, war der Kern einer Geschichte entstanden. Jonny war als Erster da, dann kam Leo und schließlich Nia (auch wenn sie zuerst nicht Leos Zwillingsschwester war. Sie war außerdem ein Junge, was die Geschichte erheblich verändert hätte). Für den ersten Entwurf brauchte ich bis 2014 – ich habe viel geweint während des Schreibens – und noch länger dauerte es, bis aus dem ersten Entwurf das Buch wurde, das ich haben wollte. 2016 war ich dann endlich zufrieden.

Ein Buch wie dieses kann man nicht schreiben, ohne eine Menge zu recherchieren. Angefangen hatte ich damit, mich online über Jonnys Herzkrankheit zu informieren, was mich zu einem Wunder der modernen Medizin führte: dem Berlin Heart. Ich wollte verstehen, wie das Leben für Kinder mit langwierigen, lebensbedrohlichen Krankheiten im Krankenhaus ist, also habe ich mehrere Episoden aus der BBC Doku-Reihe über das Kinderkrankenhaus Great Ormond Street gesehen, einschließlich einer über Herzpatienten im Kindesalter und Kinder mit Krebs.

Als Jonnys Geschichte für mich greifbar war, fing ich an, über Leo nachzudenken. Ich kontaktierte das Blut- und Transplantation-Team des nationalen Gesundheitsdienstes NHS, das mich mit seinem stellvertretenden Leiter James Neuberger in Verbindung setzte. Er half mir nicht nur dabei, die richtige Wortwahl zu finden, und ein Verständnis dafür zu entwickeln, wie das sensible und komplexe Thema Organtransplantation angesprochen werden kann, sondern auch die Frage zu beantworten, ob Jonny hätte herausfinden können, wer sein Spender war: Ja, es ist möglich und es kommt tatsächlich vor.

Ich habe den Überblick verloren, wie viele Stunden ich auf der Homepage vom NHS verbracht und nach Dingen wie Blut und Gewebetypen recherchiert habe, und welchen Einfluss das auf Jonnys Geschichte haben könnte. Ich habe mich auch über Blutgerinnsel und Schlaganfälle informiert, da diese ein besonderes Risiko für Berlin-Heart-Patienten darstellen. Außerdem habe ich eine Menge Blogs von Teenagern und Erwachsenen gelesen, die eine Herztransplantation hatten. Das hat mir sehr dabei geholfen zu verstehen, wie sich das Leben mit einem neuen Herz ändert. Ein wirklich außergewöhnlicher Herz-Empfänger hat mich ganz besonders inspiriert, er ist seit seiner Operation fünfzehn Mal den London Marathon gelaufen!

Emily hat akute myeloische Leukämie, eine besonders aggressive Krebs-Form. Ich habe viel Zeit damit verbracht, mich mit deren komplexen Behandlung auseinanderzusetzen, die in drei verschiedenen Schritten erfolgt und für den Patienten sehr mühsam ist.

Leos Krankenhausszenen waren am schwierigsten zu schreiben, teilweise weil sie so emotional waren, aber auch weil die Recherche dazu nicht ganz einfach war. Spezifische Krankheiten und ihre Behandlung sind online relativ gut dokumentiert, aber die Erfahrungen von Menschen in der Notfallmedizin und der Umgang von medizinischem Personal mit den Familien der Patienten dort eher nicht. Also habe ich auf meine eigenen Erfahrungen zurückgegriffen und versucht, mich in die Lage von Leos Familie zu versetzen. Ich konnte auch einige Schulungsvideos des NHS zum Thema Organtransplantation finden, die mir geholfen haben sicherzugehen, dass ich die Gespräche zwischen Leos Familie und dem Krankenhauspersonal nicht nur mitfühlend, sondern auch realistisch beschreiben würde. Außerdem standen mir etliche Ärzte mit professionellen Tipps zur Seite.

Nias Geschichte beruht fast ausschließlich auf meinen

eigenen Erfahrungen zum Thema Trauer und Depression. Wie die meisten Menschen habe auch ich Familienmitglieder verloren und ich konnte auf dieses Gefühl des Verlusts und der Trostlosigkeit zurückgreifen und nachempfinden, wie Familien in solchen Extremsituationen reagieren. Ich habe sowohl eine mir nahestehende Person durch Selbstmord verloren als auch einem geliebten Menschen in einer Depression zur Seite gestanden. Also war es mir besonders wichtig, diesen Handlungsstrang so einfühlsam und realistisch wie möglich zu gestalten. Die freiwilligen Helfer der Samariter-Telefonseelsorge waren mir dabei eine große Hilfe. Sie lasen die entsprechenden Passagen und gaben mir fundierte Ratschläge. Außerdem wollte ich das intensive Gefühl der Hassliebe einfangen, das Geschwister oft miteinander verbindet. Nia ist durch ihre widersprüchlichen Emotionen zu Leo und ihren Eltern nicht immer liebenswert, aber das macht sie, denke ich, ein Stück weit glaubwürdiger. Auch hier habe ich vor allem auf meine eigenen Erfahrungen mit Beziehungen innerhalb einer Familie zurückgegriffen.

Schließlich habe ich lange darüber nachgedacht, was unser Herz uns bedeutet. Jonny fragt seinen Arzt, ob er anders fühlen wird, wenn er sein neues Herz bekommt, und ich habe bei der Recherche früh festgestellt, dass dies eine übliche Frage unter Herz-Transplantations-Patienten ist. Es kommt vermutlich wirklich von unserem Glauben, dass das Herz mehr ist als nur eine Pumpe, die uns am Leben hält. Es ist der Ort unseres Seelenlebens, der Teil unseres Körpers, der entscheidet, wen wir lieben und wer wir wirklich sind. Wenn man das Herz einer anderen Person bekommt, wird man dann etwas von ihrer Identität in sich aufnehmen – ihre Hoffnungen, ihre Träume und Gefühle? Fängt man vielleicht sogar an, ein bisschen zu sein wie sie?

Genau das ist Jonny passiert. Er ist so krank, dass er nicht weiß, wer er ist. Und ich denke, seine Besessenheit, mit dem großartigen Leo mithalten zu wollen, der in allem glänzt, ist vollkommen verständlich. Tief im Innersten befürchtet er aber auch, dass er diese zweite Chance nicht verdient, dass er Leos Geschenk irgendwie nicht wert ist. Und so versucht er mehr wie er zu sein. Mir ist durch meine Recherchen bewusst geworden, dass ein Leben nach einer Transplantation nicht einfach ist – das hab ich versucht, in meinem Text einzufangen. So groß die Freude und Erleichterung darüber, wieder gesund zu sein, auch ist, es gibt eine Menge medizinische und emotionale Auswirkungen, mit denen man klarkommen muss. Ich hoffe, dass ich das mit Jonnys Geschichte vermitteln konnte.

Danksagung

Die Arbeit an diesem Buch hat mich jahrelang begleitet und, wie ihr euch denken könnt, ist die Liste der Leute, die mir auf diesem Weg zur Seite standen, ellenlang.

Ich beginne einfach ganz am Anfang und zwar mit Jojo Moyes, die den Link geteilt hat, aus dessen Samen für mich eine unmöglich zu ignorierende Geschichte gewachsen ist. Von da aus ging ich zu James Neuberger, dem stellvertretenden medizinischen Leiter (Organspende und Transplantation) des *NHS Blood and Transplant*, der mir geduldig meine holprigen, unbeholfenen Fragen beantwortete, als ich noch nicht einmal wirklich wusste, was ich fragen sollte. Er hat sein Fachwissen auf eine Art mit mir geteilt, die mir unglaublich weitergeholfen hat. Später hat er die entsprechenden Textpassagen gelesen und korrigiert. Ich kann ihm nicht genug danken für seine Großzügigkeit und seine Geduld. Auch Dr. Jo Cannon, die mittlerweile selbst eine Bestsellerautorin ist, bin ich zu Dank verpflichtet, dass sie mir geholfen hat, dem ersten Teil des Buches ein Gerüst zu geben, als ich mich damit beschäftigte, wic ein Unfall wie der von Leo überhaupt behandelt würde. Sehr viel schulde ich auch Dr. Philippa Berman, die das gesamte Buch gelesen und meine vielen Fehler korrigiert hat – danke. Und schließlich muss ich auch Lorna Fraser von den *Samaritans* danken, die mir mit Rat und Tat in Bezug auf den Erzählstrang zu Nias seelischer Verfassung zur Seite gestanden hat. All diese großherzigen Mediziner haben ihr Bestes getan, damit ich die richtigen Formulierungen finde, und ich bin ihnen unglaublich dankbar für ihre Hilfe. Jegliche Fehler oder Unschärfen in den Erzählsträngen, bei denen die Medizin im Vordergrund steht, gehen ausschließlich auf mein Konto.

Ich habe unglaubliches Glück, ein Gruppe wundervoller Schriftstellerkollegen um mich zu haben, die mich ermutigen und unterstützen. Ihr Häuptling ist Julie Cohen, die einen frühen Entwurf gelesen und ihm gerade so viel liebevolle Strenge hat zukommen lassen, dass meine Geschichte zu dem Buch wurde, das es nun ist – dafür schulde ich ihr noch einen Drink. Dicht auf Julie folgen Rowan Coleman, Miranda Dickinson, Kate Harrison und Cally Taylor – meine Heldinnen, die mich jeden einzelnen Tag inspirieren. Ich fühle mich geehrt, die folgenden wunderbaren Schriftsteller zu meinen Freunden zählen zu dürfen und ich will ihnen für ihre unermüdliche Unterstützung und ihren Rat danken: Jill Mansell (deren Bücher ich seit mehr als zwanzig Jahren lese und liebe. Ich kann immer noch nicht glauben, dass sie eine Freundin ist), Rosie Walsh (auch bekannt als Lucy Robinson), Alexandra Brown, Milly Johnson, Katy Regan, Chrissie Manby und Meg Sanders. Meine Schriftsteller-Freunde der #UKYA waren ebenso toll – besonders hervorzuheben sind hier

Keris Stainton, Susie Day, Keren David, Sophia Bennett, Cat Clarke, Luisa Plaja, Katie Dale, Rachael Lucas, Lisa Williamson, Liz Kessler, Zoe Marriott, Rhian Ivory, Lisa Glass, Clare Furniss, Ruth Warburton und Rae Earl. Eine dicke Entschuldigung an all die unbesungenen Helden, die ich nicht erwähnt habe – ihr wisst, dass ihr gemeint seid. Immer schön weitermachen! Sehr zu schätzen weiß ich Elaine Penroses unermüdliche Unterstützung beim Buchverkauf. Und ein besonderer Dank geht auch an Katina Wright von *Creatively Well*, dafür, dass sie mehr als fünfzig Freundschaftsarmbänder extra angefertigt hat, genau wie jenes, das Jonny Em schenkt. – Ich hoffe die Fingerkrämpfe sind nun vorüber.

Riesigen Dank an meinen Agenten Jo Williamson von *Anthony Harwood Ltd*, dass er jeden meiner Schritte leitet – seit 2008 sind wir weit gekommen! Bei meinem Verlag *Usborne* muss ich meiner Superstar-Lektorin Stephanie King danken, dass ihr Jonny und Nias Geschichte genauso am Herzen lag wie mir. Ihre liebevolle Sorge und ihr Auge fürs Detail haben das Buch zu einem gemacht, auf das ich sehr stolz bin. Vielen Dank an Rebecca Hill, Anne Finnis, Sarah Stewart und Becky Walker für die zusätzliche redaktionelle Unterstützung. Danke auch an Hannah Cobley für das tolle Cover-Design des englischen Originaltitels und Sarah Cronin für den besonderen Touch im Buch. Dem ganzen *Usborne* PR- und Marketing-Team bin ich sehr dankbar, dass sie mich ertragen haben – vor allem Amy Dobson und Stevie Hopwood.

Und schließlich werde ich nie aufhören, meinen Kindern T. und E. zu danken, dass sie so nachsichtig mit ihrer Mutter waren, während diese so viele Tränen wegen imaginärer Kinder vergossen hat. Ihr habt mir beigebracht, was Liebe wirklich bedeutet. Ohne euch knuddeln zu können, wenn alles ein bisschen zu viel wurde, hätte ich dieses Buch niemals schreiben können. Mein Herz gehört nur euch, für immer.

Tamsyn Murray
Für immer und einen Herzschlag
ISBN 978 3 522 50570 3
Aus dem Englischen übersetzt von Julia Gehring

Umschlaggestaltung: Alexander Kopainski
Innentypografie: Swabianmedia, Eva Mokhlis, Stuttgart
Reproduktion: Digitalprint GmbH, Stuttgart
Druck und Bindung: GGP Media GmbH, Pößneck

Titel der englischen Originalausgabe:
INSTRUCTIONS FOR A SECOND-HAND HEART

NACH EINER WAHREN BEGEBENHEIT

Jilly Gagnon
#famous
Ein Foto, eine Handvoll Pommes und ein Bauch voller Schmetterlinge

400 Seiten · Klappenbroschur
ISBN 978-3-522-50586-4

Rachel kann es nicht fassen: Ihr stinknormales Leben wird plötzlich auf den Kopf gestellt, als sie ein Foto von ihrem heimlichen Schwarm postet. Das Foto verbreitet sich wie ein Lauffeuer und Kyle wird quasi über Nacht berühmt – genau wie ihre Schwärmerei für ihn. Die Presse stürzt sich auf das vermeintliche Traumpaar. Aber Kyle kann unmöglich Gefühle für sie, das hässliche Entlein, haben … oder etwa doch?